달빛
조각사

달빛 조각사 2

2007년 01월 13일 초판 1쇄 인쇄
2007년 01월 15일 초판 1쇄 발행

지은이 남희성
발행인 이종주

편집장 김진웅
편집 팀장 손수지
기획 팀장 김명국
책임 편집 임유정

발행처 (주)로크미디어
출판등록 2003년 3월 24일
주소 서울시 용산구 청파동3가 119-2 진여원BD 5층
Tel (02)3273-5135 Fax (02)3273-5134
홈페이지 rokmedia.com · **E-mail** rokmedia@empal.com

ⓒ 남희성, 2007

값 8,000원

ISBN 978-89-5857-904-5 (2권)
ISBN 978-89-5857-902-1 04810 (세트)

이 책은 (주)로크미디어가 저작권자와의 계약에 따라
발행한 것이므로 본서의 내용을 무단 복제하는 것은
저작권법에 의해 금지되어 있습니다.

작가와의 협의에 의해 인지는 생략합니다.
잘못된 책은 바꾸어 드립니다.

달빛조각사 2

남희성 게임 판타지 소설

차례

전설의 땅　7

프레야 여신상　43

빼앗긴 신전의 보물　75

천공의 도시 라비아스　109

있는 놈이 더한　155

로열 로드의 의미　185

라비아스의 무명 석인　217

빼앗긴 신전의 보물　233

프린세스 나이트　269

산더미 같은 잡템　305

전설의 땅

바란 마을의 장로 간달바는 곤경에 처해 있었다.

로자임 왕국 남부의 평화로운 마을이었다. 크지는 않아도 500여 가구가 오순도순 살고 있던 마을이 리자드맨들의 침공을 당했다.

마을 주민들은 뿔뿔이 흩어지거나 리자드맨들의 포로로 잡혀서 생명이 위급한 실정이었다.

"그 씨앗에 담긴 사연을 듣고 싶습니다."

위드가 말하자, 간달바의 노안에 희미한 희망이 어렸다.

"마, 말씀드리면 도와주실 것이오?"

"아닙니다. 말씀하지 않으셔도 도와 드릴 것입니다. 사악한 몬스터에게 잡혀간 사람이 있다는데 어찌 인간으로서 돕지 않을 수가 있단 말입니까."

"오오!"

간달바는 환호성을 내지르고 싶은 심정이었다.

다른 사람들이 전부 거절하였는데 이렇게 남아서 도움을 주겠다는 사람이 있다니 말이다.

"다리우스 님은 거절하였는데……. 내가 줄 수 있는 것이 씨앗 하나뿐이라서 말이오."

위드는 다리우스가 이미 지나간 것을 확인하고 조심스럽게 말했다.

"어떻게 선한 일을 행하는 데에 가치를 논할 수 있단 말입니까? 도저히 저로서는 상상도 되지 않는 일입니다."

"세상에 아직도 이런 훌륭한 분이 있다니……."

위드의 눈이 우연인 것처럼 간달바가 꽉 움켜쥐고 있는 손으로 향했다.

"그런데 그 씨앗 말입니다."

"아, 이것 말이오. 이것의 용도는 나도 잘 모르오."

"어디서 유래된 것인지도 알지 못하십니까?"

"우리 집안 대대로 내려오던 것이라오. 매우 귀중한 것이니 소중하게 간직하라고 하였소. 큰 은혜를 입거나 뛰어난 용사를 보면 전해 달라고……."

"그랬군요."

안개 속의 퍼즐이 맞춰지듯이 착착 정리가 된다. 하지만

아직 확률은 반반이었다.

과연 천공의 도시로 안내해 줄 수 있는 씨앗일 것인가, 아니면 그저 별 볼일 없는 농작물의 씨앗일 것인가.

로열 로드의 많은 직업들 중에는 정원사와 농부도 있다. 물론 그 숫자는 미미해서 찾아보기는 극히 힘들었다.

"우리 마을 사람들을 구해 줄 것이오?"

띠링!

바란 마을의 불행

동쪽 국경이 뚫리기 전까지 바란 마을은 평화롭고 활기찬 마을이었다. 잔소리 심한 어른들에 의해 아이들은 매일 괴롭힘을 당했지만 말이다.

리자드맨들이 침입하자 간달바는 모든 인원을 구할 수가 없었다. 어쩔 수 없이 아이들을 데리고 급히 탈출하였다. 어른들은 끝까지 남아서 시간을 벌겠다고 했다.

악랄한 리자드맨들은 이 어른들을 죽이지 않고 납치하여 부려먹고 있다고 한다.

아이들의 아버지와 어머니를 신속하게 구출하라. 시간이 지나면 리자드맨들이 그들을 차례차례 죽일 것이다.

난이도 : D
보상 : 알 수 없는 씨앗.
남아 있는 어른들 : 55명.

난이도 D급 의뢰.

바란 마을을 구하는 토벌대 퀘스트와 동일한 난이도였다.

자하브의 유지를 이으라는 A급 난이도의 퀘스트를 보유하고는 있었지만, 이는 아직 도저히 해결할 엄두도 못 내는 퀘스트.

퀘스트 칸만 잡아먹고 있는 난이도였다.

실질적으로 위드가 지금까지 해결해 온 의뢰 중에서는 가장 난이도가 높다.

그렇지만 위드는 난이도가 아닌 퀘스트의 설명을 몇 번이나 읽었다.

부모님들.

8세 이후로 부모님에 대한 기억은 아무것도 없었다. 있다면 사채업자들의 지독한 시달림뿐이다.

'유일한 유산이었지.'

하지만 지금이라도 부모님을 만나 보고 싶었다. 이미 죽어 버린 그분들을 다시 살릴 수만 있다면 뭐라도 할 것이다.

위드가 한참을 대답하지 않자 간달바가 초조하게 물었다.

"역시 보상이 마음에 들지 않는 것이오?"

"……."

"바란 마을이 정상화만 된다면 두고두고 빚을 갚을 테니……."

"아닙니다. 제게는 너무나도 충분합니다. 최대한 신속하게 처리해 드리겠습니다."

-퀘스트를 수락하셨습니다.

"고맙소이다. 리자드맨들은 마을의 서쪽 산에 있는 계곡으로 간 것 같소. 그럼 우리는 기다리고만 있겠소."

간달바가 멀찌감치 떨어지고 나서, 일행들이 다가왔다.

"위드 님, 대체 지금 뭘 하신 겁니까?"

"방금 퀘스트를 받으신 거예요?"

페일과 수르카 들은 위드를 보며 의아하지 않을 수가 없었다. 별것도 아닌 씨앗을 주는 퀘스트를 받은 것이었다.

"일단 아무것도 묻지 마시고, 제가 받은 퀘스트를 받으십시오."

위드가 일행의 리더였다.

위드의 말에 수르카 들은 이유가 있으리라고 믿고, 간달바에게 가서 퀘스트를 받았다.

"위드 님과 함께할 사람입니다."

"저희들도 마을 사람들을 구하고 싶어요."

-동료들이 퀘스트를 받아들였습니다.

일행들은 퀘스트를 받아들였지만, 위드가 하는 일은 이유를 알지 못하고 있었다.

페일이 고개를 갸웃했다.

"왜 여기까지 오셔서 토벌대 퀘스트를 포기하고 이걸 하려고 하시는지 모르겠습니다."

"제 예상이 맞는다면 아주 좋은 일이 있을 것 같습니다. 그리고 혹시 제 예상이 틀리더라도 토벌대와 함께 싸우는 것보단 나을 겁니다."

"그게 무슨 말씀이신지요?"

"우리들의 레벨로 토벌대와 함께 싸운다. 그래서야 별로 성과도 내지 못할 것입니다."

위드의 말에 일행들은 다들 공감을 했다.

다리우스나 그 패거리들에 비해 자신들의 레벨은 한참이나 낮다.

어차피 그들은 마을 안에 있는 리자드맨들을 제압한 다음에 있을 소탕 작전을 펼치기 위해서 왔던 만큼 대규모 토벌 작전에는 큰 기대를 하지 않고 있던 것이 사실이다.

더 레벨이 높은 이들이 200명은 될 터인데, 그들의 틈바구니에서 무엇을 할 수 있겠는가 말이다.

"제 예감으로는 이 의뢰를 수행하는 편이 도움이 될 것 같습니다."

"그렇지만 난이도가 D급이라… 우리들로서는 어려울 것 같은데요."

"괜찮을 겁니다. 그리고 따로 생각하는 것도 한 가지가 있고요."

"알겠습니다, 위드 님. 그렇게까지 말씀하신다면 저희들도 함께하겠습니다."

위드는 간달바의 의뢰를 받아들이기로 하고 일행들과 함께 토벌대를 이탈하였다. 하지만 토벌대를 나온 위드에게 다가오는 사람들이 있다.

로자임 왕국 병사인 베커와 데일이었다.

"대장님! 어디 가십니까?"

"이제 곧 리자드맨들을 토벌할 차례인데요."

위드는 비장하게 대답했다.

"음, 우린 아이들의 부모님을 리자드맨의 소굴에서 구출할 계획이야."

"그런 어려운 임무를!"

위드의 말에 베커는 화들짝 놀랐다. 데일은 말도 안 된다는 표정이었다.

"지금 다섯 분이서 하겠다는 말씀이십니까?"

데일은 일행들을 위아래로 훑어보았다. 그가 보기에 자신보다도 훨씬 약하다는 판단이 들었다.

데일이 가슴을 펑펑 치면서 나선다.

"대장님, 그런 임무라면 저희들이 돕겠습니다."

"예. 사정을 말하면 우리 쪽의 대장도 허락을 해 주실 겁니다."

위드가 올려놓은 친밀도가 이런 때에 또다시 위력을 발휘한다.

 물론 상황상 전혀 말도 안 되는 반역이나, 마을 주민 학살 같은 일이라면 병사들도 따르지 않는다.

 아무리 통솔력이 높고, 친밀도가 가깝다고 하더라도 공적 치나 명분이 있지 않는 한 병사들은 마음대로 움직이지 않는 것.

 그렇지만 그들이 보기에 지금 위드가 하는 일은 주민들을 구하려는 영웅적인 행동이었다.

 임무와도 전혀 무관하다고 할 수 없었으니 도와주려는 움직임을 보이고 있다.

 위드는 잠시 침묵하다가 말했다.

 "그것은 안 되네. 본래 자네들에겐 다리우스의 일행과 함께 바란 마을을 구하라는 임무가 있지 않은가?"

 "하지만……."

 "이 일은 사람이 적을수록 좋아! 그러니 자네들은 자네들이 할 일에 최선을 다해 주게. 기껏 아이들의 부모를 데려왔는데 막상 살 집이 없다면 곤란하니까 말이네."

 "알겠습니다, 대장님."

 베커와 데일은 어쩔 수 없다는 듯이 납득을 하였다.

 로자임 왕국군 200명.

 그들의 도움을 받는다면 리자드맨의 소굴에서 사람들을 구출하는 일은 훨씬 쉬워진다.

특히 십부장들은 한때 전부 위드의 부하였지 않던가.

그들을 받아들인다면 일은 한결 쉬워진다. 통솔력이 뛰어난 위드라면 병사들은 큰 힘이 되리라. 하지만 그렇게 된다면 다리우스가 눈치를 채고 만다.

300명 가운데에 위드와 일행들이 빠져나간 것 정도는 어떻게 무마를 하더라도 병사들이 대거 이탈한다면 다리우스도 이유를 알아보게 될 것이다.

위드와 일행들은 바란 마을의 서쪽 산으로 향했다.

서쪽 산에는 음습한 기운이 감돌았다.

계곡의 폭포수에서 비롯된 습기가 리자드맨들이 살기에 최적의 조건으로 만들어 준 것이었다.

"여기서부터가 리자드맨들의 근거지인 것 같군요."

궁수 페일은 자신의 직업에 맞게 시력과 관찰력을 키워 놓은 상태였다. 궁수들의 필수인 스탯으로, 장거리에 있는 적들을 요격하기에 좋았다.

이렇게 특수한 지형을 분석하는 데에도 도움이 된다.

페일은 궁수의 패시브 스킬인 속사 스킬과 관통의 레벨을 중점적으로 올렸다. 2차 전직을 마치기 전까지는 대체로 무난한 선택이었다.

반면에 조각사를 직업으로 가진 위드는 조각술과 조각 검술을 합쳐서 검술이 남들보다 다소 강한 편이다.

"예. 동쪽 국경을 넘어온 리자드맨들이 여기에 진을 치고 있는 것 같습니다."

위드는 짧게 답하면서 지형을 훑어보았다. 통틀어서 계곡이라고 말하지만 엄청나게 넓다.

높이 치솟은 나무들 중 어디서 리자드맨들이 뛰쳐나올지 모르기에 다들 전전긍긍하고 있었다.

마침내 리자드맨 전사들이 보였다.

리자드맨 5마리가 한꺼번에 뭉쳐서 보초를 서고 있었다.

모습은 마치 두 발로 걸어 다니는 도마뱀처럼 생겼고, 미끈미끈한 초록색 피부를 가지고 있다.

놈들의 레벨은 60 정도.

"으, 징그러워요."

로뮤나의 감상평이었다. 위드 역시 적극 동감을 했다. 몬스터들은 어쩌면 이렇게 정상적인 외모로 생긴 것들이 없는지!

그래도 위드는 리자드맨들 정도에 겁을 먹진 않았다.

'고블린에게 했던 것처럼 상대하면 될 테지.'

리자드맨의 레벨은 10 정도 높지만, 이들은 필드의 몬스터였다.

몬스터들은 던전 안에 있거나 밤이 되면 50% 더 강해지고 경험치도 많이 준다.

대체로 지금의 리자드맨이라면 고블린들과 비교하여서 그럭저럭 할 만할 것이다.

 위드는 활 대신에 철검을 꺼내서 무장했다. 요리와 조각품을 파느라 오랜만의 전투라서 몸이 근질근질했다.

 '드디어 공격 스킬을 써 볼 차례.'

 황제무상검법!

 검법서 안의 5개의 초식들은 다음과 같았다.

제1식 : 현란하게 움직이며 빠르게 3번의 연속 공격을 가한다. 스킬이 상승할수록 공격 횟수와 데미지가 늘어난다. 마나 소비 300.
제2식 : 순간적으로 적의 후방으로 돌아가서 등을 강하게 벤다. 마나 소비 400.
제3식 : 일시적으로 5배의 공격력을 내서 적의 무기를 파괴시킨다. 마나 소비 600.
제4식 : 춤을 추는 듯한 움직임으로 적의 급소를 노린다. 마나 소비 1,000.
제5식 : 검에 몸을 숨긴다. 모든 마나를 모아 하나의 점에 폭사한다. 모든 마나 소비. 단 마나의 양이 2,000 이하일 때에는 체력과 생명력 소비.

 하나의 보법은 7번의 빠른 걸음으로 적의 공격을 피하는 스킬이다.

 검법의 식들은 위드만의 독특한 별명을 정해 주었다.

 제1식은 트리플, 제2식은 백어택, 제3식은 파워 브레이크, 제4식은 소드 댄스, 제5식은 소드 카이저, 이런 식이다.

 황제의 영약을 모두 먹은 위드의 마나는 총 940이었다. 트리플을 3번 쓸 수 있고, 백어택은 2번, 파워 브레이크는 단 1번 사용할 수 있다.

 그 이상의 스킬들은 마나의 양이 부족해서 쓰지 못한다. 물론 마나가 없더라도 제5식인 소드 카이저야 쓸 수 있을 테지만 생명력을 끌어 쓰니 부담이 만만치 않다.

 검법서에 나오는 보법은 '칠성보' 라고 이름을 붙였다. 이것조차도 마나 소비가 100이나 된다. 다만 한 번 시전하면 1분간은 유지가 되었으니 그나마 다행이다.

 '내 능력을 시험해 볼 기회겠지.'

 황제무상검법을 익힌 이후로 아직 한 번도 싸워 본 적이 없었다.

 위드가 일행을 향해 낮은 음성으로 말했다.

 "지금은 낮이니 놈들의 능력도 그렇게 강한 편은 아닙니다. 특히 리자드맨들은 늪지에서 본 실력을 발휘하는 편이지요. 이런 계곡에서 놈들의 실력은 많이 약화가 되어 있을 겁니다. 우선 제가 먼저 놈들과 한번 싸워 보겠습니다."

 독 전갈이나 샌드웜처럼 사막에 사는 몬스터들은 사막에

서 가장 강하다.

리자드맨들은 늪지에서 강한 몬스터로, 이렇게 평지로 나오면 많이 약해졌다.

그럼에도 일행들은 다들 놀라고 있었다.

위드가 그냥 리자드맨의 근거지로 쳐들어가자는 것이다.

다들 위드를 따라서 여기까지 오기는 했지만 무슨 특별한 계획이 있을 줄 알았다.

"자, 잠깐만요. 리자드맨의 근거지로 그냥 쳐들어가도 되나요?"

"괜찮습니다."

"그래도 난이도 D급의 퀘스트인데······."

"난이도 D급이라면 리자드맨들이 최소한 800마리는 기다리고 있겠지요?"

위드의 말에 페일은 정신없이 고개를 끄덕였다.

"800마리. 아마 그 정도 될 것입니다."

"간달바의 의뢰를 받아들였을 당시에는 틀림없이 그랬을 겁니다. 그런데 우리를 도와주는 다리우스가 있지 않습니까?"

"다리우스가 우리들을 도와준다구요?"

페일이 고개를 갸웃하고 있을 때, 위드는 작은 포션 병을 일행에게 나눠 주고 있었다.

"그게 또 뭡니까? 설마 포션은 아니겠죠?"

"세라보그 성에서 출발하기 전에 제가 빚은 술입니다. 빈 포션 병은 잡화점에서 싸게 구입을 했죠."

"왜 하필 지금 이걸……."

"마셔 보면 알 겁니다."

위드는 먼저 술을 꿀꺽꿀꺽 들이켰다.

―활력의 술을 마셨습니다. 생명력 +100, 힘 +10, 민첩성 +5, 부상에 감각이 약화됩니다.

일행들은 모두들 술을 마셔 보고 깜짝 놀란 얼굴을 했다.

"이런 술이……."

수르카의 경우에는 성인이 된 지 얼마 안 되어서 특히 술이 약했다. 그러나 감미로운 향에 취해서 마셔 보니 달짝지근한 맛이 아주 좋았다.

"아직 담근 지 오래되지 않아 효과는 약합니다. 대신에 음식과 함께 먹을 수 있다는 장점이 있지요."

술을 마시고 난 위드는 성큼 리자드맨들이 있는 곳으로 발걸음을 옮기고 있었다.

다리우스는 자신을 행운의 사나이라고 생각했다.

그렇지 않다면 이토록 희귀한 토벌대 퀘스트를 받을 수는 없었을 것이다.

바란 마을 토벌대.

이것이야말로 그의 명성을 한 차원 더 높여 줄 의뢰이다. 명성이 높아지면 여러 유리한 점이 있지만, 그중에서도 퀘스트를 빠뜨릴 수 없다.

쉽게 만나 볼 수 없는 요직의 인물들을 만나고, 어려운 퀘스트들도 받아 낼 수 있는 것이다.

300명의 부하들이 따라오니 이미 다리우스는 스스로를 장군처럼 여겼다.

다리우스가 이끄는 토벌대는 마침내 바란 마을에 도착했다. 몬스터의 침입을 막기 위해 설치한 목책은 무너졌고, 집 집마다 문이 부서져 있었다.

토벌대원들은 언덕 위에서 그 광경을 목격했다. 마을 안에 보이는 몬스터들은 없었지만 방심해서는 안 된다.

다리우스는 자신들의 동료들에게 부탁했다.

"파로스, 정찰을 해 주게."

"알겠네. 조금만 기다리도록 해."

파로스의 직업은 도둑이었다. 신속함과 관찰력을 극도로 끌어 올린 그는 재빨리 마을 안으로 들어갔다.

한참 후에 헉헉거리면서 나온 파로스가 보고했다.

"숨어 있는 리자드맨들이 수백이네! 마을 안에서 우리들이 다가오는 것만 기다리고 있어."

"난전을 노리는 것이로군."

다리우스의 눈이 차가운 빛을 뿌렸다. 숫자가 많은 리자드맨들은 난전을 유도하는 것이 당연했다. 그렇지만 난전이 벌어진다면 다리우스로서는 절대적으로 환영이다.

난전에서는 레벨이 높은 다리우스와 그 일행들이 가장 큰 공을 세울 수 있기 때문이다.

"이미 알고 있는 기습은 기습이 아닌 것. 그대로 바란 마을로 진격한다!"

토벌대가 우르르 바란 마을의 안으로 들어왔다. 그러자 집집마다 숨어 있던 리자드맨들이 뛰쳐나왔다.

"키엑!"

"인간들!"

근육질의 파충류 몬스터인 리자드맨들은 한 손에는 방패를 들고 다른 손에는 도를 휘두르고 있었다.

사람들은 당황했다.

그들에게는 리자드맨들이 숨어 있다는 것을 다리우스가 알리지 않았기 때문이다.

다리우스는 리자드맨의 목을 치면서 중얼거렸다.

"무능한 놈들은 필요하지 않다. 나는 나를 따르는 유능한 놈들만 있으면 돼. 그리고 저놈들과 공을 나누어 가질 수는 없지!"

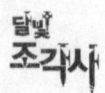

다리우스는 일부러 큰 피해가 일어날 수도 있는 작전을 감행했다. 300명의 사람들과 일일이 공을 나누었다가는 자신의 몫이 줄어들 수도 있기 때문.

로자임 왕국 병사들도 뒤를 따라 들어왔다.

그들의 대장은 기사 호반테스!

호반테스는 사방에서 리자드맨들이 뛰쳐나오며 난전이 벌어지자 소리를 질렀다.

"도망가지 말고 10명씩 뭉쳐서 상대하라!"

병사들 10명이 진형을 펼쳤다.

로자임 왕국 특유의 원형진이었다. 그들을 지휘하는 병사들은 베커나 호스람 같은 십부장들이다.

"우리들은 방어진을 펼친다."

"우리들도 방어진을 펼친다."

"우리도 방어진이다."

위드에게 교육을 받은 십부장들은 거의 다가 동일한 선택을 했다. 방어가 우선!

베커만이 별도의 선택을 했다.

"우리는 공격이다!"

방어 진형을 펼치는 로자임 왕국 병사들은 리자드맨들을 벌집 통처럼 복잡하게 끌어들였다.

이리저리 길을 꼬아 놓은 미로 속에 돌격을 하는 리자드맨들을 가두어 두었다.

베커는 10명의 부하들을 데리고 방어진 사이를 오가며 길을 잃은 리자드맨들을 처치했다.

리자드맨들은 위드가 다가오자 특유의 난폭한 흉성을 드러냈다.
"인간이다!"
"가소로운 인간! 여기까지 들어오다니!"
리자드맨들이 도를 휘두르며 우르르 덤벼든다.
총 5마리의 리자드맨 병사들.
개개인의 레벨은 낮아도 숫자가 다섯이면 무시하지 못했다. 포위되는 것만 해도 전후좌우를 전부 상대해야 하니 불리함을 안고 싸우는 것이다.
위드는 자신이 있었다.
수련관에서 1달간 살다시피 하며 힘과 민첩성, 체력 등을 40씩이나 올렸다.
처음 그런 말을 듣는다면 누구나 다 쉽게 할 수 있을 것이라 여길 테지. 그리고 왜 그렇게 하지 않는 사람이 있는지 의아해지기도 할 것이다. 스탯을 올려놓으면 훨씬 사냥이 편해지는데 말이다. 그러나 냉정하게 한번 생각해 보라.
1달간이다.

무려 1달간 허수아비만을 때리며 지내야 한다. 그 지겨움과 육체적인 괴로움을 견딜 수 있다고?

하루에 20시간씩 1달이면 600시간이다.

동일한 행동을 근육을 쥐어짜 내는 것 같은 통증 속에서 지속적으로 반복해야 하는데, 프로 운동선수들도 그 정도로 지독한 훈련을 하지는 않는다.

선수들이라고 할지라도 하루에 집중적으로 운동에만 전념하는 시간은 5시간을 넘지 않는다.

무려 120일간 선수들이 운동할 분량을 위드는 해치운 것이다.

이는 달리 계산하면 헬스클럽에서 1시간씩 운동을 했다고 쳤을 때 거의 2년간 성실하게 운동을 한 것과도 같다.

스탯을 40개씩 올리기 위해서 이런 고생을 할 사람은 많지 않았다.

그 과정을 단 1달 만에 끝냈다는 자체가 위드가 어마어마하게 독한 인간임을 증명한 것이나 다름없는 일이다.

그리고 아직 한 번도 써 보지 않은 검술이 남아 있다. 리자드맨들이 다가오는 게 오히려 반갑다.

위드와 수르카가 리자드맨들에게 다가가는 일행의 선두에 서 있었다.

워리어나 기사가 없는 파티의 특성상 두 사람이 근접전을 맡아 주어야 했다.

"저기 그런데, 위드 님."

"예?"

"제가 죽으면 도망치세요."

수르카는 리자드맨들 다섯을 보면서 꽤나 자신이 없어 하고 있었다.

"걱정 마십시오. 만약 죽으면 제가 먼저 죽게 될 테니까요. 예전에 하던 것처럼 제가 놈들의 시선을 끌도록 하겠습니다."

"조각사이시잖아요? 아, 그러고 보니 위드 님의 레벨이 몇이에요?"

"68입니다."

위드는 성큼 리자드맨들의 틈을 향해 뛰어들었다.

"위험해요!"

뒤에서 일행들은 난리가 났지만, 위드는 침착했다.

"칠성보!"

자신이 이름 붙인 보법을 자신 있게 시전했다. 7개의 기오 막측한 걸음걸이로 적을 회피하는 기술.

전면으로 치닫던 위드는 적을 바로 앞에 두고 불쑥 사라져서, 바로 오른쪽에 나타났다.

"제1식. 트리플!"

위드가 현란하게 움직이며 검을 뻗었다. 하단과 중단, 상단을 동시에 공격하는 3개의 검.

퍼버벅!

리자드맨은 고블린과는 다른 몬스터였다.

파충류 특유의 유연한 몸에 날쌘 동작!

공격력이 뛰어나진 못하지만 무서운 점은 초록색 피부였다. 그 두꺼운 피부는 자체적으로 방어력이 아주 뛰어나다. 그리고 그 피부 위에는 약탈한 갑옷까지 입고 있었으니 일반적으로 상대하기에는 대단히 껄끄러운 몬스터다.

"구에엑!"

위드의 스킬에 리자드맨은 둔중한 괴성을 내질렀다. 단번에 생명력이 80% 이상이 줄어들어 빈사지경에 이른다.

궁수 페일의 특기인 파워 샷을 사용할 때의 마나 소비가 25 정도였다.

그에 비해서 위드의 스킬들은 그야말로 마나 잡아먹는 귀신이다.

무려 300이나 되는 마나를 소모하는 만큼 단번에 치명적인 정도의 위력이 나온 것이다.

바로 그 장면을 곁에서 수르카가 보고 있었다.

수르카는 위드와 함께 많은 전투를 치렀다. 위드가 늑대를 잡았을 때부터 일행의 중심이었다. 하지만 조각사로 전직을 했다더니 갑자기 요리를 만들어 댄다.

그것으로도 이해할 수 없었는데 전투 능력을 보면 별로 줄어든 것 같지도 않다.

'저 스킬은 뭔지 몰라도 대단해.'

위드가 트리플을 썼을 때에는 거의 3개의 검이 동시에 리자드맨을 공격한 것 같았다.

'나도 질 수 없지!'

수르카는 위드가 공격했던 리자드맨을 향해 주먹을 뻗었다. 일단 1마리부터 제대로 잡고 보자는 것.

위드의 트리플에 적중한 리자드맨은 스턴 상태에 빠져 들어서 움직이지 않았다.

"연환권!"

그녀보다 레벨이 높은 리자드맨이었기 때문에 수르카도 일단 자신이 가진 최고의 기술을 사용했다.

수르카가 주먹을 짧게 쥐고 연속으로 5번을 내질렀다.

몽크들이 익히는 기초 공격 스킬이지만 가장 자주 쓰는 스킬이기도 했다.

수르카는 연환권에 대한 이해도는 무려 65%나 되었다.

파바바박!

가슴과 명치에 주로 타격을 받은 리자드맨이 회색으로 변한다.

"에에엑?"

수르카는 황당해서 전투 중인 것도 잊고 잠시 동작을 멈추고 말았다.

"아무리 스턴 상태라고 해도 그렇지. 얘가 왜 죽지?"

스턴 상태에서는 몸을 움직이지도 못하고, 공격을 당하면 2배나 데미지가 들어갔다.

그럼에도 레벨 60짜리 리자드맨이 단번에 죽어 버리다니 수르카는 어이가 없었다.

하지만 다른 리자드맨들이라고 가만있지 않았다. 동료가 공격을 당하자 더욱 흉성을 터트렸다.

위드를 노리고 거의 동시에 4개의 도가 날아든다.

피할 모든 공간을 차단한 채로였다.

위드의 몸이 바람 앞의 갈대처럼 유연하게 흔들렸다. 다리, 머리, 어깨를 아슬아슬하게 비껴 나가는 3개의 도!

하나의 도는 피하지 못해 옆구리를 길게 베였지만 피해를 삼분의 일로 줄일 수 있었다.

―생명력이 350 감소하였습니다.

조각사의 페널티!

철로 만든 중갑옷을 입지 못한다는 것이다.

가죽으로 만든 방어구들은 특별한 재질이거나 마법이 걸려 있지 않는 한 매우 방어력이 취약했다.

상점에서 아주 싼 값에 구입한 기본적인 가죽 레더 등을 입고는 있었지만 이렇게 한 번의 공격도 치명적이었다.

"조각 검술!"

위드의 검이 희뿌연 빛에 휩싸인 채로 다시 한 번 공격해 들어간다.
이번에는 무척 튼튼해 보이는 목이었다.
퍼억!
절대적인 타이밍에, 급소만을 공격하는 위드의 주특기!

-치명적인 일격이 터졌습니다!

상대의 저항력을 무시하는 조각 검술은 본래의 데미지 그대로 리자드맨에게 상처를 줄 수 있었다.
마나 소모가 막대하다는 것이 흠이었지만 그것만을 제외한다면 늘 쓰고 다니고 싶을 정도다.
이어서 로뮤나의 마법이 작렬한다.
"파이어 스트라이크!"
4개의 불꽃들이 허공에서 갈라져서 리자드맨들을 공격했다. 이 마법의 무서운 점은 일시적이나마 적을 뒤로 밀어내는 효과가 있다는 것.
"파이어 애로우!"
페일이 화살을 날리며 견제를 하기 시작했다. 그의 화살에는 화염의 속성이 담겨 있어서 리자드맨들에게는 아주 치명적이다.
"치료의 손길!"

이리엔이 빠르게 위드의 줄어든 체력을 보충해 주었다. 그리고 연속으로 신성 마법을 발휘했다.

"그에게 여신의 가호를 내려 주소서. 성령 방어. 사악한 악에 맞서 싸우는 그의 힘이 최고조로 이르도록 해 주세요. 블레스!"

방어력과 힘을 상승시켜 주는 신성 마법.

능력치를 상승시키는 능력 향상 마법들의 종류는 수없이 많았다. 샤먼 특유의 주술로 속도와 일시적으로 힘과 민첩성을 증가시키는 버프들이나, 성기사들의 파티 강화 오라도 좋지만 성직자의 신성 마법의 위력이 가장 효과가 크다.

매번 성직자의 버프를 받다가 아무것도 없이 싸우려면 허전할 정도.

자신이 할 일을 마친 이리엔이 따갑게 질책을 했다.

"위드 님! 너무 경솔하셨어요."

위드는 고개를 끄덕여서 인정을 했다. 사실 그는 리자드맨의 강함을 느껴 보기 위해서 아무런 버프도 받지 않은 상태에서 한번 겨루어 보고 싶었다.

특히 처음으로 써 보는 황제무상검법이 어느 정도의 데미지를 입히는지를 알아보고 싶었다.

그 결과는 만족할 만하다.

현재 위드가 가진 공격 스킬들은 하나같이 지나친 마나를 잡아먹는다. 유지가 불가능할 정도로 많은 마나를 소모하기 때문에, 장시간 전투를 하기는 힘들다.

그러나 소규모의 전투에서는 발군의 위력을 보여 준다. 마나가 전부 소진되기 전까지는 절대적인 공격력이다.

조금 더 레벨이 올라가서 쓸 수 있는 마나의 양이 늘어난다면 그리고 검술 스킬이 올라가면 검술과 관련된 마나의 소모량이 줄어들게 된다.

그때야말로 진정한 황제무상검법의 위력이 나타나리라.

하지만 일행들에게는 무모한 짓으로만 보였을지도 모른다.

위드의 레벨이 68인 줄 몰랐고, 또한 조각사가 약하기만 한 직업인 줄로 알고 있을 테니까 말이다.

물론 방어력은 약한 게 사실이다.

솔직히 마법 계열의 직업을 제외하고는 제일 방어력이 나쁜 편에 들 것이다.

대신에 위드에게는 조각 검술이 있었고, 전직을 한 이후로 조각술의 효과가 제대로 발휘되어 공격력은 매우 막강하다.

허약한 조각사!

나중에는 어찌 될지 모르지만 현재로써는 검사를 훨씬 능가하는 강력한 데미지 딜러였다.

위드는 힘이 거의 20%나 상승하고, 방어력이 대폭 증가한 것을 보며 싱긋 웃었다.

-생명력이 230 감소하였습니다.

위드는 일부러 리자드맨의 공격을 한 번 또다시 맞아 보았다. 이리엔의 성령 방어 덕택에 피해가 훨씬 줄어들었다. 못 본 사이에 열심히 스킬을 올렸다는 뜻이리라.

'이게 파티 사냥의 좋은 점이지.'

성직자들은 그 자체로 매우 귀한 존재들이었기 때문에 어딜 가도 우대를 받는다. 스킬의 숙련도가 높든 낮든 서로 모셔 가려고 안달이다.

레벨은 좀 낮지만 스킬을 착실히 올린 이리엔이야말로 사냥을 위해서는 꼭 필요한 사람이었다.

위드가 익힌 스킬인 붕대 감기는 전투가 끝나고 나서야 쓸 수 있는 것. 이렇게 성직자가 즉각적으로 치료를 해 주는 것과는 비할 바가 아니다.

따끔하게 질책한 이리엔이 살짝 미소를 짓는다.

"하지만 몬스터들에게 달려드는 게 더 위드 님답네요."

오는 몬스터라면 사양하지 않는다.

왜냐면 경험치이기 때문에!

상대하기 너무나도 버거운 몬스터들을 제외하고는 몬스터들의 소굴 속에 뛰어들어서 싸우기를 위드는 즐겼다.

정신없이 손발을 놀리다 보면 자유스러움이 느껴진다. 경험치를 모아 레벨을 올리고, 아이템을 줍는다. 스킬을 향상시킨다.

이 과정들이 너무나 재미있고, 결과물들은 환상적이다.

마법의 대륙을 할 때나 지금이나 몬스터들만 보면 달려들어서 해치우고 싶어 한다는 점에서는 그다지 달라진 점이 없다.

"트리플! 백어택!"

위드는 마나가 회복될 때마다 아끼지 않고 스킬을 사용한다. 우선은 스킬 숙련도를 충분히 올려놓을 필요성이 있었다.

소모한 마나는 어차피 보충이 되는 것!

-스킬이 실패하셨습니다!

스킬 숙련도가 0%였기 가끔씩 스킬 발동이 중지되기도 했다. 검법이 실패했을 때에는 일시지간 동작이 멈추기도 하였다.

위드는 동료들을 믿고 과감하게 스킬을 썼다. 동료들이 있으니 안심하고 등을 맡길 수 있다.

위드의 막강한 공격력으로 리자드맨들은 순식간에 처리가 되었다.

"……."

전투가 끝나고, 다들 멍한 시선으로 위드를 보았다. 리자드맨이라고 해서 긴장을 했는데, 수르카나 페일이 제대로 싸워 보기도 전에 정리가 된 것이다.

"위드 님, 그 스킬……."

"너무 강하잖아요."

페일과 수르카가 거의 동시에 볼멘소리를 했다.

"그게……."

"그동안 레벨을 너무 열심히 올리셔서 저희들은 필요하지도 않겠어요."

"그렇지 않습니다."

위드는 고개를 저었다.

"최소한 마나를 300 이상 잡아먹습니다. 제일 약한 기술이 말이죠. 그래서 저도 3번밖에는 연속으로 사용하지 못합니다."

"에엑?"

위드는 잠시 사람들이 충분히 놀라도록 기다렸다.

"제 마나가 230인데 저는 쓰지도 못하겠군요. 그러면 3번이나 쓸 수 있다는 위드 님의 마나는 대체 얼마입니까?"

페일이 이해할 수 없다는 듯이 묻는다.

"900이 조금 넘습니다."

"그런……."

페일의 표정이 경악으로 물들었다.

마법사인 로뮤나나, 성직자인 이리엔의 마나가 500을 조금 넘는 정도였다.

그녀들의 마나도 레벨에 비하면 절대로 낮은 편이 아니다. 하지만 위드의 터무니없는 마나의 양에는 기겁을 할 수밖에.

위드는 자신에게 있었던 일들을 대략적으로 말해 주었다. 달빛 조각사로 전직하게 된 과정들은 그들이 상상해 온 것 이상이다.

보통 레벨 5 정도가 되면 첫 직업을 택하는데, 레벨 60이 넘어서 죽을 고생을 다하고 전직을 했다니.

페일이 한숨을 쉬었다.

"그냥 조각사가 아니라 실은 달빛 조각사였군요. 알려지지 않은 직업. 그리고 위드 님이 그 소문의 조각사였을 줄이야……."

"소문요?"

"누가 세라보그 성에서 열심히 조각품을 판다고 하더군요. 저희들도 하나 사고는 싶었지만 돈이 없어서요."

이리엔이 무언가를 바라는 시선으로 위드를 보았다. 그녀가 원하는 것은 명백했다.

"일부러 숨기려고 한 것은 아니지만, 아무튼 나중에 멋진 조각품을 하나씩 만들어 드리죠."

"고마워요, 위드 님."

"저두요!"

"저도 조각품이 하나쯤 있으면 좋겠는데요."

위드는 모두에게 조각품을 하나씩 만들어 주겠다고 약속을 했다.

"자, 이제 모두 휴식을 취했으면 리자드맨을 잡으러 갑시

다. 이 퀘스트는 시간제한이 있으니 가능한 빨리 끝마치는 편이 좋겠습니다."

"네, 그렇게 해요."

위드는 일행들과 함께 리자드맨들을 제압해 나갔다. 대부분은 위드가 치명상을 입히면 페일과 수르카가 재빨리 처리했다.

로뮤나는 몇 마리의 위협적인 무리가 있을 때에 집중적으로 1마리만 공격해서 숫자를 줄이는 역할을 맡았다.

그렇게 해서 사냥이 어느 정도 진행되면 위드와 수르카가 남은 녀석들을 처리했다.

그 시간 동안 다른 사람들은 마나나 정신력을 회복했다.

손발이 척척 맞는 것이 함께 한두 번 사냥을 해 본 솜씨가 아니었다.

이들에 의하여 여우와 늑대들, 곰들이 가죽을 남기고 죽어야 했으니, 그 대상이 리자드맨으로 바뀐 것뿐이다.

위드가 혼자서 사냥을 할 때보다도 훨씬 빨랐고, 로자임 왕국 병사들과의 리트바르 마굴 사냥과는 달리 파티를 맺고 있었기에 경험치가 분배가 된다.

구태여 체력이 떨어진 적을 자신의 손으로 죽이기 위해 애쓸 필요는 없었다. 물론 아예 공격도 하지 않고 가만히 서 있으면 공헌도가 낮아서 제대로 경험치를 받긴 힘들지만 그런 것도 아니었으니 말이다.

"와아! 이 녀석들 꽤 부자인데요?"

리자드맨들이 떨어뜨린 물건을 보던 수르카가 기쁨을 터트린다.

전리품으로는 강철로 만든 장갑과 흉갑이 나왔다. 그 외에 쓸 만한 물건으로는 반지가 하나 나왔다.

―마나 링 : 마나의 최대치를 3% 증가시켜 준다.

반지와 같은 액세서리가 나온 건 처음 있는 일이었다.

"이건 누가 가지죠?"

수르카의 말에 잠시 다들 서로 눈치를 보았지만, 결국 마나 링은 이리엔에게 주기로 했다.

성직자인 그녀의 마나가 많을수록 안전한 사냥이 되기 때문.

일행들이 전리품을 나누는 방식은 먼저 집는 사람이 임자였다. 가끔 필요한 물건들은 이렇게 몰아서 주기도 하지만 상점에 팔아 치우는 것들은 알아서 아무나 집는다.

매우 불합리한 조건 같아 보이지만 이들의 특성을 감안한다면 자연스러운 일이다.

한 번 사냥을 나가면, 끝까지 간다.

리자드맨의 근거지를 친 이상, 모든 리자드맨들을 잡기 전까지는 사냥이 끝나지 않는다.

그러면 어느 한 사람이 전문적으로 아이템을 집어서는 금방 들 수 있는 무게를 초과해 버리고 말았다.

각자 알아서 집을 수 있는 한도까지 집는다.

대체로 활발하게 몸을 움직이는 위드와 수르카가 마지막에 아이템들을 집었고, 이들까지 무게를 초과하면 사냥이 끝난다.

이런 구조였으니 딱히 나누고 말 것도 없다.

프레야 여신상

위드와 일행들이 리자드맨들의 아지트로 가까이 갈수록, 나타나는 몬스터들의 숫자가 많아지고 있었다.

"벌써 40마리도 넘게 처치했는데……."

"아직 외곽이잖아요. 안에는 대체 얼마나 모여 있는 걸까요?"

이리엔과 로뮤나가 한마디씩을 한다. 하지만 위드는 빙긋 웃기만 할 뿐이었다.

"여러분, 리자드맨들은 군집 생활을 하는 것 아시죠?"

"네, 위드 님. 리자드맨들은 어떤 면에서는 오크들보다 단결력이 뛰어나잖아요."

"그렇습니다. 그런데 놈들은 자신의 영역도 가지고 있어요. 만약에 자신의 영역을 침범한 무리가 생긴다면……."
"가차 없이 공격하죠!"
"맞습니다. 그게 리자드맨들의 무서운 점이죠."
"그럼 우리는 큰일 난 거 아니에요?"

위드와 일행들은 계곡을 오르고 있었다. 중간 중간 마나를 채우기 위해서 휴식을 하고는 있지만, 쓸데없는 움직임은 보이지 않는다.

그러던 도중에 위드가 수수께끼를 낸다.

"정상적인 상황이라면 우리가 위험하겠지만 지금은 다리우스가 있습니다."

일행들은 그 말에 위드의 자신감의 비결을 깨달았다.

"그게 무슨… 아, 그렇군요!"
"정말로 다리우스가 우릴 돕고 있었네요!"

리자드맨들의 근거지.

하지만 리자드맨들은 영역을 침범해서 들어온 토벌대와 맞서 싸우고 있을 것이었다.

이것은 다른 말로 하자면 정작 놈들의 근거지에는 최소한의 병력만 남아 있다는 소리다.

동시에 여러 마을에서 약탈한 재화도 고스란히 남아 있을 테지.

물론 간달바의 퀘스트를 위해 위드는 서쪽 계곡을 오르고 있었지만, 그의 애초 의도를 의심할 수밖에 없는 상황이었다.

"자, 이제부터는 조금 위험합니다. 여기서부터는 놈들을 유인하도록 하죠."

"넷!"

"조심할 것은 리자드맨들이 한꺼번에 덤벼들지 않도록 해야 합니다."

리자드맨들을 유인하는 데에는 수르카가 큰 몫을 해냈다. 그녀의 재빠른 민첩성은 적들을 끌어 오는 데에 많은 도움이 된다.

"이리 와 봐! 이 도마뱀들아!"

"크루루!"

"인간. 죽는닷!"

분노한 리자드맨들이 수르카를 쫓아온다.

위드와 페일은 재빨리 활에 시위를 겨누어서 화살을 쏘아 댔다.

푸슝! 푸슝!

위드가 한 발씩 쏠 때, 페일은 거의 손이 보이지 않을 정도로 연사를 날린다.

궁술 스킬의 차이와, 패시브 스킬의 효력이었다.

위드의 궁술 스킬도 고블린들을 상대할 때 제법 늘은 상태였지만 활 하나로만 사냥을 하는 페일에 비할 바는 아니다.

한 발의 화살이 채 적에 명중되기 전에, 다시 한 발의 화살이 날아간다.

페일이 궁사로 전직을 하면서 레벨 5때부터 올려놓은 속사와 관통 스킬은 화살에 더 큰 위력을 담게 해 주었다.

위드는 그래도 리자드맨들이 다가올 때까지 화살을 쏘았다. 데미지가 낮지만 궁술 스킬을 올릴 수 있다.

아니, 그보다 더 근본적인 이유란 앉아서 기다리지 못하는 성미 때문이다.

경험치가, 적이 다가오는데 대체 왜 기다려야 하는가?

지겹도록 싸우는 걸 즐기는 위드다. 이럴 때의 위드는 누구도 말리지 못한다.

"아자자자자!"

위드의 입에서 또다시 터져 나오는 함성.

이리엔과 로뮤나는 웃음을 지었다. 몇 번씩이나 지적을 해 주었지만 이것만큼은 위드도 어쩌지 못한다.

한창 신이 나서 터트리는 포효성이었기에.

다행히 아직까지 이 소리를 듣고 몬스터들이 떼거지로 몰려온 적은 없었다. 다른 사람들의 틈에서 싸울 때에는 민망해지기 일쑤였지만.

'어쩔 때면 참 냉정한 위드 님인데 아이 같은 면도 있으시단 말이야.'

리자드맨 6마리와 신나게 싸우던 도중이었다.

전투가 벌어지자마자 2마리는 위드의 검술로 빠르게 처리를 하고 4마리가 남았다.

이 4마리는 아껴서 잡아야 할 판이다.

왜냐면 너무 위드가 혼자서 다 잡아 버리면 로뮤나, 페일, 수르카가 활약할 기회가 줄어든다.

또 위드가 혼자서 마나를 다 써서 잡으면 이리엔의 마나가 남아돌게 된다.

그런 다음에 다시 위드의 마나를 채우기 위해서 휴식을 한다면 그야말로 비효율적인 사냥인 것이다.

2마리는 수르카에게 갔지만, 2마리는 동료를 잃은 복수심에 불타올라 위드에게 덤벼든다.

마침 위드의 철검은 내구력이 10 이하로 떨어진 상태였다. 강력한 검술 스킬은 그만큼 많은 내구력을 저하시키는데 정신없이 싸웠던 것.

"철검 해제."

위드는 철검을 무장해제하고 두 주먹을 불끈 쥐었다.

수르카의 주특기!

"연환권!"

위드의 주먹이 쉴 새 없이 놈들을 강타한다.

스킬 이름은 말했지만 실제로 스킬이 발동된 것은 물론 아니었다. 스킬 자체가 존재하지 않는데 사용될 턱이 없다.

대신에 위드는 최대한 비슷하게 리자드맨을 두들겨 팼다.

위드는 본래 몬스터 잡기를 좋아했는데, 1년간 이 순간을 위해 격투술을 익혔다.

그런 위드의 손동작이 예사롭지 않은 건 두말할 나위 없는 일!

파바바박!

위드의 손이 무시무시하게 움직인다.

리자드맨들을 사정없이 후려 패는데 중급에 이른 손재주는 50%나 되는 공격력을 추가했다.

"크어!"

"인간의 주먹. 맵다!"

위드는 바싹 달라붙어서 연신 주먹을 날렸다. 리자드맨들은 도를 휘둘렀다.

리자드맨이나 위드나 서로를 죽이기 위해서 오로지 공격 일변도다.

위드의 발끝은 가벼웠다. 몸이 살짝 흔들릴 때마다 주먹이 나간다. 발목과 허리가 자유자재로 움직이며 힘을 이끌어내서 리자드맨의 복부와 가슴을 강타한다.

"크커커커!"

"비, 비겁하게 친 데를 또 친다!"

리자드맨들이 고통에 비명을 지른다.

"위드 님, 힘내세요!"

이리엔은 뒤에서 열심히 치료를 해 주었다.

그녀의 치료 솜씨는 정평이 나 있는 상태였다. 체력이 70% 이하로 내려올 때마다 어김없이 치료의 손길이 들어온

다. 안전하고 효율적이다.

　위드는 조금씩 손맛을 느껴 가며 놈들을 공격했다. 직접 몸을 움직이면서 싸우니 검술보다 훨씬 박진감이 넘친다.

　리자드맨이나 위드나 서로 상대방을 난타하고 있었지만, 겉보기에는 완전히 일방적이었다.

　리자드맨들의 얼굴은 고통에 차 있는 반면, 위드의 입가에는 미소가 떠올라 있었던 것이다.

　즐거움에 고함을 지르면서 강한 주먹을 휘두르는 위드!

　로뮤나와 페일은 일단 수르카에게 붙은 2마리를 제압하기 위해 마법과 화살을 쏘고 있었으니 리자드맨에게는 그야말로 불운이라고밖에 할 수가 없다.

　무참히 구타를 당하면서 죽지도 못하다니!

　-스탯 인내력이 생성되었습니다.

　인내력은 주로 워리어들에게 일찍 생성되는 스탯이다.

　인내력을 높이면 적으로부터의 공격의 피해를 줄여 준다. 생명력을 약간 늘려 주기도 한다.

　레벨 업을 할 때마다 얻는 포인트를 분배해 줄 수도 있지만 주로 많이 얻어맞으면 성장하는 스탯이었다.

　인내력 스탯이 생성되고 나서는 위드의 움직임이 한층 교묘해졌다. 이리엔의 남은 마나를 확인하고 일부러 리자드맨들의 도를 슬쩍슬쩍 몸으로 받아 냈다.

맞는 만큼 성장하는 스탯.

이것이야말로 고통 끝에 얻을 수 있는 강함.

위드가 어떤 인간인가. 위험하지 않은 선이라면, 이리엔의 마나가 허용하는 대로 리자드맨의 공격을 그냥 받아 주었다.

로열 로드에서는 피해를 입으면 통증이 느껴진다. 그 통증까지도 위드는 즐기고 있었다.

"꾸에에엑!"

마침내 비명에 간 리자드맨.

위드는 공방전 끝에 1마리의 리자드맨을 손으로 잡아 내는 쾌거를 이룩했다.

다른 3마리는 로뮤나와 페일, 수르카의 합공으로 처리했다.

위드가 혼자서 3마리를 잡았지만, 이리엔의 치료가 없다면 검을 들었더라도 쉽지 않았으리라. 5명이서 함께 싸웠기에 이길 수 있었다.

수르카가 리자드맨들을 끌어 올 때에는, 주변에 다른 리자드맨 무리가 있을 때였다.

그렇지 않을 때에는 페일이 그냥 화살을 쏘거나, 위드가 먼저 움직였다.

리자드맨들을 향해 그대로 달려가서 검을 휘두른다. 일행들도 헐레벌떡 뛰어와서 놈들을 해치우고, 다음으로 이동을

한다.
 위드가 수르카나 이리엔 등을 좋아하는 이유가 바로 이것이다.
 평소에는 나름대로 수다스러운 이들이지만, 사냥이 시작되면 아주 진지해진다.
 위드에 의해서 철저히 길들여진 일행들!
 성 앞의 여우를 잡을 때부터 사냥은 최대한 신속하고, 효율적으로 하는 법을 배운 이들이었다.
 보초 리자드맨들을 없애고 들어가자, 황량한 계곡의 여기저기에 몇몇씩 펼쳐져 있었다.
 '저기다.'
 위드의 눈이 빛났다.
 아이들의 부모님들은 나무로 얼기설기 만든 우리 비슷한 것에 감금되어 있다.
 위드는 잠시 그들의 진형을 살펴보았다.
 나무 우리 안에는 10명 정도의 사람들이 갇혀 있었고, 리자드맨들 8마리가 지키고 있다.
 8마리!
 위드가 마나 소모를 감수하면서 속전속결로 상대하더라도 2마리에서 3마리까지를 빠르게 죽일 수 있을 정도인데, 그러면 나머지 5마리를 일행들끼리 감당해야 한다.
 지진 않겠지만 생명력이 적고 방어력이 취약한 이리엔이

나 로뮤나는 위험해질 가능성이 컸다. 마법사나 성직자는 리자드맨의 공격을 몇 대만 맞아도 위태롭다.

"인질부터 구출하는 편이 좋겠어요. 제가 다른 곳으로 따돌리고 올게요."

수르카가 자신의 차례임을 알고 움직였다.

"인간이다."

"어떻게 여기까지……."

"일단 죽여!"

수르카가 리자드맨들의 앞에 나타나자 5마리의 리자드맨들이 그녀의 뒤를 쫓았다. 8마리 전부가 수르카를 쫓지 않고, 3마리는 그대로 인질을 지킨다.

'제법 영리하군.'

위드와 도망치는 수르카의 눈이 마주쳤다. 그리고 동시에 고개를 끄덕인다.

-우리가 왔던 쪽으로 해서 한 바퀴 돌고 올게요.

-그 정도라면 시간은 충분할 겁니다.

위드와 수르카는 합의를 끝냈다.

그녀가 눈에 보이지 않는 곳까지 사라지는 것을 확인하고 위드와 페일은 남아 있는 리자드맨들의 앞에 나섰다.

"인간이 또 있다."

"또, 또 나왔다."

어눌한 말투로 놀라움을 표시하는 3마리의 리자드맨.

"조각 검술!"

"파이어 에로우!"

"파워 샷!"

3마리 정도는 일행의 상대가 되지 못하였다.

위드와 페일은 금세 리자드맨들을 처치해 버리고 나무 우리를 열었다. 사람들은 잔뜩 겁에 질린 채로 기다리고 있었다.

리자드맨들에게 생포당하여서 언제 죽을지 모르고 있었을 테니 이해할 만한 일이다.

위드가 그들에게 말했다.

"저희들은 바란 마을의 장로이신 간달바 님의 의뢰를 받고 왔습니다."

"자, 장로님에게……."

"예. 여러분들을 무사히 구출하는 임무입니다. 혹시 부상자가 있습니까?"

"이쪽에……."

위드는 나무 우리 안으로 들어가서 약초와 붕대를 이용한 응급처치를 해 주었다.

그것만으로도 주민들의 체력이 많이 회복되었다.

"위드 님, 수르카가 돌아와요."

멀리 움직였던 수르카가 리자드맨들을 데리고 돌아오고 있었다.

"잠시 안쪽에 계십시오. 떠날 준비들을 하시구요. 아이들을 보러 가야 하지 않겠습니까?"

위드는 마을 사람들을 향해 곰살궂게 이야기한다. 남들은 짐이라고 여길지 모른다.

리자드맨들로부터 구출해서 바란 마을까지 무사히 데려가야 했으니 사실 짐 덩이나 다름이 없다. 그러나 위드의 관점은 다르다.

'이 사랑스러운 경험치들!'

위드가 하는 것은 구출 임무였다.

한 사람을 구출할 때마다 임무를 완료하고 보상으로 받을 경험치가 증가한다. 토벌대에 속해서 리자드맨들을 없애고 명성과 경험치를 동시에 받지는 못해도 이것도 나쁘지 않은 장사다.

위드와 일행들은 수르카의 뒤에 돌아온 리자드맨 5마리를 처치하고, 마을 사람들을 안전한 곳에 숨겼다. 그리고 다른 나머지 마을 사람들도 전부 무사히 구출할 수 있었다.

다만 약간의 실망이라면 리자드맨들이 약탈하고 쌓아 온 보물들에 있었다.

오크나 고블린들은 천성적으로 금이나 보석을 잘 모아 둔다. 하지만 파충류인 리자드맨은 약탈 후에도 금은보화를 따로 챙겨 두지는 않았다.

철로 만든 방어구와 무기류만 잔뜩 쌓아 놓고 있었던 것이다.

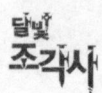

위드와 일행들은 하나도 남김없이 병장기를 쓸어 왔다. 각자 소지할 수 있는 무게는 체력과 힘에 비례한다.

이리엔과 로뮤나마저 허리가 휘청휘청할 정도로 무거운 짐들을 짊어지고 바란 마을로 향했다.

물론 일행들만 병장기를 들고 있는 건 아니었다.

"저희들은 여러분들을 구해 주었습니다."

위드는 리자드맨들의 근거지에서 구출한 마을 사람들을 향해 말했다.

마을 사람들의 표정이 약간 불안하게 바뀌었다.

"물론! 그렇다고 해서 어떠한 보상을 바라지는 않습니다. 여러분들 마을의 장로님이신 간달바 님께서 제게 주시기로 한 씨앗 하나면 됩니다. 제가 여러분들을 구한 것은 어떤 재산상의 이득이나 보상을 바라고 한 것이 아니기 때문입니다."

그제야 마을 사람들은 다소 안심을 한 표정이었다.

위드는 부드럽게 미소를 지으며 말을 이어 나간다.

"많은 고생을 하신 여러분들께는 염치없는 부탁이지만, 저 병장기를 마을까지 옮기는 데에 도움을 주시겠습니까?"

"……."

주민들의 표정이 또다시 급변을 한다.

그들은 제대로 먹지 못해서 많이 지쳐 있는 상태였다. 어서 빨리 마을로 돌아가고 싶을 뿐이다.

"이 계곡은 천혜의 요새나 다름이 없는 곳입니다. 그리고 듣기로는 가끔 오크들이 나타나기도 한다더군요."

 오크라는 말에 마을 사람들은 공포에 벌벌 떨었다. 간신히 리자드맨들로부터 구출을 받았는데 오크가 나타난다면 산 넘어 산이 아닐 수 없다.

 "만에 하나라도 이곳에 오크들이 나온다면 놈들은 여기 쌓여 있는 병장기를 보고 무척이나 기뻐할 것입니다. 이 병장기들로 무장을 하고 바란 마을을 침공할 수 있으니까요. 그러니 이 병장기들은 가능한 모두 옮기는 편이 좋겠습니다. 저희들을 좀 도와주시겠습니까?"

 위드의 설득에 그대로 넘어간 마을 사람들은 각자 한계치에 가까운 짐을 들고 계곡을 내려가야 했다.

 그동안 바란 마을의 리자드맨들은 다리우스와 토벌대에 의해 깨끗이 정리가 되어 있었다.

 아직 황폐화되어 있는 마을이지만 마을에 살던 사람들은 눈물을 흘리며 돌아온 것을 기뻐하였다.

 바란 마을의 입구에서는 위드가 또 한 번 그들을 상대로 이야기했다.

 "정말로 감사합니다. 여러분들의 덕택에 이렇게 무사히 올 수 있었습니다. 여기서부터는 제가 알아서 할 테니 어서 여러분들의 아이들에게 가 보십시오. 어머니와 아버지를 간절하게 기다리고 있을 것입니다."

 위드의 말이 떨어지자, 마을 사람들은 무거운 병장기를

내려 두고 아이들을 찾아 나섰다.

간달바는 아이들과 함께 마을 입구 근처의 공터에서 기다리고 있었다.

"엄마!"

"아버지!"

"레시카, 마론, 너희들 모두 살아 있었구나."

아이들과 어른들의 감격적인 상봉.

간달바가 흰 수염을 쓰다듬으며 걸어왔다.

"임무를 완수해 주었군."

"예."

"마을 사람들을 모두 구해 주어서 고맙네. 솔직히 이 정도까지는 기대하지 않았는데……. 덕분에 큰 도움이 되었네. 다들 자네의 도움을 잊지 않을 걸세."

바란 마을의 불행 완료
바란 마을의 떨어진 가족들은 의로운 용사들의 도움으로 다시 만날 수 있었다. 리자드맨의 습격으로 폐허가 되어 버린 마을이지만 곧 닭 우는 소리와 개가 짖는 소리가 들리게 될 것이다.
아이들은 부모를 만나서 무척 안도하고 있다.
어른들의 잔소리에 울음을 터트리는 그날까지 아이들은 용사들에게 고마운 마음을 간직하리라.

-명성이 15 올랐습니다.

-레벨이 오르셨습니다.

-퀘스트의 보상으로 알 수 없는 씨앗을 획득하셨습니다.

 명성과 경험치는 전 파티원들에게 고르게 들어왔지만, 씨앗은 리더인 위드에게만 들어왔다.
 "자네들 덕분에 바란 마을이 구원을 받았네."
 "아닙니다. 저희들로서는 해야 할 일을 한 것입니다. 바란 마을의 평화와 번영을 위해 저희들은 언제나 최선을 다하도록 하겠습니다."
 퀘스트를 받는 조건은 다양했다.
 사정에 따라서 급한 것이라면 누구에게든 부탁을 하지만, 특별히 친밀도가 높은 이가 있다면 아무에게나 주지 않고 그가 나타나기를 기다리기만 하기도 한다.
 '다리우스, 너는 후회할지도 모르겠다.'
 위드는 이번 일을 통해서 장로인 간달바와 상당한 친분을 쌓았다. 구출해 준 마을 주민들도 위드와 일행들에게 고마운 마음을 갖게 될 테고, 이로 인해 상점 이용이나 여러 면에서 혜택을 누릴 수 있게 되는 것이었다.
 다리우스가 바란 마을에 별다른 애착이 없다면 물론 아무

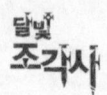

런 상관이 없다. 하지만 토벌대의 대장이라는 직위를 바탕으로 남부 마을에 대한 영향력을 확대할 작정이었다면 실수한 것이다.

물리적인 보상보다도 이런 미묘한 친밀도야말로 훗날 가장 큰 자산이 될 수도 있기 때문이다.

평상시의 다리우스라면 이 퀘스트를 거절하지 않았겠지만, 그는 토벌대의 대장이다.

토벌대의 대장으로서 병사들을 지휘하여 공을 세우지 않고, 리자드맨으로부터 주민들을 구출하기 위해서 나서기란 쉽지 않은 결정이리라.

그런 면에서 위드는 다리우스를 이해는 하지만 동시에 안타까워하는 것이다.

기회란 황금빛으로 칠해져 있는 게 아니다.

전혀 뜻밖의 예상치 못한 우연처럼, 기회가 다가오기도 한다.

간달바는 덥석 위드의 손을 잡았다.

"그러고 보니 자네에게 부탁을 할 것이 있네. 내 자네라면 믿을 수 있겠어. 토벌대의 병사들로부터 들었는데, 자네의 직업이 조각사라면서?"

"예, 그렇습니다."

"우리 마을의 중앙 공터에는 모두가 경배드리는 프레야의 석상이 있었다네."

프레야는 로자임 왕국에서 많이 믿는 여신의 이름이다. 풍요와 아름다움을 주관했다.

간달바는 침울한 얼굴로 말을 이었다.

"우리들은 프레야 님의 여신상에 기도를 하면서 평화와 번영을 기원했지. 그런데 올해 초, 그만 사고가 일어나서 석상이 파괴되었어. 일이 이 지경이 되고 나니 아무래도 석상이 사라진 게 원인이 아니었을지 의심이 가네."

"여신상을 복구하라는 말씀이십니까?"

"그렇네. 자네가 프레야 님의 여신상을 새로 조각해 주면 좋겠군. 내 본래 다른 믿을 만한 사람에게 맡겨는 놓았던 일이지만 아직 소식이 없군. 일이 시급하게 느껴지네. 자네가 프레야 님의 여신상을 조각해 줄 수 있겠는가?"

띠링!

프레야의 여신상

미와 풍요를 주관하는 프레야는 바란 마을의 정신적인 지주였다. 리자드맨들은 물러갔다고 해도 여신상이 복구되지 않는 한 마을의 주민들은 안심할 수 없을 것이다.

마을의 중앙에 여신상을 새로이 건립하여 바란 마을을 평화롭게 하라.

난이도: 직업 퀘스트.
퀘스트 제한: 조각사만 가능.

오직 조각사만 할 수 있는 직업 퀘스트였다.

난이도나 성과에 따른 보상도 결과물에 따라서 천양지차도 달라지기 때문에 아직은 결정된 게 아무것도 없었다.

퀘스트에 따른 보상들은 대부분 그런 편이다.

연락 임무나, 편지를 전하는 등의 정해진 임무가 아니라면 보상도 많이 차이가 났다.

"잠시만 기다려 주십시오. 저희 일행들의 의견도 들어 보겠습니다."

위드가 그렇게 말을 했을 때, 곁에서 멍하니 보고 있던 일행들은 웃으면서 축하해 주었다.

"잘됐어요."

"토벌대의 일을 하지 않은 걸 약간은 후회했는데, 지금은 뿌듯하네요."

"수르카 님, 로뮤나 님, 고맙습니다. 하지만 제가 이 퀘스트를 받아들이면 며칠간 함께 사냥을 하진 못할 것 같습니다만."

위드가 양해를 구했지만, 페일은 흔쾌히 받아들였다.

"괜찮습니다. 토벌대 퀘스트 중에 남은 것은 잔당 소탕뿐이지요. 리자드맨들이라면 이미 충분히 상대를 해 보았으니 저희들끼리도 잘할 수 있을 것 같군요. 조심하면 되겠지요. 그리고 위드 님과 레벨 차이도 제법 나니, 우리들로서는 위드 님이 이 퀘스트를 꼭 받아들여 주셨으면 좋겠습니다."

페일이 마음을 편하게 해 주었다. 실상 그들로서는 레벨 차이가 심한 위드와 파티를 맺는 것이 조금은 불편하다.

거의 대부분의 데미지 딜러 역할을 위드가 하고 있었으니 들러리가 된 기분이 드는 것이다. 동료. 힘을 합쳐서 싸워야 할 일행으로서는 신세 진다는 느낌에 의식이 되지 않을 수 없었다.

"그렇게까지 말씀하신다면 어쩔 수 없군요. 퀘스트를 받겠습니다."

위드는 간달바를 향해 가서 말했다.

"프레야의 여신상을 만들겠습니다."

- 퀘스트를 수락하셨습니다.

"고맙네. 준비가 되는대로 최대한 빨리 만들어 주게."

위드와 일행들이 마을로 나왔을 때, 베커와 호스람이 병사들과 함께 다가왔다.

"대장님 오셨습니까."

"다른 사람들은?"

"예. 도망친 리자드맨들을 쫓고 있습니다."

토벌대에 의해 쫓겨 달아난 리자드맨 무리를 추격하고 있다는 이야기다.

"너희들은?"

"다리우스 님이 남으라고 하더군요."

공적을 독식하기 위해서 로자임 왕국 병사들은 마을 수비의 임무를 맡긴 것이리라.

마을에는 로자임 왕국 병사들만이 남아서 보초를 서고 있었다.

위드는 일행들을 데리고 사람들이 없는 조용한 곳으로 향했다. 손에는 씨앗을 든 채였다.

"그런데 참, 마을 사람들을 구해 주고받은 보상품요. 그 씨앗이 대체 뭐예요?"

수르카의 질문에 위드는 가만히 씨앗을 내려다보며 말했다.

"실은 제가 이상한 책을 한 권 구했습니다. 그 책에는 이런 이야기들이 쓰여 있었는데……."

천공의 도시!

볼크로부터 받은 책의 이야기를 해 주자 조금은 냉정하던 페일까지도 경악을 금치 못하였다.

베르사 대륙을 모험하는 이들은 모두 꿈을 꾸고 있었다.

환상의 대륙, 전설과 신비가 숨어 있는 땅. 아무도 들어가 보지 않은 전인미답의 영역에 자신의 발자국을 새기는 것.

알려지지 않은 던전을 탐험하고, 비밀을 밝혀낸다.

발견한 사람은 엄청난 명성치와 함께 기회를 함께 얻는다. 성장할 기회와, 죽을 기회를.

"천공의 도시라니, 그런 게 있단 말씀이십니까? 지저의 도시는 들어 봤지만……."

"지저의 도시?"

"예. 지하 깊은 곳에 있는 도시라고 합니다. 드워프들이 지은 곳인데, 드워프들의 궁전이죠."

"초기에 드워프 종족을 선택한 사람들이 갈 수 있는 곳인가요?"

"그건 아닙니다. 드워프라고 해서 다들 갈 수 있는 곳은 아니라고 들었습니다. 현재로써는 그 장소를 아는 사람들도 극히 소수인데, 그곳에 가면 고급 대장장이 기술을 익힐 수 있고, 뛰어난 세공 기술도 배울 수 있다고 하더군요."

드워프들.

조각사를 선택한 위드에게 매우 골치 아픈 적수였다.

인간으로서 손재주 스킬을 배우기 위해서는 제조와 관련된 직업을 선택해야 한다.

조각사는 초급 조각술부터 손재주를 익힐 수 있다.

위드의 경우에는 특별한 연계 퀘스트인 자하브의 후인이 있었기 때문에 직업이 없는 상태에서도 손재주가 있었지만 이런 행운을 가진 사람은 그리 많지 않다.

아마도 거의 없다고 보면 될 것이다.

요리나 대장장이로 손재주를 익히려면 최소한 주력하는 스킬이 중급 이상 되어야 한다.

재봉의 경우에는 초급 재봉술에서 스킬 레벨이 8 이상 오르면 배울 수 있었다.

생산직 직업을 선택하지 않은 상태에서는 생산 스킬들이 중급으로 오르지 않았으므로, 손재주를 배우고 싶다면 무조건 재봉술을 익혀야만 했다.

그런데 이 드워프라는 종족은 손재주를 처음 종족을 선택했을 때부터 가지고 태어난다.

선천적으로 타고난 체력과 힘이 좋은 드워프들이 뛰어난 재주까지 가지고 있다니!

위드에게는 경계할 수밖에 없는 대상이다.

대신에 드워프들은 신장이 짧고, 마법이나 승마, 고급 전투 기술을 배우는 데에 페널티가 있었다.

위드는 꼭 그 지저의 도시도 가 보고 싶었다.

"기회가 된다면 한번 가 보고 싶군요."

"쉽진 않을 것입니다. 거긴 인간에게는 아주 배타적이라고 하더라고요. 오로지 뛰어난 장인들만을 우대하는 곳이라서요. 그들의 인정을 받지 않으면 도시에 들어갈 수 없다고 합니다."

조각술의 마스터였던 자하브나 게이하르 폰 아르펜이라면 지저의 도시에도 갈 수 있지 않았을까?

'아마도 그곳에서 조각술의 비법과 관련된 무언가가 있을지도 모른다는 예감이 든다!'

위드는 미래의 일은 제쳐 두고, 일단은 간달바에게서 받은 알 수 없는 씨앗을 꺼냈다.

"자, 이제 승부를 해 볼 시간입니다. 만약 제가 생각한 게 아니라면 우리는 헛고생을 한 거죠."

"위드 님의 판단이 맞을 거예요."

"왠지 좋은 예감이 들어요."

이리엔과 로뮤나가 파이팅을 외친다.

"감정!"

일행의 기대를 한껏 받은 위드는 조심스럽게 감정 스킬을 사용했다.

―천공수의 씨앗 : 내구력 1/1.
하늘의 도시로 오를 수 있는 씨앗.
바란 마을의 근처에 심어야 한다.

정보를 확인한 위드는 잠시 눈을 감았다 떴다.

일행들이 잔뜩 긴장을 하고 있었다. 오로지 위드가 결과를 말해 주기만 기다리고 있는 것이다.

"이것, 진짜로군요."

위드가 마침내 확인을 해 주자, 일행들은 환호성을 내질렀다. 하지만 언제나 마지막 순간이 중요하다.

"이것을 심어서 우리가 천공의 도시로 가는 모습을 다른

사람이 안 봤으면 좋겠습니다."

위드는 일행들까지는 같이 데려갈 작정이었지만, 다리우스나 다른 토벌대까지 천공의 도시로 안내하고 싶진 않았다.

이기심.

혹은 자기만 아는 사람이라고 해도 좋다.

이 씨앗을 구하기 위해서 위드와 함께 고생한 사람들은 페일, 수르카, 이리엔, 로뮤나였다.

"저도 그렇게 생각합니다. 천공의 도시가 있다면 언젠가 사람들이 찾아내면서 공개가 되겠지만, 그 역할을 지금 우리들이 할 필요는 없겠죠."

페일도 위드의 의견에 따르기로 했다.

정보의 독점이 아니다. 정보를 알고 있는 사람이 정당한 권리를 누리기 위함이다.

모든 사람이 다 알게 된다면, 천공의 도시의 메리트도 떨어질뿐더러 위드가 지금까지 한 것도 헛수고가 될 것이다.

너무 착하게 사는 것도 미련한 짓이었다.

천공의 도시를 공개한다고 해서 다른 사람들이 자신만의 비전이나, 혹은 알고 있는 퀘스트를 공유해 주지도 않는다.

"저희들도 그렇게 생각해요. 아직 누군가에게 말해 주기는 좀 이른 것 같아요."

"우리들끼리 가 봐요."

그들의 의견은 하나로 통일되었다.

단 천공의 도시로 떠나는 것은 당분간 보류해 두었다.
위드의 여신상 퀘스트와 토벌대 퀘스트가 아직 끝나지 않았기 때문.
퀘스트를 마치는 대로 천공의 도시로 향하기로 했다.
새로운 도시를 탐험하는 것이니 기대 반, 우려 반이었다. 자칫 너무 강한 지역이라면 가서 구경만 하다 돌아올 수도 있다. 탐험이나 개척은 늘 이러한 위험 요소를 안을 수밖에 없었다.

위드는 다리우스와 토벌대가 돌아오면 적당히 둘러댈 만한 변명거리를 만들어 놓았다. 토벌 작전에 참가하지 않았으니 뭐라고 질문이라도 할 줄로만 알았던 것이다.
하지만 돌아온 토벌대의 숫자는 100명도 되지 않았다. 그리고 심각한 분위기로 언쟁을 벌이고 있었다.
"이게 다 당신 때문이야."
"그게 왜 나 때문이지?"
"당신이 어처구니없는 지휘를 해서 콜로냐가 죽었어!"
"자신의 목숨을 돌보지 못한 것은 그 콜로냐라는 사람의 책임이다."
"그런 무책임한 소리를!"
바란 마을을 탈환하고, 이어서 리자드맨의 잔당들을 소탕하는 와중에 토벌대는 큰 피해를 입었다.

애초에 전혀 모르는 남들을 모아 놨으니 유기적인 움직임이란 불가능했고, 난전의 가운데에서 큰 피해를 입었던 것이다.

그 덕분에 다리우스와 토벌대원 간에는 심각한 분위기가 흘렀다.

"우리가 한 것은 전쟁이고 전투다. 그 와중에 약간의 피해가 있는 것은 어쩔 수 없는 일이 아닌가?"

"약간의 피해? 콜로냐가 죽은 게 약간의 피해라고? 네 눈에는 그 정도로밖에 안 보이나 보지? 네 허술한 지휘 때문에!"

"그 허술한 지휘를 따른 것은 너희들이 아닌가? 전투가 끝나고 나서 이런 식의 말다툼은 피곤한 일이군."

"뭐라고!"

토벌대원들과 다리우스의 언쟁이 심해진다.

워낙 많은 사람들이 죽어서 위드와 일행들이 전투에 참여하지 않았던 것 정도는 의식도 되지 않는 상태였다.

위드는 다리우스와 그의 동료들을 살펴보았다. 유독 그들만이 아무도 죽지 않고 멀쩡했다.

'저들이 토벌대의 공적을 독식했겠지. 다른 사람들을 사지로 몰아넣고, 리자드맨들의 힘을 빼놓은 다음에 자신들이 마무리를 했을 거야.'

중간 규모의 전투에서는 지휘관이 어떤 마음을 먹느냐에 따라서 전투의 양상이 완전히 달라질 수 있다.

리자드맨들은 미끼 역할로 일부가 나와서 싸우고, 나머지 전력은 후방에 숨겨 놓았다고 한다.

그들이 싸우기 좋은 숲에서 말이다.

숲에서는 아무리 많은 병력이라고 해도 운용하기가 쉽지 않다. 지키기는 쉽지만 공격하기는 어려운 장소다.

다리우스는 미끼 역할을 하는 부대와 싸우고 토벌대 본대는 숲으로 그대로 투입했다.

자신들과 동료들이 미끼 리자드맨들을 잡는 사이에, 본대는 함정에 빠져서 곤욕을 치러야 했다.

본대가 리자드맨들을 지치고 상처를 입게 만들자, 미끼 역할을 한 리자드맨들을 전부 처치한 다리우스와 동료들이 리자드맨들을 학살!

결국 최고의 공적을 다리우스와 동료들을 세웠다는 이야기였다.

"나는 최선을 다했다. 리자드맨들을 가장 많이 죽인 것도 나이고, 너희들을 구해 준 것도 나와 동료들이다. 존경심을 가지고 대해라."

"뭐라고! 너의 속셈을 모를 줄 알아!"

"어쩌면 저런 말을 다 할 수 있어. 뻔뻔하기도 하지."

"다리우스라는 작자도 소인배였군."

토벌대원들이 대대적으로 성토를 하자, 다리우스와 동료들에게서 살기가 뿜어져 나왔다.

"정 그렇게 할 말이 있으면 입이 아닌 검으로 덤벼라. 내가

아니었으면 토벌대에 속하지도 못했을 주제에 말이 많군."

위드는 냉소적으로 다리우스와 토벌대원들을 보았다.

'전부 바보들이로군.'

공적과 명성치를 위해서, 오히려 유저들 사이에 다리우스는 악명을 떨치게 되었다.

눈앞의 이득 때문에 더 큰 것을 놓친 셈이었다.

작은 것은 소리 소문 없이 챙기고, 큰 것은 화끈하게 가져야 된다. 그런 다음에 추가로 얻을 무언가가 없는지를 살펴야 하는 게 올바른 판단이다.

그렇지만 토벌대원들도 바보였다.

다리우스라는 작자의 무엇을 믿고 절대적으로 따랐단 말인가? 조금만 의심을 해 보았어도 그의 뜻대로 놀아나지는 않았을 텐데.

애초에 너무 믿은 것이 잘못이다. 조금만 주의가 깊었다면 동료들을 잃지 않았으리라.

빼앗긴 신전의 보물

"열심히 만드세요, 위드 님."

"저를 닮은 석상을 만들면 칭찬을 받으실 거예요."

위드가 석상을 만드는 동안, 일행들은 토벌대와 함께 주변을 돌아다니면서 사냥을 하기로 했다.

리자드맨 잔당들이 어딘가에 아직 남아 있을 테고, 주변에도 그럭저럭 괜찮은 사냥터들이 많았던 것이다.

토벌대 사람들에게는 본래 위드가 조각사였다고 밝혔고 다들 직업 퀘스트인 줄 알고 별다른 의문을 달진 않았다.

"잘 다녀오십시오."

위드는 일행과 헤어지고 난 뒤에 공터에 우두커니 섰다.

바란 마을에는 로자임 왕국의 병사들 그리고 조금씩 돌아오는 마을 주민들이 있다.

그들이 기대 어린 눈으로 위드를 보고 있었다.

'일단 재료는 바위를 이용해야겠지.'

석상이니 당연하리라.

나뭇조각을 이용한 조각술이 가장 익숙했기에 석상을 다루는 것은 처음이었다.

다행스럽게도 주변에는 재료로 쓸 만한 큰 바위가 많았다. 조금은 외진 산간 마을이었던 덕분이다.

그중에 두 팔로 안을 수 없을 정도로 거대한 바위가 석상을 만들 재료로 선정되었다.

'슬슬 시작해 볼까.'

위드는 돌을 쪼갤 수 있는 해머와 정을 꺼냈다.

조각을 위한 해머와 정 : 내구력 10/10.
세트 아이템으로 석조각술을 사용할 수 있게 한다. 값이 싼 만큼 무디고 잘 부서진다. 주의해서 다루어야 할 듯하다.
옵션 : 조각술 스킬 +1.

세라보그 성에서 만약에 대비해서 조각 상점에서 사 놓았던 물건인데 정말로 쓰게 될 줄은 위드도 몰랐다.

깡깡깡!

'나뭇조각을 다루는 것과 재료가 달라졌을 뿐이다. 조각

술은 무엇을 만들어야 할지에 대한 심상이 제일 중요해. 내 마음속에 있는 형상을 조각하면 된다. 그게 최고의 조각품, 나만의 작품이 될 것이야.'

위드는 바위를 조심조심 다루었다.

바위를 깎아 내는 것은 엄청난 시간과 노력을 필요로 하는 일이었다. 조금만 잘못 충격을 주어도 균열이 전체로 퍼져 나간다.

석상은 내구성도 오래 유지되어야 하는 것은 기본이었으므로 위드의 이마에는 쉼 없이 굵은 땀방울들이 흘렀다.

하루가 지났을 때에도 바윗덩어리는 아주 약간 줄어들었을 뿐이다. 위드의 심상에 아직 구체적인 여신상의 모습이 떠오르지 않았기 때문이었다.

프레야 여신은 극도의 아름다움을 가진 것으로만 알려져 있다. 여신의 구체적인 외모는 누구도 본 적이 없었던 것. 그래서 조각사나 화가들이 프레야 여신을 다룰 때에는 가장 곤란함에 빠진다.

어떤 그림을 그려야 제대로 프레야 여신을 묘사하는 것인지 애매모호하다.

그런 이유로 그림마다, 조각품마다 여신은 다른 모습을 하고 있었다.

이 때문에 예술가들은 골머리를 감싸 쥐었다. 동시에 예술가로서의 자존심을 자극했다.

똑같이 프레야 여신의 조각품을 만들고, 그림을 그렸다. 한데 누가 만든 프레야 여신이 더 아름답다면?

예술적인 기준이야 일단 제쳐 두자. 미의 여신인 프레야이기 때문에 일단은 제일 아름다운 쪽에 점수를 줄 수밖에 없는 실정이었다.

'아름다움. 지상에서 가장 아름다운 프레야 여신을 조각해야 한다.'

머릿속에 떠오르는 화두는 오로지 그것이었다.

로뮤나가 자신을 닮은 조각상을 만들어 달라는 것도 그러한 점을 알고 농담을 한 것이다.

까앙! 깡!

조금씩 해머와 정이 바위를 깎아 내는 속도가 느려진다. 생각이 깊어지면서 벌어지는 현상이다.

'어떤 식으로, 어떻게 조각해야 하지?'

머릿속이 뒤죽박죽이다.

어쩌다 보니 전직하게 된 조각가이지만 대충 만드는 건 성미에 맞지 않았다.

완성된 조각품이 별 볼일이 없다면 이건 조각사로서의 자존심 문제였다.

형편없는 조각품을 완성했을 경우에는 명성이 하락하기도 하니, 이는 간과할 수 없는 문제였다.

'누구를 조각해야 하는가. 누구를…….'

그 순간 위드의 머릿속에 떠오르는 사람이 있다.
'그녀라면……'
깡! 깡! 깡!
해머와 정이 바쁘게 움직이기 시작한다.
드디어 바위들이 깎여 나가고 석상의 윤곽이 만들어지기 시작한다.
돌 부스러기가 아래로 떨어질수록 석상은 형태를 갖추어 나갔다.
숨길 수 없는 아름다움.
하늘의 천사가 인간 세상에 내려와서 웃는 법을 배웠다.
그녀가 미소를 지음에 따라 온 세상이 환해지는 것만 같다.
그것은 한 명의 여인.
'서윤.'
위드가 만들고 있는 조각상은 서윤을 기초로 한 것이다. 교관의 집에서 음식을 먹으면서 단 한 번 보았을 뿐이지만, 그녀보다 아름다운 사람은 어디에서도 본 적이 없다.
연예인이라고 해도 그녀만큼 신비롭고 고귀한 기품이 흐르며 아름답진 않으리라. 하지만 서윤에게는 결정적인 결함이 존재했다.
웃지 않으며 표정이 죽어 있다는 것.
위드가 만들어 내는 조각상은 은은한 미소를 짓고 있었다.
여행자의 복장을 입고, 검을 들고 서 있는 여인.

위드는 창피하게도 스스로 만들어 내는 조각품에 매료가 되고 말았다. 처음에는 예쁜 서윤을 닮은 조각품을 만들어 보자는 것에 불과했지만, 시간이 지날수록 조각상이 웃는 모습에 가슴이 두근거릴 정도였다.

한없이 사람을 매료시키는 마력을 품은 조각상이 완성되고 있는 것이다.

"세상에."

"저것 좀 봐!"

대략적인 형상이 만들어졌을 뿐인데도, 로자임 왕국의 병사들은 자리를 떠날 줄 몰랐다.

바란 마을의 사람들도 복구 작업을 뒷전으로 하고 모여들어서 완성되어 가는 조각품을 감상했다.

바란 마을의 조각상

로자임 왕국 남부의 바란 마을에는 프레야 여신의 조각상이 있었다. 하지만 지난번의 홍수에 소나무가 쓰러지면서 여신상이 파괴되고 말았다.

장로 간달바는 이 사실을 매우 애통해하면서 당신에게 프레야 여신상을 가져와 줄 것을 맡겼다.

난이도 : D

한 사람이 바란 마을의 입구로 들어왔다.

여행자의 복장을 하고 있었지만, 얼굴을 가리는 로브를 뒤집어쓴 상태였다.

서윤.

그녀는 그동안 많은 몬스터를 잡아서 머더러의 딱지를 떼어 버린 상태였다.

더 이상 그녀의 이름이 붉게 드러나지 않았다.

'사람이 많아졌네.'

'번거로워.'

'싸우고 싶은데……'

서윤은 천천히 걸음을 옮겨 간달바의 집으로 향했다. 퀘스트의 완수를 위해서. 약 10배의 무게와 부피까지 보관할 수 있는 마법 배낭 안에는 프레야의 여신상이 들어 있었다.

오랜만에 돌아온 간달바의 집은 리자드맨들로 인해 심하게 파손이 되어 있는 상태였다.

서윤이 집의 문을 열려고 할 때였다.

"정말 대단하시오. 프레야의 여신님은 참으로 아름답구려."

"아직 7할도 완성되지 않은 상태인데 과찬이십니다."

집 안에서 이야기를 나누는 소리가 밖에까지 들린다.

"정말로 위드 님의 덕분이오. 이제 여신상이 완성되면 우리 마을은 평화로워질 것이니 그 은혜를 잊지 않으리다. 차린 건 없어도 많이 드시구려."

빼앗긴 신전의 보물 **83**

와구와구.
위드가 열심히 음식을 먹는 소리가 밖에까지 들린다.
수련소 교관에게 했던 빌붙기!
그 가공할 신공을 장로인 간달바에게도 사용한 것이다.
"……."
서윤은 문을 열려고 들었던 손을 다시 거두었다.
약 2달 전이었다. 교관의 집을 떠난 서윤은 남부로 향했었다.
사람들이 많이 살지 않는 오지나, 산간 마을만 돌아다니면서 몬스터들과 싸웠다.
산이나 던전, 몬스터들이 많은 곳이라면 어디든 좋았다.
전투와 전투가 이어진다.
서윤은 그 안에서 모든 걸 잊을 수 있었다. 그러다가 바란 마을까지 흘러들게 되었다.
당시만 해도 바란 마을은 리자드맨들의 공격을 받지 않은 평화로운 상태였다.

― 휴우… 이 일을 어찌할꼬.

서윤은 식량의 구입과 획득한 전리품을 처분하기 위해서 온 것이었는데, 우연히 간달바의 한숨 소리를 듣게 되었다.
간달바는 여신상이 파괴된 자리에서 무척이나 애석해하고

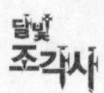

있었고, 마침 나타난 서윤에게 부탁했다.

— 당신이라면 우리 마을의 부서진 여신상을 새로 가져다 줄 수 있을 것 같구려. 다 죽어 가는 늙은이의 소원을 들어주시겠소?

말을 하지 못하는 서윤은 남들이 하는 대부분의 퀘스트를 받을 수가 없었다. 친밀도를 높일 수도 없었고, 배경 지식을 쌓을 수도 없었던 탓이다.

마을에서는 단순히 획득한 아이템들을 팔고, 필요한 아이템을 집어서 사는 정도의 행위밖에 하지 않았던 것.

서윤은 간달바의 애처로워하는 모습에 고개를 끄덕여서 퀘스트를 수락했다.

본래 퀘스트의 해결을 위해서는 수도 세라보그 성으로 가서 여신상을 사 오면 되었다. 그렇지만 그녀는 진짜 여신상을 찾기 위해 길을 떠났다.

목적지는 여신 프레야의 교단.

북쪽의 브렌트 왕국을 지나, 할코스 황무지를 남서쪽으로 가면 소므렌 자유도시가 나온다.

그곳에 프레야의 교단이 있었다.

정상적으로는 3달이 걸리는 긴 여정이었지만, 서쪽의 바르크 산맥을 넘으면 딱 1달 만에 도착할 수 있다.

다만 엄청난 숫자의 몬스터 무리와 싸워야 한다는 점 때문에 여행자들이 기피하는 경로다.

서윤은 험로를 뚫고 바르크 산맥을 넘었다.

무수히 많은 몬스터들과 싸우며 프레야의 교단에서 여신상을 구해 왔다.

무려 대사제 만돌린의 축복까지 받은 여신상이었다.

그것을 위해서 모아 놓은 돈의 대다수를 써 버리기까지 했다.

"……."

서윤은 천천히 간달바의 집에서 돌아섰다. 그리고 다시 마을의 입구를 향해 가는데, 마을의 중앙을 지나치게 되었다.

그곳에는 전에는 없던 석상이 하나 놓여 있었다.

아직 완성되지 않은 프레야의 여신상.

"정말 아름다운 여신님이야. 그렇죠, 여행자님?"

마을 처녀가 서윤을 향해 말을 걸어온다. 그렇지만 눈은 조각상을 떠나지 않았다.

"위드라는 분이 여신상을 만들어 주시니 이제 우리 마을은 몬스터들의 침범을 당하지 않고 평화로울 거예요. 정말 저분이 없었더라면……."

서윤은 위드와 조각상을 보았다. 아직 완성이 덜 된 상태였다. 그럼에도 너무나도 아름답다. 눈부신 아름다움을 보여 주고 있다.

조각상에서는 은은한 광채가 흘러 보는 이의 마음까지 편안하게 만들어 준다.

자애롭고 편안한 미소를 보여 주는 프레야의 여신상.

여신상이 미소 짓는 모습에 세상이 온통 밝고 긍정적으로 변하는 것만 같았다.

그녀가 가져온 프레야의 여신상은 교단에서 완성한 작품이다. 예술적 가치가 뛰어나고, 경건한 마음이 들게 만들었다.

하지만 이 순간 위드가 만드는 조각품을 보니, 태양 앞의 반딧불처럼 그 빛이 미미하게 느껴졌다.

"……."

서윤은 조각상을 바라보다가 조용히 바란 마을을 나왔다. 위드가 만들고 있는 것이 자신을 주인공으로 한 것인지도 모르고서.

부르르!

천하의 위드도 이 순간만큼은 손끝이 떨렸다. 무려 10일이 넘는 동안 심혈을 기울여서 만든 작품인 것이다.

바란 마을에는 프레야의 여신상에 대한 소문이 퍼져서 수많은 사람들이 찾아와 있다.

토벌대원들과 로자임 왕국의 병사들 외에, 인근의 대도시인 데메른에서까지 사람들이 왔다.

위드가 마지막으로 여신상의 눈을 그려내는 것으로 조각상이 완성이 되었다.

"여신님이다."

"정말 프레야의 여신님이 우리 마을에 강림하시고 있어!"

마을 주민들과 구경꾼들이 탄성을 내질렀다. 주변에는 웅성거리는 소리와, 조각상을 향해 기도하는 사람들로 소란스럽기 짝이 없었다.

그리고 위드만이 볼 수 있는 메시지 창이 떴다.

걸작! 프레야의 여신상을 완성하셨습니다!
예술이란 무릇 그 품격과 수준이 뛰어나야만 인정을 받는 것은 아니다. 다수가 감동하고, 마음을 씻어 내릴 수 있다면 그것은 훌륭한 예술 작품이다.
조각술의 경지는 낮아도 최고의 아름다움으로 완성된 프레야의 여신상은 많은 이들의 주목을 받게 되리라.
예술적 가치 : 150
특수 옵션 : 여신상을 바라본 이들은 생명력과 마나 회복 속도가 하루 동안 15% 증가한다.
다른 조각품과 중복 적용되지 않음.
지금까지 완성한 걸작의 숫자 : 1

걸작!

사람들이 인정한 예술 작품에게만 부여되는 명칭이었다.

조각술로 만들어 낸 조각품들은 단지 스킬이 높다고 해서, 걸작이나 명작, 혹은 대작들을 찍어 내지 못한다.

심혈을 기울여서, 진정한 작품들을 만들어 사람들의 인정을 받았을 때에만 그러한 명칭이 붙는다.

완성된 프레야의 여신상이 수준이 그만큼 대단하다는 뜻이었다.

걸작이 완성됨으로써 특수 옵션도 하나 붙게 되었다.

초급 조각술에 머무르고 있는 위드로서는 원칙적으로 옵션이 붙는 조각품을 만들지 못하였다. 하지만 자하브의 조각칼과, 걸작 조각품의 연계 효과로 뛰어난 옵션이 생성되었다.

기대도 하지 않은 대박!

―조각술 스킬의 레벨이 9로 상승했습니다. 조각술이 한층 더 섬세하고 세밀해집니다.

―명성이 50 올랐습니다.

―예술 스탯이 15 상승하셨습니다.

―인내가 10 상승하셨습니다.

―지구력이 5 상승하셨습니다.

 하나의 걸작을 만든 대가로 상당한 스탯이 상승했다.
 조각술 스킬은 드디어 9레벨 70%까지 되어서 곧 중급을 넘보게 생겼고, 명성도 대폭 늘었다.
 그럼에도 위드는 속이 쓰라렸다.
 '아쉽구나.'
 걸작은 아무 때나 만드는 것이 아니었다.
 현재 위드의 조각술 스킬은 9였다. 하지만 프레야의 여신상을 만들 때에는 8에 불과했다.
 해머와 자하브의 조각칼이 있었기 때문에 스킬 레벨은 17로 적용이 되었을 테지.
 실상 걸작들은 대부분 중급 이상의 조각술을 터득하지 않은 상태에서는 잘 나오지 않았다. 자하브의 조각칼의 작용이 없었더라면 이토록 아름다운 여신상을 만들지 못했으리라.
 다만 그럼에도 조각술 스킬이 모자랐다.
 위드가 중급 조각술, 혹은 고급 조각술을 익힌 상태에서 조각품을 완성했다면 이것은 대작까지는 아니더라도 명작의 반열에 오를 수도 있다.
 그러면 스탯이 5가지나 상승하게 된다. 전투 능력이 취약한 조각가에게 주어진 혜택인 것이다.
 실상 전설의 달빛 조각사인 위드를 제외한 다른 조각사들,

대륙에 극소수의 조각사들의 전투 능력은 형편없다.

마법을 쓸 수 있는 것도 아니고, 그렇다고 체력과 방어력이 좋지도 않다.

손재주를 열심히 키워야 부족한 공격력을 조금 보완할 뿐.

그래 봐야 파티 플레이에는 끼워 주지도 않으니 혼자 오만 고생만 다하게 된다.

이렇게 스탯이라도 남들보다 높지 않으면 도저히 살아남을 수가 없는 직종이었다.

다만 이를 노리고 조각술을 키우고, 걸작들을 만들 수는 없었다. 왜냐면 어떤 명망 높은 조각가라고 할지라도 그가 만드는 모든 조각품이 다 걸작과 명작이 되지는 않는다.

뚜렷한 심상 속에서, 조각가의 마음을 녹여 만들어야만 탄생하는 것이다.

만약에 10일 동안 죽을 고생을 해서 만든 조각품이 평작 수준으로 아무런 스탯도 안 올려 준다면 기분이 어떻겠는가? 혹은 오히려 그동안 쌓아 놓은 명성을 깎아 먹기만 한다면?

거의 자살을 하고 싶을 것이다. 실제로 이런 과정을 거쳐서 조각사를 접은 사람이 꽤 된다.

조각사는 그만큼 어렵고 힘든 직업인 것이다.

간달바가 다가와서 위드의 손을 잡았다.

"고맙네. 이토록 훌륭한 여신상을 만들어 주다니, 우리들은 앞으로 프레야 여신님의 가호를 받게 될걸세. 또한 이 여신상이 소문이 나게 되면 우리 마을에도 여행객들이 많이 찾아오게 되겠지. 자네는 우리 마을을 일으켜 세운 사람일세."

프레야의 여신상 완료
간달바는 당신에게 진심으로 감사하고 있다.
바란 마을에 건립된 여신상은 주민들에게 희망과 용기를 줄 것이다.
앞으로 언제라도 당신의 방문을 환영할 듯하다.

-명성이 30 올랐습니다.

-레벨이 오르셨습니다.

-레벨이 오르셨습니다.

-레벨이 오르셨습니다.

-바란 마을에 대한 영향력이 60%가 되었습니다.
 영향력 1위 : 위드. 60%.
 영향력 2위 : 다리우스. 45%.
 영향력 3위 : 서윤. 33%.

기대 이상의 최고의 성과로 일이 마무리되어서 퀘스트의 보상도 막대했다.

레벨 3개를 올려 주는 퀘스트라면 최소한 난이도 D에서도 상급인 것이다.

덤으로 기여도도 대폭 상승해서 영향력 1위에 올랐다.

기여도는 다양한 방법으로 올릴 수 있었는데, 기여도로 인해 마을에 대한 영향력이 늘어나면 물건을 저렴하게 대량 구입할 수 있는 건 물론이고, 장로나 영주 같은 직책을 받는 것이 가능했다.

위드는 마을 주민 퀘스트와 여신상 제작, 리자드맨들의 갑옷과 무기류들을 팔아 치워서 엄청난 기여도를 단숨에 올릴 수 있었다.

다리우스의 경우에는 말할 것도 없이 토벌대 퀘스트를 받은 장본인이었기 때문이었다.

그리고 서윤의 경우에는 바란 마을 주변의 위험한 몬스터들을 잡아, 가죽과 아이템을 잡화점에서 대거 팔아 치운 덕분에 기여도가 높았다.

위드와 다리우스가 오기 전까지만 해도 그녀가 마을에 대한 영향력이 1위였다.

'3위가 서윤이라고? 그녀가 이곳에 왔던가?'

위드는 가슴 한구석이 뜨끔했다.

서윤을 모티브로 조각상을 만들었을 때에는, 절대로 그녀가 이것을 보지 않을 것이라는 자신이 있었다.

베르사 대륙은 그만큼 넓었던 것.

만약에 그녀가 이 조각상을 본다면, 차갑게 웃으면서 검을 쓸지도 모른다.
'살인자인 그녀라면 불가능한 일도 아니겠지.'
특히나 조각상에 새겨 놓은 그 문구를 읽는다면 그녀가 백 번쯤은 위드를 죽일지도 몰랐다. 아니, 틀림없이 그러고도 남으리라.
조각상을 완성하면서 위드는 자신이 만든 조각상이 너무나도 마음에 들었다.
걸작이 될지 평작이 될지, 혹은 실패작이 될지는 몰랐지만 스스로가 만든 예술품에 매료가 되어 버린 것이다.
그래서 마지막에 아쉬움을 감추지 못하고 자하브의 조각칼로 여신상의 밑에 작은 글귀를 하나 남겨 놓았다.
한국인이라면 어디서도 버릴 수 없는 근성!
위드는 조심스럽게 물었다.
"간달바 님?"
"왜 그러는가?"
"혹시 여신상을 가져오라고 부탁한 사람도 서윤이었습니까?"
"맞네. 자네도 그녀를 알고 있었군. 그녀는 참으로 좋은 사람이네. 나의 힘든 부탁을 들어주었지. 비록 아직까지 돌아오고 있지는 않았네만……."
"그러셨군요."

위드는 서윤이 돌아오지 않아서 다행이라고 생각했다. 조각상을 만들고 있었을 때 그녀가 돌아왔다면 이래저래 큰일이 날 뻔했다.

'그녀의 퀘스트를 가져간 것으로 앙심을 품고 날 죽였을지도 몰라.'

일을 마친 이상 어서 빨리 천공의 도시로 가야 했다. 그녀와 다시는 마주치고 싶지 않다. 그런데 간달바가 잡고 있는 손을 놓아주지 않았다.

간달바가 목소리를 착 가라앉힌 채로 말한다.

"우리 마을의 구원자인 자네에게 말하고 싶은 게 있네."

"말씀하십시오."

"운명을 믿는가? 나는 자네가 우리 마을에 와서 이렇게 우리들을 구원해 준 것이 단순한 우연으로 여겨지지 않는다네."

"예?"

"과거 우리 마을에 프레야 신전의 사제님이 와서 말씀하셨지. 사악한 무리가 창궐하고 있다고. 그들은 눈에 보이지 않는 곳, 우리들보다 낮은 곳, 차갑고 어두운 곳에서 세력을 넓혀 가고 있네. 프레야 신전의 사제님께서는 진정 용기 있는 자만이 이들을 막을 수 있을 것이라 하였네! 그러면서 내게 그 용기 있는 자를 선택할 수 있는 권한을 주었지."

"……."

"그때는 그 의미를 알지 못하였으나 이제는 알 것 같네.

지금까지 자네에게 알려 주지 않았던 비밀이 있네만, 우리 집안 대대로 내려온 그 씨앗은 새로운 곳으로 안내하는 길잡이 역할을 할 것이네. 사제님께서는 말씀하셨지. 프레야 신전의 잃어버린 보물을 되찾기 위해서는 먼저 시굴이란 자를 만나야 한다고. 그를 찾게. 그리고 사악한 무리들을 무찌르는 용사가 되어 주게!"

―빼앗겨 버린 신전의 보물에 대한 단서를 습득하셨습니다.

'이건 프레야의 여신상과 연결된 연계 퀘스트! 그것도 내용으로 보아서 상당히 심상치 않은걸. 대박이다. 내게 이런 행운이 찾아오다니.'

위드는 다시 한 번 자신의 행운에 감사했다.

이 모든 것은 서윤의 덕분이었다. 그녀가 조각상을 가져오지 않았기 때문에 자신에게 이런 기회가 찾아온 것이리라.

"사악한 무리들이 창궐하지 못하도록 막는 것은 저의 오랜 소망, 프레야 신전의 보물을 되찾아 오기 위하여 최선을 다하겠습니다."

"고맙네."

―퀘스트를 수락하셨습니다.

위드가 간달바와의 대화를 마치고 기다리고 있는 일행들에게로 향했다.

"대단합니다, 위드 님. 조각품이 저렇게 아름다울 줄은 몰랐습니다."

이것은 페일의 말이었는데, 그는 평소답지 않게 눈에 열기를 띤 채로 조각품을 바라보고 있었다. 수르카나 이리엔, 로뮤나도 잔뜩 감동을 한 기색이다.

그들은 위드가 조각품을 만드는 사이에 잠도 제대로 자지 않고 사냥을 해서 60레벨 중반에 이르러 있었다.

"놀라워요. 정말 살아 있는 것 같은, 아니 정말 예쁜 조각상이에요."

"프레야 여신이라고 해도 이 정도는 아닐 것 같아요."

"어떻게 이런 사람을 창조해 낼 수 있었어요? 위드 님의 섬세한 미적 감각과 예술혼은 정말……."

일행들의 극찬 속에 위드는 조금의 민망함을 느꼈다.

섬세한 미적 감각? 예술혼?

그들의 시선은 어마어마하게 위대한 예술가를 앞에 두고 지금까지 몰라봤다는 태도였다.

누가?

설마 위드가?

차라리 돈독이 머리끝까지 올랐다는 말이 신빙성이 있다.

'실제로 내가 저걸 만들기 전까지는 아무 생각이 없었다

면 믿어 줄까? 믿어 주지 않겠지.'

믿지 않을 바에야 굳이 알려 줄 필요는 없다.

영업 사원들이 물건을 팔 때 꼭 물건의 모든 부분들을 설명해 주지는 않는다. 단점은 감추고 장점들만 골라서 이야기를 한다.

결국 자신에게 유리한 것이 최고인 것이다.

"이리엔 님이나 수르카 님, 로뮤나 님을 떠올리면서 만든 조각품입니다. 여러분들의 고운 마음이 조각상에 담기니 이렇게 예쁘게 완성이 된 것 같습니다.

"어머머머!"

여자들이란 왜 이렇게 단순하단 말인가!

뻔한 거짓말에도 그녀들은 행복해하였다.

"거기, 위드라고 했던가?"

위드와 일행들이 있는 곳으로 다리우스가 다가왔다.

"조각술이 제법 뛰어나군. 혹시 저것은 명작인가?"

다리우스는 여러 방면으로 지식이 많았다. 레벨이 140이 넘었으니 이래저래 조각사에 대해서도 얻어들은 것이 많으리라.

"아닙니다."

"그러면 걸작?"

"그렇습니다."

"오, 내 정말 걸작을 보게 될 줄은 몰랐군. 조각가로서 걸

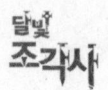

작을 만들어 낸 사람은 100명 이하라고 알고 있었는데…….."

다리우스가 과장된 몸짓으로 놀라움을 표시한다. 그러더니 미묘한 미소를 지었다.

"축하하네. 꽤나 스탯을 올릴 수 있었겠군. 전투 능력이 허접한 조각가로서는 그런 행운이라도 있어야겠지."

다리우스는 위드를 얕보고 있다.

다른 것도 아닌 조각사라는 이유만으로.

실제로 대부분의 조각사들은 약했다. 걸작을 만들어서 스탯이 높더라도 전투 스킬이 빈약하다.

혹은 전투 스킬이 있더라도 제대로 싸울 줄은 모른다.

왜 그들의 직업이 조각사이겠는가?

전투와는 거리가 멀기 때문이다. 싸움은 할수록 잘한다.

대체로 비전투 직종을 택한 사람들은 전투에 대해 무지한 사람들이 많았다.

적의 공격에 어떻게 대처해야 할지도 몰라 당황하기 일쑤고, 파티에서 무슨 역할을 해야 할지도 모른다.

익혀 놓은 범용 공격 스킬들은 대체로 수준이 낮고, 스킬 레벨이 낮아서 조소의 대상이 되기 일쑤다.

거기다가 조각사로서 행세를 하기 위해서는 조각술까지 익혀야 했으니 일반적으로 같은 시간 동안 키운 조각사는 언제나 남들보다 약할 수밖에 없는 것이다.

단, 위드의 경우만 빼고!

"거기, 말을 너무 함부로 하는군요!"

일행인 페일이 발끈해서 나섰다. 위드를 얕잡아 보는 다리우스의 말을 참지 못하는 것이다.

그러나 그때였다.

"뭐 저런 재수 없는 인간이 다 있어?"

"얼굴은 꼭 소시지라도 구워 먹고 식용유가 남아 누렇게 반들거리는 프라이팬처럼 생겨 가지고는……."

"꼭 멍청한 것들이 생각 없이 저따위로 말하지. 위드 님이 얼마나 싸움을 잘하시는데……."

수르카와 로뮤나, 이리엔도 각자 한마디씩을 한다.

어린 수르카야 약간 다혈질이니 그렇다고 치자! 화끈한 면이 있는 로뮤나도 이해한다. 그동안 조용하고 다소곳하던 이리엔까지도 발끈하자 페일과 위드가 당황하고 말았다.

여자들.

그녀들 3명이 모이면 한 사람을 죽일 놈으로 만드는 것쯤은 아무것도 아니라는 것을 둔한 남자인 페일과 위드가 알았을 리 없다.

위드의 판단 능력이 두세 배쯤 올라간다고 해도 여자들의 모든 면을 파악하는 것은 평생 무리이리라.

칭찬 몇 마디에 기뻐하는 것으로 여자를 전부 알았다는 식으로 행동하는 것은 완전히 오산이다.

"……."

위드는 화도 낼 수 없었다.

이미 그녀들이 한바탕 쏘아붙인 것으로도 충분했다.

"뭐, 뭐라고?"

다리우스의 눈에서 불꽃이 튀었다. 그러나 이리엔이나 로뮤나 들은 눈 하나 깜짝하지 않았다.

"왜, 우리가 틀린 말이라도 했어?"

"감히 너희들이……."

"어쩔 건데. 죽이기라도 할 거야?"

"죽이지 못할 줄 아느냐!"

다리우스가 검을 뽑아 들려고 하였다. 레벨이 140대인 그가 작심한다면 위드나 일행들이 전부 달려들더라도 이기지 못한다.

아니, 어쩌면 위드가 최대한의 실력을 발휘한다면 한번 붙어 볼 만은 하다.

레벨 70대.

스탯으로는 거의 100에 가까운 위드!

사기적인 스킬과 본신의 전투 능력까지 감안한다면 다리우스와도 한판 붙기에 충분하다.

기습의 묘를 최대한 살리고, 다리우스가 위드를 무시하고 있는 만큼 그만큼의 방심을 틈탄다면 이기기란 그리 어렵지 않을 것이니 말이다.

단, 스킬의 마나 소모량이 막대하기 때문에 전투가 1분 이상 지속된다면 필패다.

 무력으로 따진다면 다리우스도 그리 무섭지는 않았지만 지속 시간이 지나치게 짧은 단점이 있었던 것이다.

 남자들이라면 누구나 두려워하는 조루라고도 할 수 있다.

 물론 마나를 다 소모해 버리는 짧은 시간이 지나더라도, 평균적인 레벨보다는 훨씬 강했지만 말이다.

 "다리우스, 참아."

 "놔! 저 계집애들의 버릇을 고쳐 주고야 말겠어."

 "넌 토벌대장이잖아. 토벌대원과 결투를 할 수는 없어. 그랬다가는 네 명성이 얼마나 떨어지는지 알기나 해? 그리고 지금까지 함께해 온 이 퀘스트도 포기할 거야?"

 다리우스의 일행들인 파로스 등이 싸움을 말렸다. 그들의 도움 덕에 다리우스는 폭발하지 않고 진정이 되었다.

 "좋아. 이번에는 봐주지."

 다리우스의 말에 로뮤나는 콧방귀를 뀔 뿐이었다.

 "누가 누굴 봐준다는 거야."

 "착각도 자유지만 지가 무슨 귀족이나 왕자인 줄 알아."

 수르카의 한마디에 다시금 싸움이 촉발될 뻔하였지만, 그때에는 토벌대원들이 소란을 보고 전부 모여든 후였다.

 다리우스와 그 패거리들은 이미 민심을 잃은 상태.

 반면에 위드와 일행들은 존중을 받고 있었다.

 일단 위드가 그동안 그들에게 해 준 음식이 얼마던가.

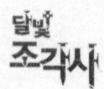

병장기가 부서지면 수리도 해 주고, 확인이 안 된 아이템은 감정까지 해 주었다.

 다른 일행들도 다리우스 외에는 지극히 친절하게 대해서 평판이 나쁘지 않았다.

 위드가 여신상을 조각하는 사이에 페일과 일행들은 다른 조에 속해서 사냥을 했는데, 착실하게 올린 스킬과 사냥 솜씨 덕분에 대단한 환영을 받았다고 한다.

 다리우스와 패거리들은 아무도 상대를 해 주지 않아서 그들끼리만 사냥을 했다고 하니 상황은 이미 압도적으로 위드 쪽에 유리했다.

 토벌대원들이 웅성거리면서 전부 위드와 그 일행들의 편을 들고 있었으니 다리우스도 더는 막 나가지 못했다.

 아무 말도 않은 채로 경직되어 있는 다리우스 대신, 그의 친구인 파로스가 오만한 어조로 말했다.

 "들어 봤을지는 모르겠지만 우리는 이카 길드에 소속되어 있다. 로자임 왕국 3대 길드 중의 하나이지."

 이카 길드는 위드도 몇 번 들어 봤다.

 꽤나 안 좋은 소문이 많이 퍼져 있는 길드였다. 다리우스 같은 사람이 많다면 틀림없이 그럴 것이다.

 "우리는 곧 성을 하나 차지할 텐데, 좋은 현판이 필요하다. 나중에 와서 조각을 해 줄 수 있겠나? 보수는 넉넉하게 주지."

결국 다리우스의 용건은 위드에게 현판 조각을 부탁하겠다는 것이었다. 하지만 다리우스는 많이 화가 나 있던 상태였다.

굉장히 기대를 한 토벌대 퀘스트는 성공하긴 했지만, 예상보다는 성과가 많이 적었다.

누군가가 이미 리자드맨의 근거지를 홀랑 털어 버린 후였던 것이다.

분노한 다리우스와 패거리들이 범인을 찾아 나섰지만, 설마 여신상을 조각하는 조각사 위드와, 객관적으로 볼 때 현저히 레벨이 낮은 일행들이 범인일 수는 없었다.

그 때문에 토벌대원들과 더욱 마찰이 생겨났고, 설상가상으로 위드는 장로로부터 좋은 퀘스트를 받아서 여신상을 완성해 냈다.

배가 아플 수밖에 없었던 것이다.

그렇기 때문에 말을 함부로 하였지만, 그 간단한 일을 상황을 꼬아서 이 지경으로 만든 그의 능력이 놀라울 뿐이다.

바란 마을에서 할 일을 마친 다리우스와 토벌대들은 짐을 챙겨서 수도로 돌아가기 위해 북상했다.

토벌대원들 중에는 바란 마을 인근의 사냥터가 마음에 든 사람들도 있었지만, 정작 바란 마을 자체는 무척이나 싫어했다.

선술집이 없어서 사냥을 마치고 돌아온 다음에 시원하게 들이켜는 맥주의 맛을 느낄 수 없는 것이다.

사냥 후의 맥주 한 잔.

목을 시원하게 뚫어 주는 그 묘미 때문에라도 다들 서둘러서 길을 떠났다.

앞으로 바란 마을은 로자임 왕국 병사들이 지키게 되었다.

위드와 일행들도 간달바에게 토벌대 퀘스트를 보고했다.

"고맙군. 마을을 구하기 위해서 애쓴 자네들의 도움을 잊지 않겠네."

퀘스트의 결과로 간달바는 20의 명성치를 올려 주었다.

남들이 사냥을 할 때 조각품을 만들어서 별로 기대하지 않았는데 의외의 큰 소득이었다.

토벌대에 속한 레벨 80대의 다른 사람들이 겨우 명성을 10에서 15 정도밖에 늘리지 못했으니 말이다.

마을 사람들을 구해 주면서 리자드맨들의 근거지를 털어 버린 것이 주효했던 듯싶다.

위드와 일행들은 레벨이 낮은 것을 핑계 삼아서 이곳에서 더 사냥을 하겠다고 남았다.

"이제 드디어 때가 되었군요."

위드의 말에 일행들은 기대 어린 미소를 지었다.

"네."

"그럼 우선 으슥한 곳으로 가죠."

"네, 그래야죠. 아주 아주 으슥한 곳으로… 사람이 없는 곳으로 말이에요."

로뮤나가 입을 가리며 호호 웃는다.

듣기에 따라서 아주 오해를 받을 수도 있는 말이었다.

2남 3녀는 바란 마을의 서쪽 산으로 향했다. 리자드맨의 근거지였던 그곳은 현재 사람이 없어서 아주 좋은 장소였다.

"랄랄라."

콧노래를 부르면서 가는 그녀들.

으슥한 곳으로 향하고 있는 것이다.

이윽고 위드와 일행들은 인적이 뜸한 산기슭에 도착했다. 여행을 위한 만반의 준비를 갖춘 채였다.

"이제 시작해요."

"좋아. 다들 준비하십시오."

위드는 조심스럽게 땅에 천공의 씨앗을 심었다. 그리고 물을 조금 뿌려 주었다.

한동안 아무 반응이 없었지만 곧 씨앗을 머금은 땅이 붉게 물들었다.

우르르르!

"꺄아아악!"

천지가 진동하는 대지진!

그 진원지는 씨앗을 심은 곳에서부터 시작되었다. 그리고 씨앗을 심었던 땅이 쭉 갈라지더니 울창한 줄기가 끝없이 하

늘을 향해 솟구치는 것이었다.

10미터… 20미터…….

순식간에 눈에 보이지도 않을 정도로 까마득한 높이가 되었다. 그래도 줄기들은 끝도 없이 올라가고 있었다.

하늘을 향해 뻗어 가는 천공수의 줄기를 보며 위드가 말했다.

"저곳에 천공의 도시가 있을 겁니다. 이 식물이 천공의 도시로 안내하는 길잡이인 것 같아요."

"그러면……."

"여기까지 온 이상 망설일 것 없습니다. 서둘러서 잡죠. 자칫하면 중간에서부터 기어 올라가야 할지도 모르니까요."

"헉! 그것만은 사양하고 싶네요."

위드는 품에서 밧줄을 꺼내 일행들을 하나로 묶었다.

"죽어도 같이 죽고, 살아도 같이 사는 겁니다."

"네!"

위드와 페일이 먼저 줄기에 매달리기로 했다.

만에 하나 근력이 약한 이리엔이나 로뮤나가 손을 놓더라도 붙잡아 주기 위해서였다.

위드와 일행들은 천공수의 씨앗에서 비롯된 줄기를 잡았다. 그리고 하늘을 향해 솟구쳤다.

천공의 도시 라비아스

새마을 갱생 정신병원의 차은희 박사는 국내외적으로 유명한 사람이다. 정신 치료와 관련된 독보적인 특허를 보유한 자산가이기도 했다.

그녀의 일과는 무척이나 빡빡해서 쉴 시간 따위는 전혀 없었다. 환자들을 돌보고, 학계에 제출할 논문을 쓰는 것으로 일주일이 빠듯하게 지나갈 정도다.

"지루해. 지루해. 지루해."

매일 아침을 불평으로 시작하는 그녀였지만 맡은 업무를 소홀히 하지 못하는 책임감을 가지고 있기도 하였다.

결국 오늘도 차은희 박사는 상담을 하고 있었다.

"따님의 일은 참으로 안되셨습니다."

차은희 박사의 눈가에 촉촉한 물기가 감돈다. 그녀가 지금 맡은 환자는 중년의 여성이었다.
"벌써 5년이나 지난 일인걸요."
아주머니는 처연하게 웃으며 말을 이었다.
"그래도 그 아이가 그렇게 스스로 목숨을 내던지려고 한 이후로 아무것도 손에 잡히지 않아요."
"이제 따님의 일에서 벗어나서 아주머님의 인생을 찾으셔야지요."
"실은 선생님."
아주머니는 차은희 박사의 손을 잡았다.
"저는 그 애가 아직도 살아 있는 것만 같아요. 그 애의 이름은……."

천공수의 줄기는 무작위로 하늘을 향해 뻗어 나가는 것 같았지만, 어느 순간부터는 특정 방향을 향해 나아가고 있었다.
위드와 일행들은 줄기를 붙잡은 채로 바싹 고개를 숙였다.
스치는 바람들이 칼날처럼 느껴진다. 이미 지상은 아득하게 멀어져 있었다.
바란 마을이 사라지는 것도 순식간이다.

구름을 뚫고 도달한 곳은 커다란 섬이었다. 하늘에 부유하고 있는 섬!

희뿌연 안개를 뚫고 위드와 일행들은 천공수의 줄기를 타고 그곳에 도달했다.

"이곳이 천공의 도시!"

위드와 일행들은 주변을 둘러보기 바빴다.

수천 채가 넘는 집들과 상점들 그리고 중앙의 첨탑이 보인다. 첨탑 위에는 수만 마리의 새들이 앉아 있었다.

그 너머에는 들판과 산들이 있을 정도였다.

"앗! 줄기가 시들고 있어요!"

이리엔이 뒤를 돌아보다가 소리를 질렀다.

그들을 이곳까지 안내한 천공수의 줄기가 금세 시들해지더니 가닥가닥 끊어져서 땅으로 떨어져 버린 것이다.

"돌아갈 길이 없어졌는데 어떻게 해요?"

수르카가 우려 섞인 말을 했지만, 다른 사람들은 전혀 걱정하지 않았다.

"모험은 이제부터 시작입니다. 벌써부터 돌아갈 걱정을 할 필요가 없어요."

"페일 님, 그래도……."

소심한 수르카!

벌써부터 탄탄한 대지가 그리웠던지 울먹이고 있다.

위드는 그녀를 다독이며 말했다.

"무언가 방법이 있을 겁니다. 왔다면 갈 수도 있을 테니까요."

그렇게까지 말을 했음에도 수르카는 전혀 위안을 받은 얼굴이 아니다.

"뭐, 정 안 되면 뛰어내리면 되죠."

"그, 그런······."

"틀림없이 한 번은 죽겠지만 지상에 도착할 수는 있을 거예요."

수르카의 얼굴에 드디어 핏기가 가셨다. 사실 그녀는 고소공포증이 있었던 것.

천공수의 줄기를 억지로 움켜잡았던 것도 중간에 절대로 떨어지지 않기 위함이었다.

아마 천공수의 줄기라는 걸 타고 여기까지 오는 것을 미리 알았다면 어쩌면 수르카는 이번 모험을 포기했을지도 몰랐다.

위드와 일행들은 그녀를 다독이면서 움직이기 시작했다.

"저것 새 같아요."

천공의 도시에 있는 종족들은 특이하게 생겼다.

두 발로 직립해서 서 있는 참새를 닮았다. 도톰한 양 볼과 넓적한 날개, 부리는 적당히 뾰족하고 날카롭고 눈은 아주 작다.

노인으로 보이는 새들은 부리 주변에 흰 수염이 나 있었다.

"꺄악. 귀여워요!"

수르카가 좀 전의 공포 따위는 잊어버린 듯이 좋아서 어쩔 줄 모르겠다는 듯이 몸을 바르르 떤다.

본의 아니게 수르카의 애정을 듬뿍 받게 되어 버린 새 할아버지가 천천히 다가왔다.

"라비아스에 오신 것을 환영하네, 여행자 여러분."

일행들은 모두 위드에게로 시선을 던졌다.

그동안 겪어 본 바로는 위드야말로 사람들을 상대하는 처세술에 일가견이 있다는 결론 때문이다.

어떤 NPC에게도 밥을 얻어먹을 수 있는 사람이 바로 위드였다.

"감사합니다. 멀고 먼 길을 떠나서 험난한 모험 끝에 이곳에 도착했지만 너무나도 아름다운 모습에 그동안의 피로가 전부 씻겨 내려가는 것만 같습니다. 이곳이 라비아스입니까?"

"그렇네. 우리 품위 있고 고상한 조인족들이 살고 있는 도시지. 이토록 맑은 공기와 태양과 가까운 도시는 이곳뿐일걸세."

새 할아버지는 날개를 푸드득거리며 라비아스의 환경을 칭송했다. 깃털을 고르기도 하였다.

"과연 이곳은 아주 좋은 공기와 햇빛이 비치고 있군요. 흐르는 구름을 보는 풍경도 아주 좋습니다. 한데 라비아스의 특산품은 무엇이 있을까요?"

위드는 혹시라도 거래를 틀 수 있을지 않을까 했다. 라비아스에만 나오는 독특한 특산품들이 있다면 잔뜩 사서 로자임 왕국에 판다면 큰돈이 되리라.

"자네는 잘 알지도 못하는 나에게 너무 많은 걸 물어보는군. 나와 친분을 쌓고 싶거든 맛있는 것을 가져오도록 하게."

새 할아버지가 휘적휘적 팔자걸음을 걸으며 멀리 떠난다. 위드는 잠시 그를 쫓아갈까 하다가 일행들을 돌아보았다.

5명이서 몰려다니면서 1명씩 만나 본다면 너무 많은 시간이 걸리는 것이다.

"자, 이제 각자 도시를 둘러보도록 하죠. 도시 자체는 적대적이지 않고 안전한 것 같군요. 라비아스는 꽤 큰 도시로 보이니 하나씩 구역을 정한 다음에 2시간 뒤에 여기에서 모이는 겁니다. 우리가 받을 수 있는 퀘스트가 뭐가 있는지를 살펴보고, 좋은 게 있으면 일단 그냥 돌아오세요. 다른 사람이 뭘 받았을지 모르니까요. 그리고 제일 좋은 퀘스트를 선택해서 다 함께 시작합시다."

"네, 알겠어요."

일행은 도시를 알아보기 위해 뿔뿔이 흩어졌다.

위드는 우선 상점이 있는 번화가 쪽으로 향했다.

상점을 이용하는 행인들과, 물건을 파는 상인들은 오리처럼 뒤뚱거리면서 걷는다. 조인족들의 도시라더니 정말 새와 비슷하게 생긴 종족들이었다.

 몸집은 대부분 통통하고, 다리가 짧았다.

 머리만 참새나 부엉이, 솔개 등 종류가 다양했다.

 '이런 도시가 있다니 신기하군.'

 아마도 이곳에서 장사를 하려면 통닭집을 내서는 안 될 것 같았다. 닭을 보며 혹시라도 동족을 잡아먹는다고 오해할지도 모른다.

 인간들의 도시와는 달리 마차는 존재하지 않았다.

 워낙 큰 새들이라 말도 탈 수 있을 것 같지만, 구태여 그럴 필요가 없다.

 길이 막히면 날개를 활짝 펴고 비상해 버리면 되니 말이다.

 위드는 조인족들 틈에서 걸으며 동물원의 원숭이가 된 기분을 느끼고 있었다.

 위드는 무기점부터 들어갔다.

 "안녕하세요."

 "인간 여행자로군. 필요한 것이 있는가?"

 "필요한 물건이 많습니다. 다만 어떤 것이 제게 유리할지 모르니 직접 골라 보겠습니다."

 "그렇게 하게."

 위드가 몇 개의 물건들을 보았다.

바라보의 강철 부리 : 내구력 90/90. 공격력 23.
부가 효과 먹이를 강하게 움켜쥔다. 길이가 길어서 숨어 있는 벌레를 건져 올리기 용이하다.
가격 : 100골드.

위드는 잠시 한숨을 내쉬고 다른 아이템을 보았다.

사이곤의 은 갈퀴 : 내구력 30/30. 공격력 17~19.
한 쌍으로 이루어진 물건. 은으로 만들어져 내구력이 낮다. 저공비행을 하며 언데드의 머리를 할퀴기에 좋다.
가격 : 70골드.

여신조의 깃털 : 내구력 15/15. 방어 15. 부가 효과 매혹.
오색찬란하고 매끈매끈한 깃털들을 몸에 섞어 주면 적들의 공격에도 안심이다. 무척 가벼워서 무게감이 느껴지지 않는다. 장기간의 활공에서 절대 빠지지 않는 특제 깃털!
사용 제한 : 암컷용!
가격 : 45골드.

갈퀴와 망원경, 혹은 끝으로 갈수록 날카로우며 속은 비

어 있는 원뿔형의 매우 독특한 무기들이 있다.

이것들은 조인족들이 이용하는 무기였다.

위드는 오소리를 닮은 상점 주인에게 물었다.

"인간들이 쓰는 물건은 없습니까?"

"있지. 기다려 보게. 인간들이 찾아오는 일은 워낙에 흔치 않아서 창고 안에 넣어 두었네."

위드는 잠시 기다리는 사이에 주변으로부터 따가운 시선을 받아야 했다.

지나가던 조인족들이 하나 둘 모여들더니 동물원의 원숭이처럼 위드를 둘러싸고 구경하고 있는 것이었다.

"말로만 듣던 인간이군."

"특이하게 생겼네. 주둥이가 납작해서 밥 먹기 힘들겠어."

"저것 봐. 깃털도 없어서 겨울에는 너무 춥겠다. 불쌍해."

추위를 좋아하는 새들은 거의 없다.

그들의 관점에서 위드는 딱 얼어 죽기 쉬워 보이기만 했다. 로자임 왕국, 혹은 대륙의 어떤 나라에 조인족을 데려가더라도 그는 신기하게 보일 것이다. 하지만 여기는 라비아스. 천공의 도시이며 조인족들의 세상이다.

여기서는 위드가 특이한 존재였다.

"여기 물건을 내왔네."

상점 주인은 검 다섯 종류와 망치 둘, 방패 하나, 방어구 몇 개를 꺼내 왔다.

위드는 방패는 쓰지 않았기에 넘기고, 방어구들과 검을 살폈다. 리자드맨의 물건들을 판 돈 70골드가 수중에 있었다.

클레이 소드 : 내구력 90/90. 공격력 23~25.
얼음의 정령이 담긴 마법 검.
빙계 속성의 데미지를 추가적으로 2~5까지 입히며 적의 움직임을 느리게 한다.
제한 : 레벨 60. 힘 200.
옵션 : 얼음 속성의 추가 데미지 2~5.
가격 : 188골드.

석양의 단혼검 : 내구력 200/200. 공격력 14. 상태 이상 저주에 걸린다.
드워프 테다오르의 작품.
죽음의 숲에서 캐낸 강철을 제련하여 만들었다.
치명적인 일격이 터졌을 때, 매우 드문 확률로 공격력의 3배의 생명력을 저하시킨다.
제한 : 레벨 70. 힘 250.
옵션 : 드문 확률로 데들리 어택.
가격 : 160골드.

위드는 거기까지 살피다가 고개를 절레절레 저어 버렸다.
가격이 비싸도 너무나도 비싸다. 조인족의 도시라기에 어

느 정도 예상은 했지만, 인간들이 쓰는 물품은 바가지라고 해도 과언이 아니었다. 클레이 소드나, 석양의 단혼검이나 잘 나오지 않는 아이템임은 분명하다. 그래도 세라보그 성에서는 반값에 팔 물건들이다.

"제가 아직 돈이 부족해 살 것이 없군요."

"그러면 다음에 또 오게. 단 이미 팔렸을지도 모르니 최대한 빨리 돈을 모아 오도록 하게."

오소리를 닮은 상점 주인이 아쉽다는 듯이 말했다.

이곳에 인간 여행자라고는 위드 일행뿐인데, 다분히 영업적인 말투였다.

가게를 나온 위드는 천천히 도시의 동쪽 구역을 둘러보았다. 도시의 경계선을 넘어가면 약간의 공터가 있었고, 그다음에는 한없이 펼쳐진 바다다.

"째째잭!"

"잭잭!"

"째째째잭!"

어린 조인족들이 빨랫줄 위에 앉아서 노래를 하고 있었다. 노란 병아리들처럼 아주 귀여웠다.

"안녕?"

위드는 그들에게 말을 걸어 봤지만, 웃기만 할 뿐 대답을 하지 않는다.

"안녕하십니까."

위드가 보이는 조인족들마다 인사를 건네었다.

무기점 상점 앞에 있는 조인족은 호들갑을 떨며 말한다.

"처음 보는 여행자로군. 자네는 이 밑의 땅에서 강한 축에 드는가?"

"아직 그렇지는 않습니다. 그러나 평화를 사랑하고, 하늘을 좋아하며, 무를 숭상합니다. 평화란 힘이 있어야 지킬 수 있기 때문입니다."

"마음에 드는군. 자네라면 할 수 있을 것 같은 의뢰가 있는데, 나를 도와주겠는가? 실은 이곳 라비아스는 보이는 것처럼 평화롭지가 않다네. 여기는 아주 오래된 땅이지. 지하에 잠들어 있는 사악한 언데드가 언제라도 힘을 키워서 우리들을 내쫓으려 하고 있어."

띠링!

라비아스의 언데드들

천공의 도시 라비아스의 깊은 곳에는 언데드들이 있다. 보기보다 잠이 많은 조인족들은 밤마다 울부짖는 언데드들을 매우 혐오하고 있다.
지하 통로에서 스켈레톤 병사를 30마리 이상 잡고 돌아오면 좋은 일이 있을 듯하다.

난이도 : D

보상 : 알려지지 않음.

퀘스트 제한 : 실패 시 크로우와의 친밀도 하락.

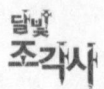

위드와 일행들은 천공의 도시를, 알려지지 않은 도시를 발견하는 정도로만 생각을 해 오고 있었다.

특산품들을 구입하거나, 아니면 세라보그 성에서는 팔지 않는 좋은 아이템들을 살 수 있는 장소 정도로 말이다.

로자임 왕국과 관련된 퀘스트가 있다면 최상이라고 생각했던 것이다.

그렇지만 놀랍게도 천공의 도시에는 사냥터까지 존재했다. 그것도 흔치 않은 언데드 사냥터다.

스켈레톤 병사들은 레벨이 80대 정도라고 알려져 있다.

위드는 잠시 고민하다가 고개를 저었다.

"언데드를 물리치는 것은 저의 사명이지만, 일행들이 있습니다. 그들에게 물어보고 오겠습니다."

"그렇게 하게."

위드는 자신이 맡은 구역의 새들에게 계속 말을 건네며 돌아다녔다. 몇몇은 처음 보는 여행자라면서 몇몇 의뢰를 맡기기도 했다.

대부분 언데드와 관련된 퀘스트들이었다.

그들과의 대화를 통해 라비아스에는 몇 군데 지하로 이어진 통로가 있음을 알게 되었다.

하지만 그곳은 복마전이나 다름없는 곳이다.

스켈레톤들이 다수이지만 죽음의 기사와 악마의 파수꾼들.

듀라한과 리치, 스펙터와 망령들이 살고 있는 것이다.

자신의 목을 들고 다니는 듀라한은 강하기 그지없는 언데드다. 레벨은 140 정도라도 속도가 빠르고 전투술이 뛰어나서 잡기 매우 까다로운 몬스터였다.
 리치의 경우에는 흑마법을 주로 사용하고, 지능이 높아서 위험하면 영악하게 도망을 쳐 버린다고 알려져 있다.
 죽음의 기사, 데스 나이트는 말할 것도 없다.
 말을 타고 다니는 그들은 영화 '반지의 제왕'에서도 출현한 바가 있다.
 가히 공포의 대상!
 레벨로 따지자면 거의 200대에 달하는 마물이다.
 그런 엄청난 언데드들이 지하 통로에 살고 있다고 하니, 위드는 가슴이 벅차올랐다.
 '아, 사랑스러운 경험치들!'
 그렇게 돌아다니던 와중에 위드는 큰 현판을 발견했다. 그곳에는 웅장한 필체로 '초급 수련관'이라고 적혀 있었다.
 위드는 무언가에 이끌리기라도 하듯이 수련관 안으로 들어갔다.

 "어서 오게. 인간이로군."
 수련관의 교관은 마치 싸움닭처럼 생겼다. 닭 볏처럼 생긴 머리가 인상적이었다.
 "방문한 김에 인사를 드리러 왔습니다. 저는 로자임 왕국

에서 초급 수련을 마쳤습니다."

　수련관의 교관들이라면 다들 무를 숭상하고, 악을 물리치는 것을 우선시한다.

　기본적으로 수련관을 수료한 사람에게는 남다른 친밀도를 갖는 것이 보통이었다.

　위드는 혹시라도 좋은 정보를 얻을지도 모른다는 기대감을 가지고 들어왔지만 교관의 반응은 뜻밖이었다.

"응?"

　교관 새는 미묘한 웃음을 머금었다. 주둥이를 살짝 벌린 채로 눈으로만 웃는 것이다.

"그럴 리가 없는데, 자네가 초급 수련을 마쳤을 리가 있나. 자네에게서는 초급 수련자의 관록이 보이지 않는군."

"네? 저는 세라보그 성에서 초급 수련을 마쳤습니다만."

"거긴 기초 수련관이라네."

　위드의 눈빛이 의욕에 불타올랐다.

'기초 수련관! 그렇다면 여기는 그다음의 장소다!'

"초급 수련, 한번 도전해 봐도 되겠습니까?"

"그렇다네. 기초 수련을 마친 이들에게는 자격이 있어. 다만 자네가 했던 기초 수련과는 차이가 있을 거네. 위험할 수 있으니 무리는 하지 않는 편이 좋아."

"시험해 보겠습니다."

"수련관을 말인가?"

"저 자신을 말입니다."

"좋은 마음가짐이군. 그럼 따라오게."

위드는 교관을 따라서 움직였다.

교관이 그를 안내한 곳은 수련관 내부의 한 건물 안이었다. 시커멓게 입을 벌리고 있는 어두운 통로 앞으로 위드를 데려갔다.

"무사히 반대쪽으로 나오면 되네. 간단하지? 단 스킬은 사용할 수 없네. 그리고 참고로 말해 주지만 불을 켜지 말게. 그러는 편이 차라리 쉬울 것이야."

"예."

위드는 짧게 대답을 하고 통로 안으로 성큼 걸음을 옮겼다. 아직까지 그를 두렵게 만들었던 것은 없었다. 하지만 그 담대한 마음가짐도 통로 안으로 들어가자 조금은 움츠러들었다.

손과 발이 윤곽만 보일 정도로 어둡다. 고요한 통로 안에서는 무엇이 나올지 모른다.

그때였다.

피이잉!

날카로운 파공성에 위드는 반사적으로 고개를 숙였다. 그러자 머리카락을 흩날리며 무언가 지나가는 것을 느낄 수 있었다.

'공격인가? 좋아.'

인식하자마자 몸이 움직인다.

위드는 이미 뽑아 들고 있던 검을 앞으로 내밀었다. 눈에 보이지는 않아도 무언가 있다는 느낌은 왔다.

챙강!

철검이 딱딱한 쇠붙이에 부딪쳤다. 방패로 막았다기보다는 그대로 부딪쳤다는 느낌.

몸통이 굉장히 단단한 재질로 만들어져 있었다.

'오른쪽!'

그때 위드는 자신의 오른편에서 다시 한 번 바람을 가르고 무언가가 다가온다는 느낌을 받았다.

시야가 어두컴컴하니 느낌에 의존할 수밖에는 없다. 위드는 자신의 느낌을 믿었다.

그 순간 위드의 검이 믿을 수 없는 움직임을 보인다. 철검이 부드러운 곡선을 그리며 어둠 속의 공격을 끌어안듯이 감싸 버린 것이었다.

위드의 검은 부드럽게 그것들을 받아넘겼다. 직접 부딪치지 않고 흘려 버리는 고급 기술.

검을 잘 다루지 못하는 사람이라면 절대로 쓰지 못한다.

'10마리, 혹은 그 이상!'

연속적으로 이어지는 공격들은 숨을 돌릴 틈도 주지 않았다.

"차앗!"

위드가 기합을 발하며 몸을 날렸다. 땅바닥을 뒹굴며 옆으로 강하게 검을 휘두른다.

발목을 노린 일격이다.

검이 철로 된 무언가에 부딪치면서 불꽃이 튀었다.

그 순간 미약하게나마 시야가 밝혀졌다.

수십 마리의 강철로 된 바바리안들이 있었다. 그들이 검, 도, 철퇴, 도끼, 클럽, 망치, 해머, 메이스를 들고 있었다.

오싹!

위드의 등줄기에 식은땀이 흐른다.

타오르던 전의가 물거품처럼 사라졌지만 강철 바바리안들의 공세는 끊이지 않는다.

몇 개의 공격들은 받아넘길 수 있었지만 어둠 속에서 벌어지는 수많은 공격들을 전부 감당하는 것은 무리였다.

등을 후려갈기는 충격이 땅바닥을 나뒹굴었다. 그리고 사방에서 공격들이 이어졌다.

"실패했군."

위드는 교관의 음성을 들으며 천천히 자리에서 일어났다. 온몸이 욱신거렸다.

'여기는?'

돌아보니 수련관의 입구 근처였다. 아마도 교관이 그를 이곳까지 데려왔으리라.

얼마나 두들겨 맞았는지 생명력은 30 이하로 떨어진 상태. 누군가가 툭 건드리기만 해도 죽을 수 있었다.

다행히 피가 흐르는 곳은 없어 지속적으로 생명력이 줄어들지는 않았다.

"실력이 안 되는 자가 함부로 도전을 한다면 그렇게 되는 것이네. 이번에는 내가 구해 주었지만 다음에 도전한다면 죽게 될 것이네."

정신을 차리기 위해 고개를 흔든 위드가 물었다.

"레벨이 더 높아야만 시험에 성공할 수 있습니까?"

"그건 아니네. 묵강철인들은 도전자의 수준에 맞춰 주지."

"그러면 제 실력이 떨어졌다는 말이로군요."

"그렇다고 봐야겠지."

"제가 들어가고 시간이 얼마나 흘렀습니까?"

"4시간 정도."

"일행이 기다리고 있을 겁니다. 다음에 또 오겠습니다."

위드는 수련관을 나와서 일행들과 만나기로 했던 장소로 향했다.

서둘러서 달려간 위드!

그곳에는 상기된 얼굴의 일행들이 있었다.

"죄송합니다. 제가 조금 늦⋯⋯."

"위드 님!"

수르카가 쪼르르 달려와서 말했다.

"저희들이 엄청난 퀘스트를 발견했어요."

"위드 님이 오시기만을 기다리고 있었습니다. 이것은 저희들이 결정할 문제가 아닌 것 같아서요."

그들은 위드가 없는 동안에 열심히 라비아스를 돌아다녔다고 한다. 그리고 알아낸 사실들.

첫 번째로 지상으로 내려가는 방법이었다.

잡화점에서 판매하는 가벼움의 깃털을 사용하면 추락하는 속도가 현저하게 늦춰진다.

그 깃털을 이용해서 라비아스에서 뛰어내리는 것인데, 위드에게는 짜릿한 경험이 되겠지만 고소공포증이 있는 수르카에게는 끔찍한 일이 아닐 수 없다.

두 번째로는 위드와 일행들이 라비아스를 최초로 발견한 것은 아니라는 조금은 나쁜 소식이었다.

하지만 어느 정도 짐작하고 있기는 했다. 왜냐면 천공의 도시를 막 보았을 때 명성이 오르지 않았기 때문!

그다음으로는 퀘스트였다.

이리엔이 얻은 퀘스트는 스켈레톤 나이트를 20마리 잡아 오면 마나 회복 속도를 10% 증가시켜 주는 링을 준다는 것이었다.

스켈레톤 나이트. 레벨 100의 상대하기 버거운 몬스터였지만 일행은 전부 보상 아이템에 넋이 나가 버린 상태였다.

마나 회복 속도를 올려 주는 링은 매우 희귀한 편이다.

어느 정도냐면 베르사 대륙의 대도시에서는 거의 부르는 게 값일 정도!

"그곳이 어딥니까?"

위드도 보상에 넋이 나가 버렸다.

그렇게 그들은 스켈레톤 나이트들을 해치우는 퀘스트를 받았다.

-던전. 멤피스 홀의 최초 발견자가 되셨습니다.
 혜택 : 명성 100 증가.
     일주일간 경험치, 아이템 드랍률 2배.
     첫 번째 사냥에서 해당 몬스터에게 나올 수 있는 것 중에
     가장 좋은 물건 아이템이 떨어집니다.

위드와 일행들이 지하 통로로 들어가는 순간 메시지 창에 글귀가 떠올랐다.

급하게 움직이던 발걸음들이 일시에 멎는다.

"이건……."

"우리가 최초 방문자가 되었어요!"

수르카와 로뮤나가 환호성을 터트린다.

페일도 함박웃음을 지었다. 2배의 경험치를 주는 사냥터. 아무리 위험하다고 해도 들어온 이상 그냥 나갈 수는 없는

것이다.

'도시 라비아스는 먼저 발견한 이들이 있었지만, 사냥터는 와 보지 않았군. 아니, 어쩌면 이 사냥터만 그들이 발견하지 않았을 수도 있다. 너무 큰 기대는 하지 말자.'

위드는 흥분을 가라앉히고 냉정을 찾기 위해서 무진 애를 썼다. 그래도 기쁜 것은 어쩔 수 없다.

"일단 천천히 돌아보죠. 우리들의 1차적인 목표는 스켈레톤 나이트들입니다. 하지만 여기서 우리가 사냥을 할 수 있는지도 알아봐야 하니 가능한 보이는 녀석들은 모두 잡으면서 지나가겠습니다. 이리엔 님."

"네!"

"치료에 각별히 신경을 써 주세요."

"옙. 여긴 언데드들이 출몰하는 곳이니 축복도 확실히 써 드릴게요!"

성직자의 축복과 신성 마법들은 언데드들에게는 치명적이다.

축복을 받은 상태에서는 다른 적들에게 입히는 데미지가 1.5배 정도로 늘어나는데, 언데드들에게는 추가 효과를 가져왔다.

"갑시다."

위드와 일행은 이리엔으로부터 받을 수 있는 모든 버프를 받은 채로 이동했다.

일시적으로 힘과 체력을 늘려 주고, 방어력을 향상시키는 버프들이 위드와 수르카 들에게 집중된 것이다.

"인…간? 사, 살아 있…는 인간."

지하 통로 안에서 스켈레톤들은 4~5마리씩 뭉쳐 있었다.

조우한 적은 스켈레톤 메이지 둘과 스켈레톤 병사 하나, 스켈레톤 궁수까지 뭉쳐 있는 다양한 구성의 무리였다.

"인…간."

스켈레톤의 텅 빈 동공에 번뜩 빛이 난다.

붉은 살기가 폭사되면서 덜그럭덜그럭 뼈가 부딪치는 소리를 내며 일행들이 있는 곳으로 달려온다.

"전투 준비를 하세요."

카가강!

위드가 먼저 나서서 스켈레톤 병사의 검을 막아 냈다. 단순히 막아 내는 것으로 그치지 않고 부드럽게 검을 흔들며 공격을 옆으로 흘려 낸다.

스킬이 아니었다.

위드의 손목 움직임에 따라서 저절로 발휘되는 검술, 그 자체다.

"트리플!"

퍼버벅!

본래 트리플이란 스킬은 눈으로도 쫓아가기 힘든 3번의 연속 공격이었다.

정면으로 베고, 사선으로 베고, 검이 다시 돌아와서 1번 더 베는 몸 전체를 움직이면서 발휘하는 연속 공격!

스킬의 숙련도가 향상되면 더 많은 숫자의 베기 공격이 가능하지만, 그때에도 이름은 트리플이다.

왜냐면 트리플이 삼세번을 뜻하는 용어이기 때문이다.

긴박한 전투 중에 위드가 '트리플'이라고 외치고 스킬을 사용한다.

3번의 공격을 어찌어찌 막더라도 그다음에 또 1번의 공격이 이어질지도 모른다.

혹은 네 번째까지의 공격을 막아 내도 다시 1번의 공격이 또 터져 나온다면 누구라도 당황할 수밖에 없으리라.

삶과 죽음을 가늠하는 순간은 아주 짧았다. 촌음의 허점을 노릴 수 있는 것이다.

사악하고 치사한 위드만이 할 수 있는 방법이었다.

그런 트리플은 본래 빠른 3번의 베기로 적의 허점을 노출시켜서 공격을 성공시키는 데에 있다.

하지만 위드는 검의 움직임만으로 완벽하게 적의 빈틈을 만들고 스킬을 사용했다.

위드의 검이 연속적으로 스켈레톤 병사의 갈비뼈를 후려 갈겼다. 뼈다귀가 와장창 깨지고 부서진다.

그때 후방에 있던 스켈레톤 메이지들이 위드를 목표로 마법을 외우고 있었다.

하지만 로뮤나의 마법이 먼저다.

"파이어 스트라이크!"

스킬의 숙련도가 향상되어서 6개의 파이어 볼이 스켈레톤 메이지들을 순차적으로 가격했다.

그 공격으로, 스켈레톤 메이지들이 완성하기 직전의 마법들이 취소되었다.

"너는 내 몫이다."

페일은 해골 궁수 하나를 맡았다.

2명의 궁수들이 서로를 향해서 열심히 화살을 날린다.

"이거나 먹어라. 홀리 라이트 샷!"

페일의 화살에는 새하얀 빛이 어린다.

언데드들은 천성적으로 빛을 싫어했다. 물론 고급 언데드들은 대낮에서도 멀쩡히 활동을 하지만 스켈레톤들은 빛과는 그야말로 상극.

페일의 화살은 스켈레톤에 작렬해서 환한 빛을 뿜어냈다.

그사이에 수르카는 스켈레톤 메이지들에게 달라붙어서 주먹을 날리고, 로뮤나가 이를 지원해 준다.

처음 상대하는 강적이기에 다들 목숨을 걸고 싸워 주고 있었다.

위드는 단 하나의 스켈레톤 병사만 상대하면 되었다.

"죽…어라!"

스켈레톤 병사가 뼈다귀를 달그락거리며 점프하여 힘 있

게 검을 내려친다. 이빨이 다 빠진 검이었지만 공격력만큼은 무시할 수 없는 정도.
'그래도 동작이 너무 커.'
위드는 스킬을 발휘했다.
"백어택!"
스켈레톤의 검이 위드를 베었을 때에는 흐릿한 잔상만이 남아 있었다.
이미 뒤로 돌아간 위드는 강하게 검으로 스켈레톤의 목을 후려쳤다.

―치명적인 일격이 터졌습니다!

크리티컬!
천분의 일 초를 놓치지 않기 위한 검도 수련.
크리티컬을 노리는 것은 그만큼 위험한 일이지만, 성공할 경우에는 뜨거운 희열을 안겨다 준다.
트리플과 백어택을 전부 한차례씩 맞은 스켈레톤 병사가 뼈다귀 마디마다 부서져서 힘없이 땅바닥에 쓰러졌다.
"위드 님, 이쪽이에요!"
수르카가 힘겹게 외친다. 혼자서 둘의 스켈레톤 메이지를 상대하는 그녀는 고전을 면치 못하고 있었다.
권사로서 민첩성이 뛰어나 빠른 움직임을 보여 주어야 하

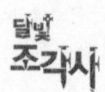

는 그녀였지만 지금은 그렇지 않았다.

힘 저하, 속도 저하.

독에 상처 난 부위에서 끊임없이 피가 흐르는 극악한 저주!

스켈레톤 메이지들의 온갖 저주에 휩싸여서 푸르고 검은 연기가 수르카의 몸을 뒤덮고 있었다.

이리엔의 저주 마법 해제보다도 놈들의 저주가 훨씬 빠르고 강했던 것이다.

"……."

위드는 쉴 새도 없이 그녀를 구하기 위해서 달려갔다.

"조각 검술!"

마나가 모이는 대로 사용한 조각 검술에 체력이 낮은 메이지들은 금방 회색빛으로 변한다.

이미 로뮤나의 마나가 소진될 때까지 공격 마법에 당한 이들이었기 때문에 죽는 것도 더욱 빨랐다.

스켈레톤 궁수 한 마리는 그사이 마나를 보충한 로뮤나와 페일의 합동 공격으로 마무리가 되었다.

"와! 이겼어요!"

전투가 끝나고 수르카가 기쁨의 함성을 터트린다.

"레벨도 올랐습니다."

페일도 씩 미소를 짓는다.

2배의 경험치, 레벨 80대인 스켈레톤들은 그들보다 최소한 레벨이 15 이상 낮은 일행들에게 막대한 경험치를 선사해 주었다.

　더군다나 두 배의 경험치 획득 효과 덕분에 한 번의 사냥으로도 레벨이 하나 오를 정도였다.

　저주 마법을 전부 해제하는 것과 동시에 마나가 고갈된 로뮤나와 이리엔은 급히 자리에 앉았다.

　명상을 통해서 마나를 빠르게 회복하기 위함이다.

　2배 정도 마나 회복 속도가 빨라지는데 아쉽게도 위드는 익힐 수 없었다. 마법사와 성직자 등의 직업을 가진 이들만 사용할 수 있는 스킬이었다.

　"어디 무슨 아이템이 나왔나 볼까요?"

　다른 이들은 스켈레톤들이 흘린 물건으로 모여들었다.

　보통은 아무거나 집으면 되었지만, 지금은 한 번의 전투가 살얼음판이다.

피로 얼룩진 낡은 장갑 : 내구력 7/40. 방어력 6.
죽은 자들의 증오와 염원이 담겨 있는 물건이다. 착용자의 힘을 키워주지만 왠지 가까이 하고 싶지 않다.
제한 : 레벨 50. 힘 100.
옵션 : 힘 20 상승. 공격력 10%.
　　　　생명력 200 저하.

차가운 자들의 부츠 : 내구력 9/50. 방어력 5.
땅바닥의 온기가 통하지 않도록 만드는 신발이다. 물소의 가죽으로
뛰어난 착용감을 자랑한다.
제한 : 레벨 60.
옵션 : 냉기 마법 저항력 15%.

 이 정도면 그럭저럭 나쁘지 않은 물품들이었다. 상점에서 팔 수도 있지만 착용하는 것이 훨씬 더 낫다.
 장갑의 경우에는 생명력이 줄어든다고 해도 방어력이 좋은 편이라서 결국 입는 피해를 줄여 주기 때문이었다.
 하지만 지금은 던전을 최초로 발견했기 때문에 무려 2배에 달하는 아이템 드랍률이 향상된 상태였다.
 그리고 결정적으로 스켈레톤들이 줄 수 있는 최고의 아이템은 확인하지 않은 상태였다. 위드와 일행들은 스켈레톤 병사가 떨어뜨린 검으로 향했다.

클레이 소드 : 내구력 12/65. 공격력 23~25.
얼음의 정령이 담긴 마법 검.
빙계 속성의 데미지를 추가적으로 2~5까지 입히며 적의 움직임을
느리게 한다.
제한 : 레벨 60. 힘 200.
옵션 : 얼음 속성의 추가 데미지 2~5.

'대박이다!'

위드의 입가에 흐뭇한 미소가 맺힌다.

무려 100골드가 넘게 상점에서 팔리는 검이 드랍이 된 것이다. 물론 상점에서 판매하는 정식 클레이 소드보다는 내구력이 많이 떨어진다.

검은 자주 파손을 당할수록 그리고 내구력이 떨어져 있는 상태를 오래 유지할수록 최대 내구력이 깎였다.

스켈레톤 병사가 들고 있던 클레이 소드는 내구력이 떨어져 있는 상태였지만 그래도 아직 충분히 쓸 만한 물건이었다.

"이건……."

페일이 한참이나 아이템들을 보았다.

그도 욕심이 나리라. 인간인 이상 왜 욕심이 나지 않겠는가! 하지만 위드는 슬그머니 일행의 중심에 가서 섰다.

상점용 기본 하드 레더 갑옷 하나 달랑 입고, 갑옷도 없고 부츠도 없다!

그리고 위드는 확인 사살을 위해 페일에게 한마디를 한다.

"이놈들 공격력이 보통이 아니더군요. 2마리 정도가 한꺼번에 치면 좀 위태로울 것 같습니다."

"……."

페일은 눈물을 삼키며 물러서고, 3개의 아이템들은 전부 위드의 차지가 되었다.

실상 몸빵 역할을 해 주는 위드가 아이템들을 장비하지 않

으면 누가 하겠는가.

 위드는 그렇게 3개의 아이템을 자신의 것으로 만들었다. 그렇지만 매우 안타까운 어조로 말했다.

 "이런 아이템들은 페일 님이 가지셔야 하는데……."

 "……."

 "휴… 그래도 놈들과 직접 싸워야 하는 제가 우선 장비하는 편이 전투에 조금 도움이 되겠죠. 하지만 다음에 나오는 아이템은 꼭 수르카 님과 페일 님이 가지십시오."

 완전히 병 주고 약 주는 격이었다.

 하나 애초부터 제일 필요로 하던 사람이 위드였으니 합리적인 선택의 결과라고도 할 수 있었다.

 위드는 이제야 드디어 수련관에서 선물로 받은 단단한 철검으로부터 벗어날 수 있었다.

 그런데 그때였다.

 "인간들… 우리 자랑스러운 언데드의 병사들이……."

 통로에서 느닷없이 스켈레톤 나이트가 나타난 것이다.

 어느 누구도 실수는 하지만, 이번의 실수는 뼈저린 것이었다.

 지금까지 그들의 사냥터는 자신의 영역을 크게 벗어나지 않는 놈들을 대상으로 해 왔다.

 하지만 스켈레톤 나이트들은 제멋대로 돌아다니는 언데드

였다. 그 특성을 모르는 채로 안심을 하고 있었는데, 갑자기 나타나고 만 것이다.

귀기 어린 눈빛을 하고, 뼈로 된 몸통 위에 스케일 메일을 걸치고 있는 스켈레톤 나이트.

레벨 100이 넘는 몬스터가 일행들을 향해 기습했다.

"꺄악!"

스켈레톤 나이트가 휘두르는 검이 넓은 궤적을 그리면서 수르카의 허리가 길게 베였다. 다행스럽게도 죽지는 않았지만 체력이 무려 35%가 넘게 줄어든다.

"피해요!"

위드는 방금 주운 클레이 소드를 장비한 채로 스켈레톤 나이트의 앞을 막았다.

더 이상 수르카를 공격하지 못하게 하기 위해서 재빨리 나선 것이었다. 위드의 상황 판단력은 이러한 위기 때에 더욱 빛을 발한다.

무려 레벨 100이 넘는 몬스터!

위드의 다리가 후들후들 떨려 왔다.

비단 녀석이 강하기 때문만은 아니었다.

어떤 놈이든 레벨 차이가 30을 넘지 않는다면 한번 붙어 볼 만하다고 생각하는 위드였으니 말이다.

위드의 공포심의 근원은 클레이 소드 때문이었다.

막 집어 들어 내구력이 형편없는 이 클레이 소드로 싸우다

가 자칫 깨어지기라도 한다면……. 하지만 놈을 바로 코앞에 둔 상태에서 클레이 소드를 무장해제하고, 철검으로 바꿔 들 수도 없다.
'제발… 신이시여.'
"조심하세요, 위드 님!"
"로뮤나, 이리엔, 일어나. 스켈레톤 나이트가 나타났어!"
일행들이 빠르게 전투 준비를 했다.
그러는 사이에 스켈레톤 나이트의 첫 공격이 다가왔다.
강력한 돌격에 이은 검술!
이 빠진 검이 이토록 살벌하게 느껴지는 것은 위드에게 처음이다.
'검을 잃을 수는 없어!'
피하기에는 이미 늦었다.
하지만 위드는 자신의 몸동작과 향상된 방어력을 믿고, 막는 대신에 피하는 쪽을 택했다.
조금의 부상은 입을 수밖에 없다.
뼈를 위해 살 정도는 내줄 참이었다.
물론 뼈의 역할을 하는 건 아이템이다.
'가만. 그런데 장갑과 부츠는 수리를 했던가?'
아뿔싸!
장갑과 부츠의 내구력도 거의 끝이 다된 상태였던 것이다.
클레이 소드야 검을 직접 부딪치지 않으면 크게 내구력이 손상될 염려는 없다. 하지만 새로 장만한 장갑과 부츠는 공격을 당하기만 해도 내구력이 손상된다.

내구력이란 녀석은 묘한 구석이 있어서 최대치에 가까울 때에는 잘 떨어지지 않는다. 그러나 내구력이 많이 줄어들어 있을 때에는 한 번에 깨지기도 했다.

'이런 낭패가…….'

위드는 곧바로 땅바닥을 굴렀다.

카캉!

스켈레톤 나이트가 내려친 검이 위드를 아슬아슬하게 스쳐 지나간 것이다.

무협지에 자주 나오는 뇌려타곤의 수법. 땅을 굴러서 적을 피하는 방식이었다.

체면? 그런 것이야 필요하다면 차린다.

현실적으로 장갑과 부츠 그리고 새 검이 망가진다는 아픔이 더욱 크다.

그렇게 위드가 시간을 끄는 사이에 일행들은 전투준비를 완료했다.

페일의 화살이 날아오고, 이리엔이 성령 방어와 블레스를 사용해 주었다.

로뮤나의 마법도 작렬을 한다.

그녀는 아예 처음부터 강한 마법을 준비했다.

"파이어 필드!"

빠르게 움직이는 스켈레톤 나이트를 잡기 위해서 범위 마법을 사용했다.
화르르.
스켈레톤 나이트가 서 있는 부분에서부터 화염이 넓게 퍼져 나가기 시작한다.
땅으로 밀려오는 화염의 불길로 인해서 위드나 수르카는 재빨리 물러나야 했다.
그 틈을 타서 위드는 클레이 소드를 무장하고 단단한 철검을 들었다. 부츠와 장갑도 전부 벗었다. 수리를 할 수 있으면 좋겠지만 급한 상황이니 우선은 무장해제를 한 것이었다.
"이걸로 죽진 않을 거예요."
마법을 쓴 로뮤나가 자신 없는 듯이 말했다.
지금까지 파이어 필드는 여러 마리가 있을 때에 한꺼번에 큰 피해를 주기 위한 광역 마법이었다.
위드의 검술 스킬들을 제외하고는 파티에서 최대의 위력을 자랑하는 마법.
로뮤나의 파이어 마스터리. 화염 계열 마법의 데미지와 영향력을 확장시켜 주는 스킬도 8 정도로 가장 높다.
그렇지만 레벨이 100이 넘는 스켈레톤 나이트가 이 정도로 전투 불능에 빠졌다고는 아무도 믿지 않았다.
이윽고 화염이 걷혔다.
스켈레톤 나이트는 그 자리에 그대로 서 있었다. 화염으로 인해 붉게 물든 검신과, 뻥 뚫린 동공과 갈비뼈 사이로 시뻘건 불길들이 마구 번져 나온다.

불타오르는 해골 기사의 모습. 제법 데미지는 입었지만 그래도 건재한 모습이었다.

"이… 인간들……."

스켈레톤 나이트가 땅을 박차고 덤벼들었다.

위드는 이번에는 자신 있게 맞섰다. 클레이 소드 대신에 철검을 무장하고 있었으니 겁날게 없다.

"조각 검술!"

위드의 검이 부드럽게 움직이며 스켈레톤 나이트를 가격한다. 로뮤나의 마법과, 수르카의 주먹, 페일의 화살도 연달아 적중했다.

"크르르……."

하지만 스켈레톤 나이트는 강했고, 곧 위기에 몰렸다.

위드의 마나는 지난 전투 이후로 제대로 회복이 되어 있지 않은 상태였다.

하나의 검술도 제대로 사용하지 못할 정도.

뛰어난 임기응변과 동체 시력으로 스켈레톤 나이트의 공격을 피하고는 있지만, 큰 피해를 주지 못하는 것이었다.

다른 일행들도 온전한 상태는 아니다. 다들 마나가 고갈이 되어서 간신히 버티고 있었다.

몇 분이 되지 않아 위기가 찾아오고야 말았다.

"제 마나가 다 떨어졌어요. 더 이상 치료를 할 수 없게 되었어요. 죄송해요."

이리엔의 말은 모두를 절망에 몰아넣기에 충분하다.

성직자의 마나가 고갈되었다면 더 이상 치료가 되지 않는다. 위드와 수르카가 싸우고는 있었지만, 그들이 죽고 나면 다른 사람들은 제대로 손도 써 보지 못하고 죽을 것이었다.

'이렇게 된 바에는……'

위드가 자신이 가진 검술의 마지막 비기를 사용하기로 마음먹었다.

"소드 카이저!"

황제무상검법의 마지막 초식.

하지만 실제로는 위드가 마음대로 이름을 붙인 초식이었다. 과연 검의 황제라는 이름처럼 위력을 발휘할 수 있을지는 두고 봐야 할 일이었다.

우우웅.

스킬을 사용하자 위드가 들고 있는 철검이 무시무시하게 진동을 한다.

스켈레톤 나이트의 이목이 대번에 위드에게로 모인다.

철검에서 가느다란 시퍼런 빛의 줄기들이 뿜어져 나온다.

위드의 몸은 그 빛에 의해 가려졌다. 스켈레톤 나이트의 시선에는 한층 커다랗게 변한 철검만이 보였다.

하늘과 땅을 전부 뒤덮어 버린 것만 같은 검.

파아앗!
검이 공간을 압축하여 폭사되었다.
가공할 찌르기!
보통 위드의 검술은 베기류를 응용한 것이 많다.
찌르기는 치명적이지만 빈틈이 많다. 공격이 실패했을 경우에는 허점을 그대로 노출시켜서 엄청난 피해를 보기 십상이었다.
반면에 검을 휘두를 때에는 체중이 실린다. 몸의 균형이 미묘하게 변하는 것이다.
발걸음과 허리, 손목을 이용해서 균형을 만든다.
위드는 그 균형을 이용할 줄 알았다.
그래서 적의 반격을 회피할 수 있는 여유를 만들고, 공격과 수비를 일체화시켰다.
이것이 남들보다 작은 생명력과 약한 방어력으로도 동등한, 혹은 더욱 강한 몬스터와 싸우는 위드의 전술이었다. 이것이 없었더라면 스켈레톤 병사와의 싸움도 쉽지 않았으리라.
단 몇 발자국의 거리였음에도 위드는 그 순간 자신의 모든 생명력과 마나가 검 끝으로 빨려 들어가는 것을 느꼈다.
스켈레톤 나이트의 해골에 있는 입이 떡하고 벌어진다. 그도 위드의 일격을 느낀 것이었다.
'됐다.'

위드는 그 짧은 순간에 자신의 스킬에 만족하였다. 그렇지만 정작 스켈레톤 나이트와 부딪치기 직전 충격이 위드를 덮쳐 왔다.

콰아아앙!

거대한 폭음과 함께 흙먼지가 날아오른다.

잠시 후에 흙먼지가 걷혔을 때에는 형편없이 변한 위드가 있었다.

'이럴 수가.'

소드 카이저는 마나를 2천이나 잡아먹는 괴물 같은 스킬이었다.

부족한 마나는 대신에 생명력을 앗아 간다. 스킬이 완료된 이후로 위드의 생명력은 50도 남지 않은 상태였다.

"노, 놈은?"

위드는 스켈레톤 나이트에게로 향했다.

스켈레톤 나이트!

놈의 복부에는 철검이 박혀 있었다. 그곳에서부터 균열이 시작되더니 우수수 몸체가 무너진다.

어느새 전리품을 확인하기 위해 달려간 무리들!

"무지 어렵게 잡은 녀석인데……."

수르카가 힘없이 고개를 숙였다.

죽을 고생을 해서 잡은 스켈레톤 나이트. 놈에게서 나온 철광석 하나와 실버 몇 개, 뼈다귀 하나가 전부였던 것이다.

뭐든 처음이 가장 힘든 법이다.

스켈레톤 나이트를 잡으면서 죽을 고비를 한 번 정도 넘긴 일행들이었지만, 정상이 아닌 상태에서 싸운 탓이 컸다.

위드를 비롯해서 다들 마나가 고갈된 상태에서 싸움을 벌였던 것이다.

그다음의 사냥부터는 해골들을 상대하면서도 로뮤나의 알람 마법을 통해 스켈레톤 나이트의 접근을 체크했다.

그런 다음에 여유가 있을 때는 상대하고, 아닐 때는 가볍게 무시해 준다.

다른 던전이나 마굴이라면 치열한 경쟁 덕분에 원치 않은 상황에서도 무리를 해서 사냥을 해야 하는 경우가 많았다.

하나 여기에 있는 건 위드 일행뿐이었다.

그것은 곧 넘쳐 나는 몬스터들로 위험하다는 뜻!

바로 위드가 가장 좋아하는 환경이었다.

덤으로 던전으로 들어온 이후로 달빛 조각사의 진가가 발휘되었다. 환한 태양 빛 아래에서는 위드의 본 실력이 100% 나오지 않는다.

어두운 밤, 혹은 던전 안에서야말로 직업의 위력이 발휘가 되었다.

무려 30%의 능력 강화 효과.

덧붙여서 천부적인 전투 실력으로 스켈레톤 나이트의 움직임과 공격하는 패턴을 읽어 버린 위드였기에 더 이상 놈의

공격이 그렇게 막강하진 않았다.

적중당하기 직전에 아주 슬쩍 흘려 버리는 기술. 그것만으로도 피해를 절반 이상 감소시킬 수 있었던 것이다.

페일이나 수르카, 로뮤나의 지원에 이리엔의 신성 마법까지 있었으니 혼자서 돌아다니는 스켈레톤 나이트는 조용히 뼈를 내놓고 사라질 수밖에 없었다.

"후후후."

위드는 돌아다니는 해골들을 보며 미소를 짓는다. 그것은 놈들을 경험치와 아이템으로 보는 웃음!

"크크크."

"헤헤."

"호호호."

일행들도 입가에 미소를 짓기 시작한다.

해골들이 걸어 다니는 광경이 이토록이나 자신들을 행복하게 만들 줄이야!

스켈레톤 병사들이 들고 다니는 검은, 클레이 소드가 아니더라도 상점에서 파는 철검보다는 쓸 만했다.

즉, 수리해서 팔면 돈이 된다는 뜻이다.

방패나 장갑, 혹은 브레스트 플레이트까지 나오는 환상적인 사냥터다. 그것도 드랍률이 2배였으니 위드의 호주머니가 두둑해지는 것은 당연지사.

혼자서 돌아다니는 스켈레톤 나이트는 레벨이 조금 높아

도 위드와 일행들에게 더 이상의 위협은 되지 않았다.

단, 가끔 돌아다니는 데스 나이트는 요주의 대상이다.

"인…간. 인간의… 냄새가… 여기서…….."

흑갈색 갑옷을 위아래로 차려입은 데스 나이트가 말을 타고 나타났다.

방금까지 스켈레톤들을 때려잡고 전리품을 챙기던 위드와 일행은 바위 뒤에 숨어서 전전긍긍했다.

레벨이 200이 넘는 것으로 알려진 데스 나이트는 아무리 그들이 발버둥 쳐도 이길 수가 없는 대상인 것이다. 레벨 차이가 너무 높으면 공격이 적중해도 비껴 나갈 확률이 있다.

로열 로드에서는 유저들뿐만이 아니라 NPC도 성장이란 것을 한다. 2차 전직을 마친 데스 나이트들은 강력한 스킬들을 보유하고 있다.

로얀이라는 데스 나이트의 투구에는 흑암의 기운이 넘실거린다. 데스 나이트들은 각자가 자신의 이름을 가진 네임드 몬스터였다.

"인간…의 냄새가… 냄새가… 아, 나…는 코가 없지."

데스 나이트 로얀은 한참이나 둘러보더니 말을 타고 스르르 천천히 다른 곳으로 순찰을 떠났다.

데스 나이트가 사라지고 나서도 한참이나 말발굽 소리가 들려온다.

"휴우."

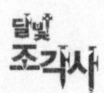

"갔어요, 갔어."
위드와 일행들은 놈이 완전히 사라지고 나서야 숨을 크게 몰아쉬었다. 가끔 돌아다니는 데스 나이트의 존재는 무시무시하기 짝이 없었다.

있는 놈이 더한

멤피스의 홀 1층에서 위드와 일행들은 무사히 스켈레톤 나이트의 뼈다귀를 모아 퀘스트를 클리어할 수 있었다.

그렇지만 안 좋은 소식도 있었다.

페일과 로뮤나, 이리엔은 본래 한 동네에 사는 친구 사이라고 한다. 수르카는 로뮤나의 여동생이었고 말이다.

그동안 말을 하지 않았던 것은 괜히 자신들끼리 친하다는 점을 내세워서 위드를 어색하게 만들지 않기 위함이었다고 한다.

그러나 결국 말할 수밖에 없는 사정이 생기고 말았다.

"죄송합니다. 부모님들이 그만······."

"당분간 저희들은 이전처럼 접속하지 못하겠어요."

이미 로열 로드의 세계에 완전히 빠져 든 상태였다. 학교까지 빼먹고 게임에 몰두를 했지만 휴학을 한 사실을 부모님들에게 들키고 말았다고 한다.
불호령이 떨어진 것은 두말할 필요도 없는 일.

― 너희들… 하라는 공부는 안 하고 게임이나 해?
― 어서 빨리 학교 가지 못해!

비싼 값을 치른 캡슐의 접속권을 압수당하고, 휴학 신청도 취소되었다고 한다.
그렇지만 그들은 이미 위드의 많은 면을 보고 배웠다.
어떤 난관에서도 철저하게 자기의 이득을 챙기고, 위기에서 기회를 찾는 승부사의 기질.
만류하는 부모님들에게 로열 로드를 체험해 보시라고 캡슐을 통해 접속을 시켜 버린 것이었다.
처음에 로열 로드를 시작하면 4주간은 성 밖으로 나가지 못한다.. 그렇지만 부모님들은 성내에서도 대만족을 하였다.
완벽한 판타지 세상의 재현.
어릴 때부터 부모님들은 판타지 소설을 읽고 게임을 하며 성장해 왔다. 나중에 와서는 직장을 갖고, 아이를 키우면서 그만한 여유가 없게 되었다.
하지만 여기에 또 하나의 세상이 있었다.

그들이 꿈꾸던 낙원.

회사와 일에서 벗어나, 멀리 다른 나라로 떠나지 않더라도 얼마든지 빠져 들 수 있는 또 다른 세계. 휴식처.

― 게임도 썩 나쁜 것만은 아니군.
― 확실히 재미는 있어.
― 참, 정희 엄마, 무기점에서 퀘스트를 받았다면서?
― 연마석을 5개 사 오라는 심부름인데…….
― 돈은 있어?
― 응. 착수금으로 3실버 줬어. 연마석이 50쿠퍼니까 심부름을 끝내고도 50쿠퍼가 남을 것 같네.
― 그것 우리도 공유해 줘!

부모님들은 다 같이 세라보그 성에서 시작을 하였다.

그들은 함께 돌아다니면서 퀘스트를 하고, 성의 NPC들과 친분을 쌓았다.

그렇게 게임 시간으로 4주.

현실로는 일주일이 지났다.

이제 마음대로 성 밖으로 나가게 될 수 있는 부모님들이었다. 페일과 수르카 들이 이제 성 밖을 나갈 수 있다고 했을 때, 부모님들은 웃기만 했다.

― 얘, 우리가 무슨… 몬스터를 잡으며 사냥을 한다고 그러니?
― 사냥은 너희들처럼 젊은 애들이나 하는 거지.
― 그냥 우리는 성에서 이렇게 사람들과 어울려서 지내는 게 좋아. 이것저것 심부름을 하면서 맛있는 걸 사 먹는 것도 좋고 말이야.

그러다가 호기심을 이기지 못해서 성 밖으로 나갔다 돌아온 부모님들은 싹 돌변을 해 버렸다.

― 그 왜 있잖니. 같은 검인데 롱 소드보다 바스타드 소드의 데미지가 더 좋던데 그건 왜 그런 거야?
― 아이참, 그건 양손 검이잖아요. 크고 무겁고… 그래서 빨리 휘두를 수 없구요.
― 요컨대 자잘한 것 여러 번 대신에 큰 거 한 방이란 소리구나?
― 네.
― 그것 참 마음에 드는 무기네. 성격이 마음에 들어. 근데 상점에 파는 바스타드 소드의 가격이 10골드가 넘던데…….
― 하나 사 드려요?
― 뭐… 사실 이제 와서 말이지만 우리들이 너를 얼마나 옥이야 금이야 길렀니? 어릴 때부터 맛있는 건 너부터 먹이

고, 좋은 옷만 입혔지. 우릴 생각하는 네 마음이 워낙 지극한 것을 알고 있으니 굳이 말리고 싶은 마음은······.

로뮤나와 그녀의 부모님들과의 대화였다.
페일도 상황은 그다지 다를 바가 없었다. 페일의 부모님은 학교의 선생님으로 무척이나 엄하신 분이다.
페일이 어렸을 때에는 감히 부모님의 앞에서 크게 숨도 쉬지 못하였다.
젊었을 때 군대에서 특전사를 나온 아버님은 그 자체로 엄청난 카리스마였던 것이다.
성 밖으로 나갔다 돌아온, 그날 저녁에 아버님은 페일과 식사를 하면서 지나가듯이 말했다.

— 크흠··· 여우라는 놈 아주 세더구나.
— ······?

페일.
현실의 이름으로는 오동만인 그는 잠시 아버지가 무슨 말을 하는지 이해하는 데 노력을 해야 했다.
아버지는 넌지시 다시 한 번 말했다.

— 여우, 그놈 말이지. 아주 강해.

그제야 오동만은 아버지의 말을 이해했다.

― 처음에는 조금 힘드실 거예요. 아무 장비가 없었다면 말이에요.
― 몇 개 장비가 있긴 했다만…….
― 설마 혼자 잡으시려고 했던 건 아니죠?
― 혼자서 싸웠는데?
― 에이, 여우를 혼자 상대하려고 하면 힘들죠. 아버지 레벨에는 거의 불가능이에요.
― 그… 그럼 너는 잡을 수 있단 말이냐? 여우를?
― 물론이죠.

아버지가 덥석 오동만의 손을 붙잡았다.

― 이 아비의 복수를 해 다오!

그렇게 부모님들은 완벽하게 로열 로드의 세상에 빠져 들어 버렸다. 이웃집들끼리 뭉쳐서 게임을 하다 보니, 계모임과 동네 반상회에서도 로열 로드가 화제가 되었다.
이제 부모님들끼리 모여서도 술 이야기, 부동산과 재테크 이야기가 아닌 로열 로드의 이야기를 한다고 한다.
실제로 최근에 급증하고 있는 유저들의 상당수는 나이 든

어른들이 많았다. 뒤늦게 로열 로드의 재미를 깨닫고, 시작을 하는 것이었다.

일찍이 이현은 이런 날이 도래할 줄을 예상을 했다. 보통의 게임들은 어느 정도 시간이 지나면 아이템의 시세가 떨어진다.

골드나 실버와 같은 금전적인 가치 역시 마찬가지였다. 이용자들의 전체적인 레벨이 올라가는 이상 자연스러운 현상이었다. 하지만 10대와 20대만이 아니라, 사회적으로 안정된 기반을 가진 어른들까지 로열 로드에 빠져 든 이상 매수세가 줄어들지를 않는다.

뛰어난 아이템이 있다면 경쟁적으로 구입을 한다.

현실에서 좋은 차를 구입하듯이 무기나 방어구, 액세서리들을 갖춘다.

이것은 오히려 현실보다도 더 큰 메리트가 있었다. 단순한 과시용이 아니라 좋은 장비를 무장하고 전투를 하면 스스로 강해진 것을 느낄 수 있다.

전에는 잡지 못하던 몬스터들을 잡으면서 승리의 짜릿한 쾌감을 맛볼 수 있는 것이다.

비싼 값을 치르고 좋은 차를 사듯이 그렇게 아이템들을 구입하는 중장년층 유저들이 날이 갈수록 늘어 가고 있다.

페일과 동료들의 부모님들 또한 그렇게 로열 로드에 완전히 빠져 들어 버리고 만 것이다.

상황이 그렇게 되자, 페일과 동료들은 더 이상 라비아스에서 사냥을 할 수 없었다.
　"죄송합니다. 부모님들을 좀 도와 드려야 할 것 같네요. 최소한 그분들이 적응할 수 있도록……."
　페일이 미안한 기색을 감추지 않으면서 말한다.
　위드는 그들이 떠나는 것을 이해했다. 부모님들을 위해서 가는 것이니 어쩔 수 없으리라.
　아직 해야 할 일이 있는 위드는 라비아스에 혼자서 남기로 했다.

　"이번 달에 쓴 돈은 밥값 32만 8,200원. 요즘 들어서 쌀값이 너무 많이 올랐군. 그래도 미국산 쌀을 먹을 수는 없으니……."
　이현은 가계부를 작성하고 있었다.
　혜연이나 할머니에게 국산 쌀이 아닌 유전자 조작이 되어 있을지도 모를 미국산 쌀을 먹이고 싶지는 않았다.
　중국산은 말할 것도 없었다.
　도저히 믿을 수가 없는 것이다.
　"반찬도 너무 화려하게 먹었던 것 같아. 스킬을 익히면서 배웠던 레시피에 따라 요리를 시도해 봤던 게 치명적이었군.

다시는 하지 말아야지. 그다음으로는 난방비인데… 이것도 할머니 때문에 줄이기는 힘들어."

이현은 1달간 지출한 모든 내역을 체크했다.

직접 장을 보고, 음식을 만들고, 집 안 청소를 하는 일에서부터 돈을 관리하는 것까지 전부 그의 책임이었다.

30억 9천만 원!

하지만 30억이란 거금은 빼앗겨 버린 상태다.

가족의 재산으로 남았던 것은 9천만 원에 불과하다.

한때는 분하고 원통해서 잠이 안 올 지경이었다. 하지만 곧 마음을 정리했다. 이미 지나간 일에 연연할 정도로 한가롭지 못했으니 말이다.

지나간 일이지만 다행이라면서 가슴을 쓸어내리기도 했다. 만약에 빚을 갚지 못했더라면 상상할 수도 없는 온갖 일을 경험해야 했으리라.

조직 폭력배들.

그들은 폭력과 협박을 지속해 오며 8년간 이현이 어른이 되기만을 기다렸다.

성인이 되면 그때부터 위험한 마약 거래 등에 투입시키기 위해서다. 혹은 상대 조직의 누군가를 암살하기 위한 칼잡이로 쓸 수도 있었을 테지.

이현이 경찰에 잡힌다면 그들은 검사들을 매수해 지금까지 자신들이 저질렀던 모든 죄를 그에게 뒤집어씌울 것이다.

그런 방식으로 기존의 수사를 중단시키는 등의 지능적인 행위를 해 왔다.

언론에서는 불우한 가정사를 가지고 살아온 이현이 범죄에 빠져 들어 피도 눈물도 없는 인간으로 변한 것으로 묘사가 될 것이다.

인면수심의 살인마.

혹은 개선의 여지가 없는 범법자!

나중에 세상을 조금 더 알게 된 이후에야 엄청난 위험에서 나왔음을 알 수 있었다.

평생을 감옥에서 지내는 것이 무섭지는 않으나, 그가 감옥에 간 뒤에 남은 가족들은 어떻게 되겠는가.

할머니와 여동생뿐이다.

조직 폭력배들은 그들도 내버려 두지 않으리라.

여동생이 성인이 될 때까지 천천히 기다린다는 것을 생각하니 상상만 해도 끔찍하다.

어쩌면 여동생의 경우는 굳이 성인까지 기다리지 않을지도 몰랐다.

여자는 어릴수록 더욱 비싸게 팔리는 법이다.

이현의 경우에야, 미성년자가 마약을 거래하고 상대방 조직원을 암살하고 그러면 틀림없이 배후에 대한 조사가 들어갈 수밖에 없다.

미성년자가 그 정도까지 한다는 것은 상식적으로 이해할

수 없는 일이기 때문.

적당히 몇 년간 조직원들의 수발을 들게 하다가, 실전에 투입하려는 계획을 가지고 있었을 것이다. 혹은 죄를 뒤집어 씌우거나.

만약에 이현은 자신이 그렇게 감옥에 들어가고, 여동생이 끔찍한 일을 당하며 산다면 미쳐 버릴지도 몰랐다.

그 악순환을 그 돈이 끊어 준 것이다.

"9천만 원. 그 전에 살던 집의 보증금 500만 원과 비상금 400만 원을 합쳐서 작년까지 정확히 9,900만 원이 있었다."

하지만 새 집으로 이사를 오면서 5천만 원을 써 버렸다.

교통 불편한 지역의 주택으로 왔기에 그 돈으로도 세 식구가 살 만한 집을 구할 수 있었다.

남은 돈은 4,900만 원이었는데, 지난 1년간 생활비로 거의 2천만 원 정도를 썼다.

돌이켜 보면 그야말로 엄청난 지출이었다.

일단 로열 로드를 플레이할 수 있는 캡슐비가 1천만 원. 매달 이용료가 30만 원이다. 나머지는 전부 생활비와 혜연의 학원비 등으로 나갔다.

"2,900만 원이라……. 앞으로 2년간 버틸 정도밖에 되지 않는군."

도복을 입고 있는 이현은 깊은 고뇌에 잠겼다.

빠듯한 살림살이에 허리띠를 더욱 졸라매야 할 때였다.

"오빠, 나 왔어."

그때 혜연이 방문을 벌컥 열고 들어왔다. 이현은 화들짝 놀라 가계부와 은행 통장들을 도복 안에 감추었다.

"일찍 왔구나. 오늘이 성적 나오는 날이지?"

"응. 성적표 가져왔어. 여기."

"어디 한번 볼까?"

성적표를 펼쳐 보는 이현은 무척 기대가 되었다.

고등학교 2학년인 혜연에게는 지금이 무척이나 중요한 시기다.

"반 석차 3등. 학년 석차 14등이라……. 저번보다 조금 올랐구나."

"그럼, 내가 누구 동생인데!"

"뭐, 그렇다고 치자."

"뭐야, 그 말투는!"

혜연의 볼이 귀엽게 부풀었다.

이현은 성적표의 밑에 있는 지망 학교란을 보았다.

제1지망 한국대학교. 합격 가능성 98%.

얼마 전까지만 해도 질 나쁜 아이들과 어울렸던 혜연이었지만 머리 하나만큼은 좋았다.

다시 본래대로 착한 여동생으로 돌아온 이후에는 성적이 쑥쑥 올라가서 마침내 목표로 한 대학을 거의 안정권으로 둔 것이다.

'그렇지만…….'

대학은 한 해 학비만 해도 1천만 원이 훨씬 넘어간다.

학교를 다니기 위해서는 학비만 드는 것도 아니다. 교통비와 의식주에 필요한 돈이 추가로 들 것이고, 다른 사람들에게 꿀리지 않게 하기 위해 문화생활을 영위할 돈도 필요했다.

"검사 결과는 아주 좋군요. 망막도 상태가 나쁘지 않고, 간이나 신장도 건강합니다."

"골수는 어떻습니까?"

"훌륭합니다. 골수이식은 상성이 잘 맞아야겠지만 이 정도라면 구매자가 금방 나타날 것 같군요. 각 장기들의 반응도 뛰어나고, 혈관도 아주 깨끗합니다."

하얀 가운을 입은 의사의 말을 이현으로 하나도 놓치지 않고 듣고 있었다.

"그러면 검사는 끝난 것이로군요."

"예."

"감사합니다. 전부 접수해 주세요. 그중에 제일 빠르고 비싼 것으로 하겠습니다. 단 1년 4개월 이후에 하지요. 그때까지 제가 돈을 못 구하면 수술을 받겠습니다."

"접수해 드리겠습니다."

병원을 나오는 이현은 자신의 몸이 건강하다는 확인을 받고서도 전혀 행복한 마음이 들지 않았다.

장기 밀매.

조금 전에 나온 곳은 어둠의 루트를 통해 접한 병원이었다.

눈 하나에 5천만 원, 신장 하나에 3천만 원.

간이나 골수는 수여자와 잘 맞아야 하지만, 각기 2천만 원 정도를 받을 수 있었다.

고작 1년 4개월 정도가 남았을 뿐이다.

로열 로드는 돈이 된다. 틀림없이 돈이 될 것으로 믿었다. 하지만 만일의 하나도 생각하지 않을 수 없다. 혜연이 대학에 갈 돈이 모자라면 학비를 위해서 몸의 일부를 떼어 내서 팔 작정이다.

즐기기 위한 게임.

하지만 이현은 남들처럼 여유를 부릴 수 없었다. 여유는 곧 사치였다. 스스로를 채찍질하고 더욱 노력을 해야 한다.

돈을 벌기 위한 목적 하나로.

로열 로드에서 최고의 부자가 되기 위하여.

'이혜연. 너는 반드시 성공해야 한다. 내가 못 이룬 꿈들. 포기해야 했던 것들을 너는 포기하게 만들지 않을 거야.'

허름한 옷을 입고 있는 이현은 집으로 돌아오며 마치 주문처럼 중얼거렸다.

자신은 어떻게 되어도 좋았다.

눈 하나가 없다고 해도 사는 데에는 별로 지장이 없다. 돈을 버는 데에도 지장이 없다.

여동생만큼은 밝게 자라게 하고 싶었다.

고생을 너무 많이 하게 되면 얼굴에 그늘이 생긴다. 밝게 자란 아이들과는 아무래도 차이가 날 수밖에 없는 것이다.

마음 자체가 약해져서 주눅이 들고, 자신감도 잃어버린다. 이현이 무리해서 어릴 때부터 일을 하려고 했던 것도 전부 그런 욕심 때문에서다.

자신은 못 입고 못 먹더라도 여동생만큼은 남부럽지 않게 만들리라.

여동생을 위해서 이 정도까지 할 오빠는 많지 않았다.

이 세상 모든 오빠들이 다 그런 것은 아니겠지만, 여동생을 생각하는 이현의 마음은 각별하다. 단순한 여동생이 아니었던 것이다.

혜연이 어릴 때 부모님들을 잃어버렸다. 그 후로 일하기 위해 바쁜 할머니 대신에 그녀를 돌보고 키워 온 것은 이현이었다.

이제는 이리엔의 신성 마법도, 로뮤나의 범위 마법과 알람도 없다. 지치지 않고 싸우는 수르카의 주먹질도 볼 수 없게 되었으며, 귀신처럼 날아와서 데미지를 주는 페일의 원거리 공격도 사라졌다.

 하지만 위드는 그대로 위드였다.

 파티 사냥은 좋다. 그러나 사람이 여러 명이 되면서 의견이 대립되거나, 혹은 시간이 지체되는 경우가 발생하기도 한다.

 실제로 모종의 일을 계획하였는데 한두 사람이 늦어지고, 그러다 보니 준비만 하다가 끝나는 경우가 허다하다.

 그에 비해서 혼자서 움직일 때는 간편하다는 장점이 있었다. 괜한 시간 낭비를 할 일이 없는 것이다. 또한 스킬의 숙련도를 올리기에도 제격이다.

 검술이나 전투 스킬을 키우는 데에는 혼자서 싸우는 편이 더 낫다.

 "크르. 인간!"

 스켈레톤 나이트가 투기를 발산하며 검을 휘두른다. 뼈다귀 위에 갑옷을 입고 있는 해골 기사가 재빠르게 움직이는 모습은 그 자체로 위협적이었다.

 그런데 위드의 발걸음이 아주 독특했다.

 보폭이 좁고, 지면에서 미끄러지는 것처럼 부드럽게 움직인다.

 그러면서 스켈레톤 나이트의 공격을 이리저리 회피한다. 그러면서 아주 조금씩 상대의 체력을 빼앗아 간다.

 적의 체력이 저하되어서 움직임이 느려졌을 때!

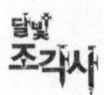

"조각 검술!"

마침내 위드의 검이 스켈레톤 나이트의 갈비뼈를 우수수 박살 내었다.

곧 해골의 동공에서 빛이 꺼지면서 죽음을 알려 왔다.

로열 로드의 전투는 매우 현실적이다. 부서지고 깨지는 효과에 있어서만은 완벽하다.

한 명의 캐릭터는 최대한의 힘을 보유하고 있었다. 그것이 스탯이다.

힘 스탯을 기반으로 해서, 운용할 수 있는 힘이 정해진다. 현실과 동일하게 말이다.

몬스터와 싸울 때에는 그 힘을 가지고 싸우는 것이다. 힘을 이끌어 낼 수 없는 동작에서는 모든 공격력이 발휘되지 않는다.

예컨대 앞으로 달려 나가면서 펼친 한 번의 주먹과, 바로 근접한 거리에서 살짝 내민 주먹의 파괴력이 같을 수는 없다.

스스로 가진 힘을 어떻게 최대한 발휘하느냐에 따라서 공격력이 결정되었다.

자세나, 근육의 비틀림, 힘의 응축과 폭발.

상대의 약점과 빈틈을 그대로 노릴 수 있는 가상현실 게임이 로열 로드이다.

마치 내공을 익힌 무협지의 무사들처럼, 로열 로드의 플레이어들은 자신의 힘을 느끼고, 인지하는 상태에서 몬스터들과 싸운다.

　스탯이나 스킬의 숫자가 아니라, 실제로 자신의 힘과 파괴력을 만끽하는 것이다.

　이것이 바로 손맛!

　그리고 손맛하면 위드를 빠뜨릴 수 없다.

　1년간 죽을힘을 다해 검술을 익혔던 것도 올바른 타격과 회피 기술, 전투의 기본기를 닦기 위함이었다.

　수많은 대련들을 하면서 전투를 두려워하지 않게 되었고, 더욱 강한 몬스터와 싸우는 것을 즐기게 되었다.

　검은 그 수단이자 도구가 되었다.

　적의 동선과 움직임을 파악하고, 거기에 맞춰서 싸우기 위해서는 검이 가장 편하다.

　물론, 굳이 1년간 검도와 각종 격투기를 배울 필요 없이 바로 로열 로드를 했더라도 실전 속에서 전투술을 익힐 수 있었을 것이다.

　대다수의 사람들은 그렇게 하고 있고, 게임에 적응해 나가는 과정이라고 생각하니 말이다.

　하지만 조금 다른 차원에서 접근했다.

　뿌리 깊은 나무가 크게 자랄 수 있다. 검술에 대한 기본기가 없는 상태에서 적과 싸우게 된다면 그건 기형적인 성장을 바탕으로 할 수밖에 없었다.

　몬스터를 때려잡기 위해서 1년간 익힌 검술!

그리고 그 검술은 보다 강한 몬스터들과 싸우면서 진일보하고 있다. 스탯 이상으로 위드가 강할 수밖에 없는 이유였다.

"흠… 이것으로 퀘스트에 필요한 재료를 다 모았군."

마나를 절반 이상 소모한 위드는 잠시 휴식을 취하기로 했다.

"휴우… 마나나 채워야지."

혼자서 여러 사람의 몫을 해내야 하는 위드였기 때문에 조금도 방심을 하지 않았다. 진정한 의미의 휴식도 없다.

마나를 채우는 동안에는 자리에 앉아서 열심히 조각품을 만든다. 지금 그가 만드는 조각품은 까마귀의 형상을 하고 있었다.

크로우에게 주기 위해서, 크로우를 닮은 조각품을 깎는 중이었다.

최초로 만들어진 조각품은 예술 스탯과 함께 조각술 숙련도를 상당히 늘려 준다.

서로 다른 조각품을 하나씩만 만드는 것이기에 예술 스탯과 조각술 숙련도가 빠르게 오르고 있었다.

목표는 라비아스의 모든 조인족들을 닮은 조각품을 하나씩 만드는 것이다.

위드는 라비아스로 돌아와서 조인족들에게 자신이 만든 조각품을 나누어 주었다.

"이것은 이 지상에서 단 하나뿐인 조각품입니다. 제가 여러분들의 형상을 직접 조각해 온 것이니까요!"

"고맙군."

새들은 각자 자신을 형상화한 조각품들을 받아 간다. 그러면서 한마디씩을 했다.

"이렇게 공짜로 받아 갈 수는 없네."

"얼마면 되는가?"

그럴 때마다 위드는 답했다.

"여러분과 저의 관계에 돈은 필요하지 않습니다. 다만 제가 라비아스에 대해 관심이 많으니, 이곳의 이야기를 좀 해 주시겠습니까?"

"음… 그러면 북쪽 둥지에 대해서인데……."

"나는 지하의 언데드들의 습성에 대해서 말해 주지."

조인족들이 하는 말들은 중요한 정보가 되었다. 혹은 단서들이었다. 퀘스트나 사냥터에 대한 정보도 있지만, 대체로 쓸모없는 잡담의 수준에 그치는 것이 많았다.

위드는 무기점 앞의 크로우에게로 갔다.

"이게 뭔가?"

"크로우 님을 위해서 만든 조각품입니다."

"호오… 고맙군."

크로우는 날개를 퍼드득거리면서 기쁨을 만끽하였다. 그러다가 문득 떠오른 듯이 말한다.

"혹시 자네는 죽은 전사의 동굴에 가 보았나?"

"죽은 전사의 동굴요?"

"그래. 멤피스의 홀을 나와서 북쪽으로 30분 정도 가면 그곳으로 들어가는 입구가 있다네. 다만 조심하게. 그곳에는 구울과 해골 용병들, 듀라한들이 살고 있거든. 단단히 준비하지 않으면 안 될 걸세."

로열 로드에서는 자신보다 강한 몬스터를 잡아야 레벨이 빨리 오른다.

스켈레톤 병사들이나 메이지는 이제 위드보다 많이 약했고, 1마리씩 돌아다니는 스켈레톤 나이트들로는 감질 맛만 나던 참이었다.

위드는 충분한 양의 약초와, 음식 도구, 식수를 배낭에 집어넣었다.

대륙에서는 음식 재료들은 간단한 조미료와 향신료 등으로 그쳤었다. 왜냐면 주위의 풀을 뜯거나 동물들을 얼마든지 잡을 수 있었기에 별로 필요하지 않았던 것이다.

요리 스킬이 향상되면서 주변의 풀이나 나무 열매들을 보아도 그것으로 할 수 있는 음식들이 떠오른다.

 그렇지만 멤피스의 홀은 언데드들의 소굴. 그들에게서 음식 재료가 나올 리가 만무하였으니 별도로 음식을 만들 물품들을 준비해 가야 했다.

 위드는 음식 재료점으로 향했다. 그곳에는 앵무새를 닮은 조인족이 있었다.

 "오, 인간 여행자로군. 어서 오게!"

 "반갑습니다."

 위드는 한숨을 쉬고 대꾸했다.

 '정말로 다들 새대가리로군.'

 앵무새를 닮은 이 녀석은 한참 전에 인사를 했던 적이 있었다. 물론 조각품도 하나 선물로 주었다.

 친밀도를 올리기 위함이었는데, 당시에 이 녀석은 매우 좋아했다. 그러나 며칠이 지나서 다시 방문해 보니 위드에 대해서 까맣게 잊어버린 상태였던 것이다.

 이전에 조각품을 만들어 주었다고 해도, 헛소리를 그만하라고 역정을 낼 정도였다. 그러면서 도둑놈이라고 상점에서 강제로 쫓아내기까지 하였다.

 한참 뒤에 분이 풀리지 않았던 위드가 다시 찾아가니, 반갑게 손님이라고 맞이한다.

 그때야 위드는 이 조인족의 습성에 대해서 한 가지를 깨달을 수 있었다.

'이 지독한 건망증의 소유자들!'

붕어의 기억력이 3초라고 하였던가.

조인족들은 그보다는 뛰어났지만 모두 새대가리들임에는 변함이 없었다. 아무리 얼굴을 익혀 놓는다고 해도 며칠이 지나면 존재 자체를 까맣게 잊어버리니 말이다.

이런 식이었으니 친밀도를 높여 놓는 위드의 수작도 그다지 통하지를 않는다.

그때그때, 친밀도가 높아졌을 때에 최대한 뜯어내는 수밖에 없었다.

"콩과, 참깨, 옥수수, 호두, 생선, 파, 돼지고기, 땅콩, 시금치를 사려고 왔습니다."

"오, 그래?"

위드의 주문에 앵무새를 닮은 조인족은 주섬주섬 음식 재료들을 꺼내 놓았다. 그러면서 몇 번이나 확인을 하였다.

"모두 19골드네."

"여기 있습니다. 아, 그런데 제가 18골드 50실버밖에 없군요. 나머지 50실버는 다음에 올 때 드리면 안 되겠습니까?"

조인족은 한참이나 위드를 살펴보고 나서 말했다.

"자네는 상인이 아니군. 물품을 거래하는 데에는 미숙해서 값을 깎아 주긴 어렵겠어. 꽤 전도유망한 모험가이긴 하지만 그리 유명한 편은 아니야. 그래도 자네에게 예술의 자질이 보이네. 장차 위대한 예술가가 될 사람과 동전을 가지고 다툼을 할 수는 없지. 자네의 예술성을 믿고 50실버는 다음에 받도록 하지."

"감사합니다. 나중에 꼭 드리도록 하겠습니다."

위드는 50실버를 깎아서 값을 치르고 나왔다.

구매한 음식 재료들은 마나를 일시적으로 상승시켜 주는 음식의 레시피와 관련이 있었다. 당연히 값이 비쌀 수밖에 없었던 것이다.

다만 앵무새를 닮은 조인족이 다음에 50실버를 받을 수 있을지는 의문이었다.

저번에 위드가 나중에 주겠다고 했던 40실버를 까맣게 잊고 있었던 것으로 보아서는 아마도 불가능하리라.

이것으로 1차적인 준비는 끝이 났다.

그다음에는 전투를 위한 준비였다.

"스탯 창!"

캐릭터 이름 : 위드	성향 : 무	
레벨 : 109	직업 : 전설의 달빛 조각사!	
칭호 : 없음.	명성 : 365	
생명력 : 5260	마나 : 1521	
힘 : 335 +20	민첩 : 305 +20	체력 : 89 +20
지혜 : 16 +20	지력 : 24 +20	투지 : 143 +20
지구력 : 174 +20	인내력 : 55 +20	

예술 : 84 +100
통솔력 : 74 +20   행운 : 5 +20
공격력 : 231   방어력 : 76
마법 저항 : 무

+모든 스탯에 20개의 포인트가 추가됩니다.
+예술에 추가로 80개의 포인트가 부여됩니다.
+달이 뜨는 밤에는 30%의 능력치의 향상이 있습니다.
+아이템과 특화됨.
+모든 생산 스킬을 마스터의 경지까지 배울 수 있게 됩니다. 모든 아이템 제조와 제련의 스킬에 우대 적용. 최고급 스킬들을 배울 수 있습니다.
+조각술의 경지에 따라서 조각 검술의 마나 소모량이 줄어들고, 공격력이 강화됩니다.
+조각술이 높아질수록 새로운 스킬이 추가될 수 있습니다.
+특이하거나, 예술적 가치가 높은 조각품을 만들면 명성이 상승합니다.

일단 레벨이 무려 100이 넘었다.

멤피스 홀을 최초로 발견해서 경험치 2배를 받을 때에 위드와 일행들은 거의 풀타임으로 사냥에 전념을 했다.

하루에 수면은 2시간 정도로 줄이고, 그나마도 캡슐에 접속한 상태에서 가수면 상태를 유지할 정도였다.

그 당시에 레벨 95를 만들고, 지금은 혼자 사냥을 해서 109를 만들었다.

그 덕분에 각종 스탯이 예전과는 비할 바 없이 많이 올라 있는 상태였다.

마나의 양도 늘어나 황제무상검법의 제4식인 소드 댄스도 한 번이지만 시전이 가능했다.

다만 불만인 것은 통솔력의 상승이 없다는 점!

통솔력은 NPC들을 다룰 때뿐만이 아니라, 파티의 리더가 되었을 때도 아주 느리지만 조금씩 올랐다.

그런데 혼자서 사냥을 하고 있으니 통솔력이 오를 리가 만무한 것이다.

각종 스킬들도 비약적인 성장을 하였다.

요리 : 8레벨 45%.
조각술 : 9레벨 99%.
수리 : 7레벨 25%.
중급 손재주 : 2레벨 6%.

검술 : 8레벨. 88%.
궁술 : 5레벨. 98%.
조각 검술 : 7레벨. 49%.
황제무상검법 : 이해도. 5%.

붕대 감기 : 7레벨. 11%.
감정 : 5레벨. 14%.

조각술이 곧 중급에 오를 전망이었다.

조각 검술의 경우에는 7레벨에 오른 이후로 마나 소모가 많이 줄어들었다.

사실 황제무상검법은 훗날을 위해서 숙련도를 높이기 위해서 가끔씩 사용하고 있었다.

사냥 자체는 조각 검술 하나만 이용하는 것이 훨씬 효과적이다.

조각 검술은 눈에 보이지 않는 본질을 베어 버린다. 이것은 죽지 않는 언데드들에게 치명적이었다.

단숨에 생명의 핵을 파괴시켜 버리는 것이다.

마치 신성 마법처럼 언데드들과는 완전히 상극인 검술이었다.

"좋아. 나쁘지 않군."

위드는 씨익 웃으며 저주 해독약을 비롯해서 약초와 붕대를 사기 위해서 잡화점으로 향했다.

또다시 돈이 나갈 생각을 하니 위드의 눈가에 암울함이 짙어진다. 사실 위드는 지금까지 한 번도 돈을 주고 장비를 사 본 적이 없었다.

음식을 만들어서 팔고, 혹은 사 먹지 않고 재료들로 직접 만들고.

재료값이 거의 들지 않는 조각품으로 한 푼, 두 푼 돈을 모아 왔다. 그러니 당연히 모아 놓은 돈이 적을 수가 없었다.

페일 등과 같이 있을 때 자신이 가진 돈은 언제나 30골드뿐이라고 했지만, 그것은 어디까지나 본전은 제쳐 놓은 후였다.
 조각품과 음식으로 벌어들인 본전 200골드!
 사냥을 하고 언데드들에게서 나온 아이템과 퀘스트를 통해서 무려 650골드라는 거액을 모아 놓은 것이었다.
 그야말로 알부자라고 할 수밖에 없다.
 하지만 있는 놈이 더한 법이다.
 위드는 언제나 상점을 들어갈 때에는 어깨가 축 늘어진 채 죽을상을 하고 있었다.
 특히 값을 치를 때에는 세상을 다 산 사람처럼 굴었다.
 계산을 할 때에는 왜 가슴이 아픈지 모를 일이었고, 물건을 살 때마다 왜 몇십 실버씩 금액이 부족한지도 알 수 없었다.

로열 로드의 의미

멤피스 홀 1층은 이제 위드의 집과도 같았다.

위험한 데스 나이트들의 이동 경로들도 완벽하게 꿰고 있었고, 스켈레톤 나이트들을 사냥하기 좋은 장소도 알고 있다. 안전한 휴식처와 적들을 노리기에 가장 효율적인 위치까지 파악을 끝낸 위드였다.

어디에서 사냥을 하든 그것은 매우 중요한 요소였다.

파티가 없이 혼자서 사냥을 하는 위드의 경우에는 생명력과 마나가 소진되었을 때의 습격이 가장 두렵다.

그렇기 때문에 위드는 자신만의 은신처를 몇 곳이나 마련해 둔 상태였다.

그런 장소들에는 붕대와 약초도 두둑하게 쌓아 놓았다.

토끼가 굴을 하나만 파지 않듯이, 사냥이 끝나고 휴식할 수 있는 안전한 장소를 마련해 둔 것이다.

 붕대와 약초는 회수하면 되지만, 그 장소들에 대한 정보는 값으로 환산하기 힘든 보물이다.

 숱한 시행착오 끝에 만들어 낸 위치이기 때문이다.

 그렇지만 미련 없이 그 장소들을 정리했다.

 "여기로군."

 위드는 지금까지 지도에 밝혀져 있던 북쪽 지역을 탐색 끝에 모든 지역의 탐험을 끝냈다.

 -최초로 멤피스의 홀 지하 1층 지도를 완성하셨습니다.

 -명성이 20 올랐습니다.

 천공의 도시에 온 이후로 지도책을 샀는데, 그 후로 한 번씩 지나간 곳은 전부 지도에 등록이 되고 있었다.

 멤피스의 홀 지하 지도.

 이것은 훗날에 잡화점에 팔거나 유저들에게 판다면 만만치 않은 금액을 받을 수도 있는 물건이다.

 이런 쏠쏠한 돈벌이를 놓칠 리가 없는 것이다.

위드는 멤피스의 홀을 떠나서, 죽은 전사의 동굴로 향했다. 그곳을 발견하기란 그리 어렵지 않았다.

쏴쏴쏴.

히에에에.

전사의 동굴로 내려오자마자 알 수 없는 소리가 위드의 귓가를 간질인다.

'이건?'

가벼운 바람이 새는 것 같은 소리.

희롱하고, 위협하는 듯한 소리.

주변은 칙칙한 어둠으로 가득했고, 소리만이 요란하다.

'기분이 썩 좋지는 않아.'

위드는 느리게 발걸음을 옮겼다. 그러면서 조금도 긴장을 풀지는 않았다. 어디서 무엇이 갑작스럽게 튀어나올지 모르기에 오른손은 검 위에 올라가 있었다.

'내가 첫 발견자는 아니군. 먼저 라비아스에 온 사람들이 이 던전은 발견했던 거야.'

얼마 걷지도 않아서 길을 가로막는 녀석이 있었다.

"인간! 기사인가!"

큰 몸집의 기사였다.

인간보다 작은 코볼트나 고블린과는 다른 수준의 적.

스켈레톤 나이트나 리자드맨보다도 훨씬 체격이 컸다. 탄탄한 어깨와 허리, 팔뚝은 위협적이기 짝이 없다. 그리고 목 윗부분에는 아무것도 없었다.

대신에 왼손에 자신의 머리를 들고 있었다. 손에 들고 있는 머리가 말을 한 것이다.

언데드 몬스터들 중에도 가장 독특한 녀석이다.

자신의 머리를 들고 다니는 기사.

'듀라한인가.'

위드는 상대의 정체를 알아보았다.

레벨 140대의 언데드 몬스터!

위드는 듀라한의 말에 대꾸했다.

"기사가 아니다."

"그러면?"

"난 조각사다."

"조, 조각사?"

듀라한이 크게 낙담한 얼굴을 했다. 듀라한은 지극히 호전적이고 싸우는 것을 좋아한다.

스켈레톤 나이트와는 비교도 할 수도 없는 기사 체질인 것이다.

"조각사라니 실망이로군."

듀라한이 중얼거렸다.

이제는 직업 때문에 무시를 당하는 일은 허다하다 보니 익

숙해진 상태였다.

오죽 조각사가 한심해 보였으면 언데드 몬스터마저 무시를 할까!

'이제는 익숙해져 버렸다니까.'

로열 로드를 창조해 낸 주식회사 유니콘!

유니콘 사에서 이 게임을 발표했을 때에는 상당한 논란이 있었다.

최초의 가상현실 게임.

완전한 판타지를 기반으로 한 게임이었다.

그런데 왜 하필 이름이 로열 로드인가?

또 다른 세상이나, 판타지아나 얼마든지 가져다 쓸 수 있는 이름은 많았는데 말이다.

세계의 이목을 한 번에 붙잡아 두었는데, 이름이 무언가 아쉬웠다.

한 번에 귀에 딱 들어오는 이름이 아닌 것이다.

유니콘 사에서 로열 로드에 대해 이름을 붙인 건 특별한 이유가 있었다. 지구상에, 전 대륙과 대양을 지배한 이는 그 누구도 없었다.

위대한 황제의 길.

고대 제국, 칭기즈칸이나, 나폴레옹, 혹은 알렉산더 대왕에 이르기까지 누구도 이루지 못했던 통일 황제.

그 꿈을 이루어 보라는 것이었다.

지구상에서는 인류 역사상 한 번도 없었던 전 대륙을 일통한 황제가 만들어지기 위한 바람이다.

그 바람만큼이나 로열 로드에서는 무엇이든 될 수 있다는 포부였다.

어떤 꿈도 꿀 수 있고, 나아갈 수 있는 희망!

그것이 바로 로열 로드의 의미다.

동시에 최초로 전 국토를 통일한 황제가 된 자에게는 상금으로 유니콘 사의 1달 매출액, 그것의 10%를 상금으로 주기로 하였다.

이건 그야말로 엄청난 금액이 아닐 수가 없었다.

한국에서만 해도 수백만 명이 플레이를 하는 게임이다. 전 세계적으로는 일본이나 유럽, 미국의 유저들만 합쳐도 억이 넘는다.

1달 이용료가 30만 원인 게임.

얼핏 계산이 잘되지 않을 정도의 거액이었다.

이것의 10%면 한순간에 부자가 될 수 있는 것이다.

그렇기 때문에 더더욱 로열 로드에서는 전투 계열의 직업을 많이 선택했다. 검사를 거쳐서 기사들을 선택한 유저들이 압도적으로 많다.

황제에 오를 수 있는 가장 빠른 길이 전투 계열의 직업이라고 봤기 때문이다.

대장장이나 기타 방직 계열들은 천시를 받았다.

화가나 요리사, 혹은 그 수준에도 끼지 못하는 조각사라는 직업은 말할 것도 없다.

무시당하고, 괄시당할 서글픈 운명인 것이다.

'내 팔자가 그렇지.'

위드가 말없이 클레이 소드를 꺼내 들었다.

푸른 냉기가 흐르는 클레이 소드는 적에게 적중되었을 때에, 움직임을 느리게 하는 부가 효과가 있었다.

"쿠어엇!"

듀라한이 달려들며 기습적으로 도끼를 내리찍었다.

위드는 클레이 소드를 들어 올려서 그 공격을 방어했다.

파아앙!

―검의 내구력이 저하되었습니다.

위드의 손이 얼얼하게 떨릴 정도의 충격과 함께 클레이 소드의 내구력이 떨어졌다는 메시지가 들려온다.

수리를 마친 검이었지만, 한 번의 공격에도 내구력이 떨어져 버린 것이었다.

듀라한의 강점은 힘에 있었다.

특별하게 힘이 강한 몬스터였던 것이다.

"질 수 없지. 조각 검술!"

위드도 거친 맹공을 퍼붓는다.

듀라한과 위드는 서로를 향해 살기가 넘치는 공격들을 교환했다. 목과 심장을 주로 노리는 일격들이다.

본래 위드의 스타일이기도 했다.

전투는 가능한 최대한 단순하고 빠르게 끝낸다.

그래야만 적의 원군이 오지 않을 테니 말이다. 혼자서 사냥을 하는 위드에게 만약에 다른 듀라한이나, 몬스터들이 나타난다면 큰일이 아닐 수 없었다.

또한 휴식 중에는 부업으로 조각품을 깎을 수 있었으니 최대한 싸우는 시간을 줄여야 했다.

"배쉬!"

듀라한이 스킬을 써서 도끼를 휘둘러 위드를 크게 밀쳐 낸다.

"데빌 스트라이크!"

듀라한의 연속 스킬!

던져진 도끼가 맹렬하게 회전을 하며 날아왔다.

위드는 살짝 몸을 숙여서 피했지만 풍압만으로도 체력이 300이나 떨어졌다.

칠성보를 썼다면 완전히 피할 수도 있었겠지만 그냥 맞아 주는 쪽을 택했다.

인내가 오를수록 방어력이 향상되기 때문이다.

다음에는 위드 차례였다.

"트리플!"

퍼버벅!

첫 번째 공격이 휘젓고 지나가면 어느새 반대쪽에서 두 번째 공격이 다가온다. 두 번째 공격은 더 강한 파괴력을 가지고 있었다. 그리고 이것까지 막았을 때에는 아래에서 위로 올려치는 강력한 검술이 전개된다.

듀라한은 되돌아온 도끼를 앞으로 내밀며 스킬을 방어했다.

3번의 연속 공격!

한데, 모두 막은 다음에 돌아온 검이 전광석화처럼 듀라한의 가슴을 엑스 자로 베고 지나가는 것이다.

총 5번의 연속 공격.

스킬 숙련도가 높아지면서 트리플이 진화한 것이었다.

듀라한은 세 번째까지는 간신히 어찌어찌 막을 수 있었지만, 다음에 이어진 두 번의 공격에 체력의 20% 이상이 깎였다.

그러나 더욱 듀라한은 흉포하게 날뛰었다.

배쉬를 연거푸 사용하면서 위드를 밀쳐 내려고 하는 것이었다. 그러나 위드는 스킬의 발동 타이밍을 읽어서 재빨리 듀라한의 안쪽으로 파고들었다.

"아직도 안 죽어? 조각 검술!"

위드의 검이 희뿌연 빛에 휩싸였다. 그리고 사정없이 난자!

좌자자자자자작!

사정없이 후려갈기는 소리와 함께 듀라한의 생명력이 급

속도로 줄어든다.

듀라한 역시 공격을 퍼붓고 있었지만 위드는 그 공격을 약 삭빠르게 피했다.

허리와 어깨의 움직임만으로도 그리고 듀라한의 발동작만으로도 대부분의 스킬을 파해할 수 있었던 것이다.

사실 위드에게 듀라한은 그리 까다로운 적수는 아니었다. 레벨은 약간 달리지만 직업과 수련관 등으로 인해 스탯에서는 오히려 압도를 하고 있다.

동급 레벨 이상으로 올려놓은 인내력 등으로 인해서 듀라한에 비해 불리할 것이 없는 것이다.

듀라한들보다 차라리 레벨 80대의 스켈레톤 메이지들이 더 성가신 대상들이다.

온갖 저주를 걸어 대는 그놈들은 상대하기 귀찮기 이를 데 없었다. 성직자인 이리엔이 있을 때야 편하게 저주를 해제하면 되었지만, 지금은 전투가 종료되고 나서야 저주 해제 포션으로 저주를 풀 수 있었던 것이다.

저주 해제 포션의 가격은 개당 3실버.

어쩔 때는 사냥을 하고도 본전도 못 찾는 경우가 있었으니 위드는 스켈레톤 메이지가 제일 싫었다.

"크어어어."

한참 후에 듀라한은 단말마의 비명 소리와 함께 회색빛으로 변했다.

"휴… 생각보다 쉬운 편이군. 그래도 한 녀석이 내 생명력을 40%나 깎을 정도니 2마리가 한꺼번에 덤비면 위험하겠군."

위드는 듀라한이 떨어뜨린 견갑을 줍고 나서 눈에 띄지 않는 구석으로 향했다.

몬스터들이 나타나더라도 쉽게 들키지 않을 장소에서 부업인 조각술을 펼치려는 것이었다.

"이번에는 듀라한을 조각해 볼까."

한 번 만든 조각품을 다시 만들 때에는 숙련도가 잘 늘어나지 않았다.

최초로 만든 조각품들이 손재주와 예술을 잘 늘려 준다.

자하브의 조각칼과 나뭇조각을 꺼낸 위드는 방금 본 듀라한의 모습을 조각하기 시작했다.

이제는 조각술도 너무나도 익숙해져서 심상만 있으면 그대로 형상화하는 것이 가능했다.

사각사각.

조용한 동굴에 위드가 조각칼을 놀리는 소리만이 들린다.

"이걸로 조각술이 중급에 오르면 좋을 텐데……."

현재의 숙련도는 9레벨 99%.

그리고 다섯이나 되는 조인족들의 조각품을 만들어 주었으니 충분히 가능한 일이라고 생각했다.

"제발 중급이 되어라!"

간절한 바람을 담아 마지막으로 듀라한의 머리를 완성시켰다. 당당한 체구에, 무시무시한 눈매. 그리고 큰 검을 든 기사.

듀라한이 완성되었다.

띠링!

―조각술 스킬의 레벨이 10이 되어 중급 조각술 스킬로 변화가 됩니다. 특수한 금속이나 보석의 세공이 가능해졌습니다.
예 : 진주, 다이아몬드, 루비 등.

―직업 스킬 조각술이 중급이 되었습니다.
직업 전설의 달빛 조각사에 대한 영향으로 현재 보유하고 있는 스킬과 스탯에 변화를 줍니다.

―조각 검술 스킬의 효과가 50% 추가로 증가합니다. 조각 검술에 부가적인 능력이 부여되었습니다.
조각 검술의 마나 소비량이 절반으로 줄어듭니다.
전 스탯에 +10의 추가 포인트가 주어집니다.

―명성이 20 올랐습니다.

―예술 스탯이 20 상승하셨습니다.

―직업 공통 스킬 조각 파괴술을 습득하셨습니다.

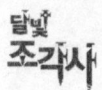

부들부들.

위드의 몸이 감격으로 떨려 온다.

이 순간 그의 감정을 명확하게 형용할 수 있는 단어는 이 지구상에 존재하지 않을 것만 같았다.

그동안 조각술을 익혀 오면서 당했던 굴욕과 서러움!

조각사라는 직업 때문에 가졌던 수모와 무시!

지금까지 깎아 냈던 나뭇조각들만큼이나 많고도 많았던 울분들이 한순간에 풀리는 기분이다.

마침내 중급 조각술을 달성했다.

처음에 그렇게도 후회하고 다시 물리고 싶었던 조각사란 직업이 지금은 천직처럼 느껴진다.

현재 최고의 효율을 보여 주고 있는 스킬 조각 검술!

조각 검술을 펼치면 아주 미세하게나마 조각술이 향상된다.

이렇게 조각술과는 떼려야 뗄 수 없는 관계였기 때문에, 조각술이 중급에 오르면서 스킬에 영향을 받게 된 것이었다.

"어디 부가적인 능력이라고? 스킬 조각 검술 확인!"

조각 검술 7 (50%) : 자하브의 비전 검술이 인연자에게 이어진다. 눈에 보이지 않고, 잡히지 않는 것들을 조각할 수 있다. 조각 검술 스킬보다 숙련도가 낮은 마법을 방어할 수 있다. 단, 마법을 막아 낼 때에는 상대방이 소모한 마법의 절반에 달하는 마나가 소비된다. 스킬 유지에 따른 마나 소모 초당 25.

위드는 웃음만 나왔다. 검사로서 가장 까다로운 상대가 마법사다. 원거리 마법 공격은 아무리 잘 피하려고 하더라도 피하기 쉽지 않는 법이다. 그런데 그 마법을 받아칠 수 있다니. 마나가 절반씩 소모된다고 하여도 그대로 맞아 주는 것보다는 백배 낫다.

"조각 검술의 마나 소비량이 많이 줄어들어서, 어쩌면 트리플이나, 백어택을 할 때에도 쓸 수 있겠군."

조각 검술은 특정한 공격 스킬이라기보다는, 검을 강화하는 쪽에 가까웠다.

조각 검술을 쓰면서 동시에 황제무상검법을 발휘한다!

둘 다 엄청난 마나 소비를 자랑하는 기술들이었지만 그만한 위력도 있을 것으로 믿었다. 그 외에도 조각 파괴술이 있다.

"스킬 조각 파괴술 확인!"

조각 파괴술 : 조각사의 직업 기술. 자신이 만든 조각품을 파괴하여 그 분노의 원천을 하루 동안 무력으로 돌린다. 예술 스탯을 일시적으로 전투와 관련된 스탯으로 전환할 수 있다. 단 조각 파괴술을 시전했을 시에는 명성이 하락하고, 일정 수치의 예술 스탯이 소멸한다.

평작의 파괴 : 예술 스탯의 1:2 변환. 예술 1 소모. 명성 20 하락.
걸작의 파괴 : 예술 스탯의 1:4 변환. 예술 5 소모. 명성 100 하락.
명작의 파괴 : 예술 스탯의 1:6 변환. 예술 10 소모. 명성 200 하락.
대작의 파괴 : 예술 스탯의 1:20 변환. 예술 30 소모. 명성 1,000 하락

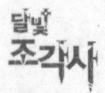

파괴하는 조각품의 등급에 따라서 변환 비율이 달랐다.

일반적인 조각품을 파괴했을 때, 만약 예술 스탯이 100이라면 힘이나 민첩의 스탯 200으로 하루 동안 전환할 수 있다. 하지만 걸작이나 명작의 경우에는 400, 혹은 600으로도 바꿔 줄 수가 있었다.

이것은 무력이 약한 조각사가 쓸 수 있는 직업 공통 스킬인 것이다.

게임을 하는 내내 조각품만 깎은 조각사들은 뛰어난 예술 스탯을 가지고 있어도, 레벨 자체는 낮아서 사냥을 하기가 힘들다.

그런 이들에게 예술 스탯을 다른 쪽으로 전환할 수 있게 만들어 준 것이었다.

다만 스킬을 사용할 때마다 명성과 예술 스탯이 일정 수치 소모된다. 소모된 예술 스탯은 다시 돌아오지 않으니 신중을 기해서 사용할 수밖에 없는 일이다.

워낙에 페널티가 극심했기 때문에 평작 이상을 파괴하기란 껄끄럽기 그지없는 일이다.

"가능한 쓰지 말아야겠군."

큰 힘을 낼 수 있는 기술이지만, 쓰면 쓸수록 예술 스탯은 줄어들 수밖에 없다.

그야말로 계륵과도 같은 기술인데, 위드는 가능한 사용하지 않고 봉인해 두기로 마음먹었다.

일시적으로밖에 얻을 수 없는 무력은 진정한 자신의 무력이 아닌 것이다.

굳이 조각 파괴술을 쓰지 않더라도 조각술 스킬이 중급에 오르면서 상당히 강해졌다. 전 스탯이 10개씩 올랐고, 조각 검술도 위력이 배가되었다.

이것은 비단 위드에게만 해당되는 일은 아니었다. 어떤 생산 스킬이라고 할지라도, 등급이 오를 때마다 그만한 혜택이 있다.

요리나, 재봉, 대장장이, 낚시, 농사 등 어떤 생산 스킬도 보너스 스탯과 스킬, 명성 등을 선물한다.

중급에 올랐을 때에는 전 스탯에 5개씩의 추가 포인트가 주어지고, 고급에 올랐을 때에는 10개씩의 스탯이 향상된다. 마스터를 한 사람의 경우에는 얼마나 많은 상승이 있을지는 아직 아무도 모를 일이었다.

각 스킬들의 등급이 향상되면서 동시에 자신이 가진 스킬도 하나가 변화한다.

위드의 경우에는 달빛 조각사라는 특별한 직업으로 인해서 남들보다 2배 많은 10개의 스탯이 그리고 자하브와의 인연 덕분에 조각 검술이 특별히 강화된 것이었다.

"좋아. 이 기세를 살려서 가 보자. 전 생산 스킬의 마스터로!"

아직까지 어떤 생산 스킬도 마스터를 한 사람은 나타나지

않았다.

그만큼 멀고 험한 길이기 때문이다.

이제껏 고생을 해서 겨우 중급 조각술에 올랐다. 중급에서 고급으로 오르는 과정은 더 힘난할 테고, 고급에서 마스터로 가는 길은 아득하기만 하다.

그렇지만 위드는 이 순간 모든 생산 스킬을 마스터할 결심을 굳혔다.

섬세한 미적 감각!

불타는 예술혼!

이런 것들은 위드와 다소 거리가 있지만, 그에게는 남들에게는 없는 재능이 있었던 것이다.

그것은 바로 노가다의 재능.

죽은 전사의 동굴.

듀라한들과 해골 용병, 구울이 주로 출몰을 하는 위험한 사냥터였다.

해골 용병들은 레벨이 120대였지만 네다섯씩 짝을 이루어서 몰려다니고, 구울들은 레벨이 110 정도였다.

다만 구울의 종류에도 여러 가지가 있었는데 강화된 구울이나, 이름을 가진 구울들은 레벨이 130을 넘기도 했다.

듀라한이나 해골 용병들의 검술은 매우 뛰어나다.

전투의 짜릿한 맛을 느낄 수 있을 정도.

구울들은 자신들의 무식한 방어력을 믿고 막무가내로 밀고 들어오는데, 재빨리 예봉을 피해 가면서 적을 타격하는 기술을 익힐 수 있었다.

"좋아. 아주 마음에 드는 곳이군."

위드는 죽은 전사의 동굴에 사냥터를 차리기로 했다.

네임드 몬스터.

이름을 가진 듀라한이나 해골 용병들, 구울들은 조금 위험하지만 짭짤하기 그지없었다.

주로 맨 몸뚱아리나 검술로 전투를 하니 위드의 입맛에 딱 맞았던 것이다.

그 외에도 가끔 스켈레톤들이 나왔는데, 메이지들의 마법은 더 이상 큰 효력을 발휘하지 못했다.

조각 검술로 놈들의 마법을 받아치면 어쩔 때는 그대로 마법이 소멸하였지만, 가끔은 마법을 튕겨 내는 경우도 있었던 것이다.

스켈레톤 메이지들은 자신이 쏘아 낸 저주와 흑마법들이 돌아오자 낭패를 당하기 일쑤였다.

아무래도 마법을 튕겨 내는 확률도 아무래도 조각 검술의 숙련도에 달려 있는 것 같았다.

조각 검술의 숙련도 향상. 조각술의 수련.

경험치를 모으고 레벨을 올리는 일만큼 중요한 일이었다.

이렇게 활약을 하고 있는 위드였지만 그도 조심하는 상대는 있었다.

데스 나이트.

레벨 200이 넘는 그들이 죽은 전사의 동굴에는 더욱 자주 출몰을 한다.

데스 나이트들은 딱히 구역을 정해 놓지 않고 활발하게 돌아다니는데 위드는 그들의 발소리만 듣고도 숨을 죽인 채로 숨어 다니기 바쁘다.

데스 나이트들은 시력이 좋지 않았는지 일단 구석에 숨기만 하면 어느 정도 안심이었다.

위드는 아예 몇 곳에 땅을 적당히 파 두고, 놈들이 나타날 때마다 그 속으로 파고들었다.

'내가 어쩌다가 이런 신세가 된 건지…….'

마법의 대륙을 할 때에는 최고의 레벨에 올라서 모든 몬스터들을 오시할 정도의 강자였지만, 여기서는 데스 나이트들도 피해 다녀야 하는 것이다.

그래도 나름대로 위드는 만족했다.

마나 회복 속도가 늘어나고, 붕대 감기 스킬이 향상되면서 생명력과 마나를 채우는 속도가 많이 줄어들었다.

그로 인해서 상당히 빠른 레벨 업이 가능해진 것이었다. 아이템들도 지하 1층보다 훨씬 괜찮은 것들이 드랍이 되었다.

그러니 지지리 궁상을 떨면 좀 어떤가!

위드는 내친 김에 좀 더 안쪽으로 향해 보기로 했다.

'잡을 만한 몬스터 중에는 듀라한이 최고다. 더 강한 녀석이 있을까? 데스 나이트보다는 약하면서 내 경험을 늘려 줄 만한 놈이 있으면 좋을 텐데…….'

위드가 조심스럽게 이동을 했다.

주요 요소마다 자신이 숨을 수 있는 굴과 아지트를 만들어 놓는 것도 잊지 않았다.

누가 가르쳐 준 것도 아닌데 완벽하게 환경에 적응을 한 모습이었다. 실로 바퀴벌레 같은 생존 능력이라고 할 수밖에 없다.

구울과 해골 용병들을 잡으면서 한참을 나아가자 지하수가 졸졸졸 흐르는 공터가 나온다.

주변에는 꽃들이 흐드러지게 피어 있고, 약초들로 보이는 것들도 제법 눈에 띄었다.

마침 해골 용병들과의 격전을 마친 후라서 수통에 물을 채우고 쉬려고 할 때였다.

위드가 앉으려고 하는 장소에 무언가의 형체가 있었다. 자세히 보니 여자였다.

한 명의 여자가 아무도 없는 던전에 누워서 자고 있었던 것이다.

"누구세요?"

단잠을 실컷 자고 난 그녀가 일어나서 내뱉은 말이었다.

그녀가 깨어나기만을 기다리고 있던 위드는 정신이 바짝 들었다.

"저는 위드라고 합니다만, 그, 그쪽은요?"

평소의 위드답지 않은 어수룩한 태도였다.

자신 외에 누군가 다른 사람을 만날 것이라고는 상상조차 못 했던 것이다.

잠에서 깨어난 그녀의 얼굴이나 눈빛, 표정.

이 모든 것들이 위드의 마음에 들었다. 흔히 말하는 외모적인 이상형이라고 할까.

"제 이름은 다인이에요."

다인은 새치름하게 웃으면서 말했다.

위드는 그동안 많은 여자를 만나 보진 못하였다. 학교를 다닐 때야 여자들과 함께 수업을 받았지만 개별적으로 만나 본 적은 없었다.

다만 그렇다고 아주 인기가 없는 편은 아니었다.

약간은 우울하면서도 침체되어 있는 분위기가 매력적이라고 다가오는 여자들이 간혹 있었던 것이다.

위드는 그들을 보며 한심한 생각을 금할 길이 없었다.

'이게 멋있어 보여? 너희들도 한번 가난해 봐.'

여자와 데이트를 해 본 적은 더더욱 없다.

함께 만나서 밥을 먹어도 돈이 나가고, 커피를 마셔도 돈이 나간다.

그럴 바에야 차라리 대형 할인 마트에 가서 무료 시식 음식을 먹고, 집에 돌아와서 고추장에 밥을 비벼 먹는 편이 훨씬 경제적이라고 생각하는 위드였던 것이다.

특히 무슨 기념일마다 몇 배나 되는 바가지요금을 지불하면서까지 데이트를 해야 하는지 이해할 수가 없었다.

남들이 영화관에서 영화를 볼 때, 위드는 전봇대에 올라갔다. 다른 집에 연결되어 있는 유선 케이블을 자신의 집에도 연결해서 텔레비전을 봐야 했다.

당연히 텔레비전은 누가 고물로 버려 놓은 것을 집으로 들고 왔고, 그나마도 전기세가 아까워서 자주 보지도 않았다.

전기세가 싼 심야 시간에만 가끔 틀어서 보는 정도다.

그런 짠돌이 위드였기 때문에 여자와는 거리가 아주 멀었다.

다인.

그 이름은 위드에게 깊이 각인되었다.

어떤 남자들이든 품고 있는 이상형의 여자가 있었다. 위드의 이상형도 별다를 것은 없었다.

긴 생머리에 약간 동안 그리고 지적인 얼굴. 착해 보이면

서 웃는 모습이 매력적인 여자.

하나 이 모든 것은 조건에 불과할 뿐이고, 한눈에 봐서 마음에 다가오면 그것이 이상형이었던 것이다.

위드는 다인에게 호감을 가졌다.

그러나 그뿐이다.

'나는 누구도 믿지 않아.'

페일이나 수르카 들과 함께 사냥을 해 오면서도 그들을 완전히 믿지는 않았다.

인간이란 결국 변한다. 지금은 아무리 우정을 보여 주는 사이라고 하더라도, 총알이 빗발치는 전쟁터에 던져지면 어떨까?

그들이 과연 위드를 살리기 위해서 자신의 목숨을 내던질 것이라고 확신할 수 있겠는가?

남들이 해 주는 만큼 해 준다. 그 이상 마음을 주지 않는다. 이것은 지금까지 위드가 살아온 방식 안에 녹아 있었다.

가족 이외에는 누구도 믿을 수 없다.

위드의 눈매가 날카로워졌다.

"다인 님이라고 하는군요. 그런데 이곳에는 어떻게 오셨습니까?"

라비아스는 조인족들의 도시다.

인간이 여기에 올라올 수 없을뿐더러, 그녀의 복장으로 보아서는 아무래도 모험가의 냄새가 난다.

NPC가 아닌 것이다.

"여기요? 저는 여기서 3개월이나 있었는걸요."

3개월.

위드의 정신이 번쩍 들었다.

"그러면 혹시 천공의 도시를 발견하신 여행자 분들입니까?"

"네. 그 무리에 속해 있었죠. 지금은 별로 떠올리고 싶진 않지만요."

"그 말씀은?"

"천공의 도시에 남아 있는 건 저뿐이에요."

"그렇군요."

다인은 몸을 일으키더니 귀엽게 하품을 한다.

"제 직업은 샤먼이에요. 레벨은 134."

생각보다 다인의 레벨은 많이 낮은 편이었다.

죽은 전사의 동굴에 혼자 있기에 적어도 레벨이 170 정도는 될 줄 알았는데 말이다.

위드가 괴물에 속하기 때문에 레벨 109에 혼자서 이곳에 들어온 것이지, 보통 사람들이라면 어림도 없었다.

"그 말씀은?"

"혼자시라면 같이 파티를 해 보자는 뜻인데, 싫으세요?"

"아닙니다. 좋습니다."

위드는 그 제안을 수락했다.

다인을 믿어서거나, 이상형의 여자에 가깝기 때문은 아니

었다. 의심 많은 위드가 함께 파티를 하자는 말 한마디에 마음을 터놓을 리가 없었다.

'적은 더욱 가까이 두어야 해.'

아무래도 미심쩍은 구석이 많은 여자였다.

더군다나 이곳에는 위드가 만들어 놓은 여러 아지트들이 있다. 그곳에는 아이템들도 꽤 많이 보관이 되어 있는 상태였으니 다인을 혼자 놔둘 수가 없는 것이다.

샤먼.

힘과 민첩 등의 능력치를 향상시켜 주는 버프와 이동속도 증가와 같은 유용한 백마법을 쓸 수 있었고, 몬스터들의 능력치를 저하시키는 흑마법도 사용할 수 있었다.

공격 마법과 치료 마법, 해독이나 저주 마법 해제도 쓸 수 있고, 검이나 철퇴와 같은 무기도 다룰 수 있어서 자체적인 전투 능력도 있는 편이다.

이른바 만능 직업!

그래도 대체로 많은 사람들이 선택하지는 않는 직업이다.

왜냐하면 모든 면에서 약간의 실력을 발휘하지만, 어느 하나도 특별한 부분이 없었던 것이다.

치료 마법은 성직자보다 약하고, 저주 계열은 흑마법사와 비교도 안 되게 어중간하다.

무기 공격력은 궁수가 본업인 활을 들지 않고 검을 사용하는 정도밖에 되지 않는 것이다.
 체력도 약하고, 생명력도 부족하며, 마법 공격력도 마법사의 상대가 안 된다.
 스탯도 어느 한 분야에 집중적으로 투자하는 것이 아니라 골고루 분산해서 키워야 했으니 이도 저도 아닌 캐릭터라고 볼 수 있는 것이다.
"조심하십시오."
 위드는 다인에게 조금의 기대도 하지 않았다.
 그저 발목만 잡지 않으면 다행이라는 정도! 만들어 놓은 아지트들에서 아이템을 회수하는 대로 헤어져 버릴 정도의 사이였다.
"크르르!"
 해골 용병 다섯이 나타났을 때에, 위드는 약간의 긴장감을 가졌다.
 지금까지 최대로 상대해 본 해골 용병의 숫자는 셋이었다.
 위드의 전투력이 뛰어나다고 해도 자신보다 레벨이 더 높은 해골 용병 다섯을 한꺼번에 감당하는 데에는 조금 무리가 있었던 것이다.
 눈먼 공격이라도 한두 번 맞으면 피해가 누적되고, 전투가 끝나기 전까지는 붕대 감기도 쓰지 못하니 자칫 위험하게 될 수 있다.
 그때 다인이 오른손을 치켜들고 주문을 외웠다.

"고대로부터 내려온 오래된 용기의 빛이여, 여기 용사에게 적에게 맞서 싸울 힘을 주세요! 파워 업!"

그러자 위드의 몸에서 밝은 빛이 나더니 힘이 거의 100가량이나 상승했다. 이어서 다인은 양팔을 부드럽게 벌려서 무언가를 안는 자세를 취한다.

"산들바람이 불어오네요. 가벼운 마음으로 적을 상대하세요. 당신의 발걸음까지 가벼워질 테니까요. 스피릿 오브 울프."

위드의 민첩성과 이동속도가 크게 증가했다. 적을 향해 한 발자국 내딛었을 뿐인데, 마치 달리는 것처럼 느껴질 정도였다.

"적을 향해 죽음을, 피와 살육 속에 태어난 당신의 운명 속에서, 전장은 당신의 집이 될 것입니다. 블러드 러스트!"

공격 속도가 현저하게 빨라지는 마법까지!

샤먼 다인의 각종 버프들은 위드의 능력치를 비약적으로 이끌어 냈다.

위드는 혼자서도 다섯의 해골 용병을 여유롭게 상대할 정도가 되었다.

그러나 이어서 다인이 해골 용병들을 향해 속도가 느려지고, 상처가 복구되지 않으며, 전투 의욕을 상실하고, 힘을 빼어 놓는 저주 마법을 사용하자 더 이상 적수가 되지 않았다.

위드는 현재의 상황이 잘 이해가 가지 않았다.

'말도 안 돼. 샤먼의 마법은 이 정도로 위력이 뛰어나지 않아.'

이윽고 손쉽게 해골 용병 다섯을 정리한 위드는 전리품을 줍지도 않고 다인에게 따져 물었다.

"레벨이 134라는 사람의 마법력이 말도 안 될 정도군요. 여기에 대해서 설명하실 수 있겠습니까? 저를 이해시키지 못한다면 함께 파티를 할 수는 없겠습니다."

그녀가 기분 나빠할 것도 감수하면서 단단히 물어본 것인데, 다인은 싱긋 웃으며 대답했다.

"제 취미 생활 때문이에요."

"취미 생활?"

"네. 그냥 이상하게 듣지 말아 주셨으면 좋겠어요. 저는 몬스터를 잡고 싶진 않았거든요. 그냥……."

다인은 무척이나 수줍어하면서 말했다.

"몬스터들에게 저주 마법을 써 주고, 축복 마법도 부여해 보고, 공격 마법도 간간이 날려 보구요. 그러다가 생명력이 떨어지면 치료의 손길도 간간이 써 주면서……."

"몬스터를 상대로 말입니까?"

"네. 그냥 그렇게 놀았어요."

다인의 말은 황당하기 짝이 없었다.

레벨 134.

하지만 각종 마법들은 최상급의 숙련도에 올라 있었다.

그러니까 다인은 던전에서 해골 용병들, 듀라한, 구울들을 상대로 치료도 해 보고, 저주도 해 보고, 버프도 걸어 주면서 그렇게 놀았다는 소리였다.

라비아스의 무명 석인

위드와 다인.

다인의 축복 마법은 위드의 능력치를 엄청나게 상승시켜 주었고, 덤으로 몬스터들의 능력치를 크게 하락시켰다.

혼자서도 강력한 위드가 날개를 단 격이었다.

두 사람의 결합은 가공하다는 말로밖에는 설명할 수 없는 상성을 보여 주었다.

그러면서도 다인은 몬스터를 죽이지는 않는다. 위드로서는 나쁠 것이 없었다.

그녀가 전투에 참여하지 않을수록 검술 스킬을 향상시킬 수 있기 때문이었다.

'그래도 이런 곳에서 만난 사람을 믿을 수는 없지.'

한동안은 위드는 혹시라도 그녀가 자신의 등을 노리진 않을까 전투 중에도 경각심을 버리지 않고 있었다.
 다인은 라비아스에 대해서 많은 것을 알고 있었다. 하기야 여기서 긴 시간을 보내 왔던 만큼 당연하리라.
 그녀는 얼마 전까지만 해도 라비아스를 오가면서 정보를 획득하고 그랬다는데, 위드 일행이 도착했을 즈음부터는 이 던전에만 있었다는 것이다.
 '상식적으로 납득하기 힘든 설명이군.'
 그러나 적어도 최근에 던전에만 머물렀다는 말은 진실이리라.
 왜냐면 위드가 라비아스에서 그녀를 만나 본 적이 없기 때문에. 그러나 그녀의 나머지 말을 어디까지 믿어야 할지는 미지수였다.
 "사냥터를 이동하는 게 어떨까요? 저도 아직 가 보진 않았지만 미공개 던전을 몇 곳 알고 있어요."
 지금까지 그녀가 조사한 것에 의하면 최소한 8곳의 미공개 던전이 있다고 한다.
 "미공개 던전이라면 아직 한 명도 들어가지 않은 곳이 맞습니까?"
 "네."
 "이해가 가질 않는군요."
 위드는 고개를 갸웃했다.

천공의 도시에 첫 방문자가 속한 파티에 다인이 있었다. 한데 그들은 던전들에 들어가 보지도 않았다는 소리다. 여러모로 믿기 힘든 이야기였다.

"그건 그럴 수밖에 없었어요. 저를 제외한 다른 사람들은 레벨이 200이 넘었으니까요."

"그 말씀은 약한 던전은 구태여 들어갈 필요가 없었다? 그렇더라도 던전들을 일부러 지나치려고 할 사람은 없을 텐데요."

던전을 발굴하면 여러 혜택이 있지만, 그중에서도 명성의 상승을 그냥 지나칠 수 없다.

첫 발견자는 상당한 수준의 명성을 얻을 수 있었고, 그런 다음에 던전을 탐험하면서 지도를 완성하면 다시금 명성과 부를 획득할 수 있다.

레벨이 높아서 사냥을 하지 않는다고 해도 그 명성의 이득을 놓칠 사람은 없는 것이다.

위드는 다인이 무언가 그 일행에 대해서 말하기를 꺼려하고 숨기려는 듯한 눈치를 챘다.

"무슨 이유인지를 말해 주지 않으면 저는 이곳을 떠날 생각이 없습니다."

"그건 말할 수 없어요. 그들이 무슨 일을 했는지는……."

"비밀입니까?"

"네. 약속을 했거든요. 절대로 말하지 않기로……. 사정을 설명하기는 힘들지만 제 말은 진실이에요. 믿어도 돼요."

위드는 그 말을 믿기로 했다.

비밀을 지킨다. 그러나 억지로 설득하려고 하지 않는다. 허술해 보이는 진실이야말로 진짜일 가능성이 높다.

그리고 그들은 죽은 전사의 동굴에서 사냥터를 이동했다.

그녀의 말은 진실이었다.

미르칸 탑.

판 호수 비밀 지역.

바라볼 탄광.

세크메일 유적지.

가에트 숭배소.

패로트 둥지.

발록의 폐허.

파괴자 마그레스 봉인 동굴.

이곳들은 아직까지 공개되지 않은 던전이었던 것이다.

도시에서는 보이지 않는 비밀 사냥터에 위드와 다인은 도착했다.

미르칸 탑.

구름 속에 솟아난 탑이었다.

최초의 발견자가 되었고, 이 사냥터에서는 주로 허공을 나는 몬스터들과 싸워야 했다.

위드에게는 장거리 공격 기술인 궁술이 있었다. 조악한

활이라도 스탯 덕분에 데미지는 좋다.

미르칸 탑 근처에는 특수한 깃털도 판매하고 있었다.

10골드의 돈을 내면 1달간 하늘을 날 수 있게 해 주는 아이템이다.

2배의 경험치와, 2배의 아이템 드랍률!

위드와 다인은 미르칸 탑과 판 호수 비밀 지역, 바라볼 탄광을 차례대로 열면서 사냥을 개시했다.

발록의 폐허와 가에트 숭배소, 세크메일 유적지에서는 데스 나이트들이 가장 약한 축에 드는 몬스터였다. 갈 엄두도 나지 않는 곳이기에 봉인을 해 두었다.

위드는 다인의 덕택에 엄청난 경험치와 아이템들을 건지면서 사냥을 할 수 있었다.

현재 위드가 게임을 플레이하는 시간은 현실 기준으로 매일 20시간 정도. 그런데 다인은 하루에 5시간도 게임에 전념을 하지 못했다.

다인은 매번 피곤한 얼굴로 접속을 종료했고, 접속하는 시간도 조금씩 불규칙해진다.

'이제 이것만 만들면……'

위드는 바다가재 2마리를 지그시 노려보고 있었다.

그의 곁에는 다인이 함께 침을 꼴깍 삼키면서 바다가재를 째려보고 있다.

바다가재가 꿈틀꿈틀하려고 하였지만, 살기 띤 위드의 눈초리에 불쌍하게도 어디로도 가지 못하고 있었다.

현재 요리 스킬의 숙련도는 9레벨 99%.

마지막 1퍼센트를 위해서 특별한 음식을 준비했다.

초급 요리 스킬의 마지막은 해산물이었다. 바로 그 유명한 랍스터!

당연히 현실에서는 한 번도 랍스터를 먹어 보지 못한 위드였다.

다른 복잡한 이유가 아니라 값이 너무 비싸기 때문.

요리 스킬을 열심히 올리는 데에는 이런 음식들을 실컷 요리해서 맛보기 위한 이유도 있었다.

꿈틀.

아직 살아 있는 바다가재가 조금씩 더듬이를 움직인다.

위드는 차가운 눈으로 바다가재의 몸부림을 감상하여 주었다. 그의 시선은 곧 스러질 생명을 동정하는 눈이 아니었다.

그저 값비싼 음식 재료의 마지막 모습을 똑똑히 기억해 두기 위함이다.

위드의 손이 부들부들 떨렸다.

게임 내에서도 바다가재는 귀하고 흔히 구하기 힘든 재료였다.

천공의 도시 라비아스에서는 무려 2골드라는 거금을 들여서 바다가재를 살 수 있었다.

한 마리에 1골드씩이다.

만약에 2배의 경험치와 드랍률을 보이는 던전들을 발굴하지 못했더라면 살 엄두도 내지 못하였을 것이다.

'녀석을 요리하고 나는 중급 요리 기술에 오른다.'

결의를 다진 위드의 손은 전광석화처럼 움직인다.

왼손으로는 바다가재의 머리를 잡아서 고정시키고, 오른손으로는 자하브의 조각칼을 가지고 머리에서부터 죽 밑으로 그었다.

바다가재의 몸이 절반으로 갈라진다. 이때 재빨리 모래주머니를 제거하고 알을 빼냈다.

그런 다음에는 미리 준비해 놓은 갖은 양념과 소스와 함께 프라이팬에 볶아 냈다.

불길이 확확 올라오고, 바다가재는 보기 좋게 불그스름하게 익었다.

마침내 랍스터 완성!

띠링!

-요리 스킬의 레벨이 10이 되어 중급 요리 스킬로 변화가 됩니다. 더욱 다양한 요리들을 만들 수 있으며, 몸에 좋은 보양식을 만들어 포만감이 유지되는 동안 각종 능력치가 향상됩니다. 능력치의 향상은 만드는 요리와 재료에 따라 달라집니다.
예 : 드레이크의 알, 하수오, 각종 약초들.
전 스탯에 +5의 추가 포인트가 주어집니다.

- 명성이 10 올랐습니다.

- 직업 공통 스킬 포도주 제조술을 습득하셨습니다.

- 대지와의 친화도가 30 상승하였습니다. 대지 속성 계열 마법에 20%의 내성을 가지고, 불과 물의 속성 계열 마법에 10%의 내성을 갖게 됩니다.

드디어 이루고자 했던 요리 스킬이 중급이 된 것이다.

보상도 만만치 않았다.

마법 저항력을 올리려면 아주 비싼 아이템을 장비해야 했다. 그런데 요리술을 익혀서 저항력을 상승시킬 수 있다는 것이었다.

"와아, 맛있겠어요."

음식이 요리되기만을 기다리던 다인이 옷소매를 걷고 달려든다.

위드도 서둘러서 자기 몫의 랍스터를 뜯어 먹었다.

둘은 여러 던전들을 휩쓸고 다닌다.

위드가 전투를 하고, 다인이 보조해 주는 역할이었다.

다인은 조금도 아쉬운 마음이 들지 않을 정도로 치료와 버

프를 성실하게 해 주었다.

다인은 알면 알수록 독특한 여성이었다.

몬스터들을 보면 측은한 눈길을 주면서도 저주 마법을 중복해서 걸어 버린다.

또한 돈이나 아이템에 대해서는 허술함이 없다.

가끔 위드가 은근슬쩍 몇 실버나, 몇 쿠퍼라도 자신의 몫으로 더 챙기려고 할 때는 여지없이 지적을 한다.

판 호수 비밀 지역에서는 주변에 약초가 피어 있는 장소들이 많았다.

그런 곳에서는 어김없이 땅바닥에 주저앉아서 돈이 되는 약초들을 뽑았다.

가공할 생존력!

그런가 하면 때때로는 시를 읊거나 노래를 불렀다.

맑고 청량한 음성으로 부르는 그녀의 노래는 매우 듣기가 좋다.

그 덕분에 위드는 상당히 즐겁게 사냥을 할 수 있었다.

'혼자가 아니라는 게 이렇게 재미가 있을 줄이야…….'

그간 라비아스에는 아직 다른 이들이 찾아오진 않았다.

페일과 수르카 들도 세라보그 성에서 다시 정착을 하고 사냥을 하고 있다고 한다.

초보인 부모님들과 함께하고 있으니, 아무래도 멀리 떠나기는 힘든 것이다.

단둘만의 사냥.

그것도 이상형의 조건에 딱 들어맞는 여자와 함께였다. 사내로서 아무래도 신경이 쓰이지 않는다면 거짓말이리라.

처음 다인의 얼굴 표정은 웃고 있었지만, 어딘가에 그늘이 져 있었다.

그러던 것이 위드와 함께 사냥을 하고, 음식을 먹으면서 점점 얼굴이 밝아졌다.

이제 다인은 생글생글 웃고 있었다. 그러나 때때로는 매우 슬픈 표정을 짓기도 했다.

그러던 어느 날 위드는 처음으로 그녀를 동료로 받아들이고 싶다는 생각을 했다.

"저기, 앞으로도 우리 쭉 같이 사냥을 할까?"

"……."

다인은 한동안 입을 열지 못하였다.

"미안해요, 위드 님."

다인은 진지한 얼굴로 말했다.

"그게 무슨 말이야?"

"한때 나는 잘못된 결정을 내렸어요. 아무도 나를 사랑해 주지 않는다는 생각 때문에… 누구도 믿을 수가 없었던 거죠."

"……."

"혹시 라비아스에 혼자서 남은 것과 관련이 있어?"

"그건 말씀드리기 힘들지만, 약간의 관련은 있어요. 아무

튼 위드 님과 지내면서 이제 용기가 생겼어요. 다시 저의 자리를 찾을 수 있을 것이라는……."

"그래서?"

위드는 조금 화가 났다.

함께 있으면서 용기를 갖는 것이야 좋다. 그러나 돌아가 버리겠다는 말은 이용당한 기분이 드는 것이다.

이용당하고도 좋아할 사람은 없다.

"그런 뜻이 아니에요. 위드 님을 보면서 이제 살아갈 수 있을 것 같은 기분이 드는 거예요."

"설마……."

"맞아요. 저는 병을 앓고 있었어요. 수술을 하더라도 생명을 장담할 수 없는 병이죠. 두려움에 미루어 오고 있었지만 이제 치료를 할 시간이 되었네요."

"……."

"그런 표정 짓지 말아요. 저는 살 수 있을 것 같으니까요. 우연처럼 아주 쉽게 찾아오지만 그것이 자신의 운명인지 아닌지는 잘 알아보지 못하는 것 같아요. 너무 쉽게 만나고 헤어지고 그러고 싶지 않아요. 우리가 운명이라면 꼭 다시 만날 수 있을 거예요. 저는 다시 위드 님을 만날 수 있기를 빌어요."

다인은 로그아웃했다.

위드는 다인이 떠나고 나서 한동안 가슴이 허전했다.

의심만 하고, 사냥을 하느라 이야기를 많이 나누지도 않았다. 어쩌면 그녀는 자신의 병을 숨기려고 하지 않았을지도 모를 일이었다. 언제나 위드는 바빴다. 그녀가 접속을 하면 데리고 사냥을 하느라 이리저리 끌고만 다녔던 것이다.

1달이 넘는 시간 동안 별로 이야기를 나누지도 않았고, 그저 함께 사냥을 했던 정도였다.

미안한 마음이 들었다.

어쩌면 다시는 다인이 돌아오지 않을지도 몰랐다.

'그렇더라도 그녀를 기억하는 사람은 거의 없겠지. 라비아스에서 혼자 있는데도 아무도 찾아오지 않았으니까 말이야. 던전에서 혼자서 언데드 몬스터들에게 스킬을 사용하면서 지내던 이유가 그것이었구나.'

그 고독과 죽음에 대한 공포는 겪어 본 사람만이 알 수 있으리라.

위드는 다인을 기다리면서 사냥을 했지만, 그녀는 게임 시간으로 3개월이 지나도록 돌아오지 않았다.

현실로 치자면 약 3주 정도 될 것이다.

생명이 위독할 정도의 대수술이라면 치료와 회복에 몇 달이 걸릴지 몰랐다.

'약속을 했으니 언젠가는 다시 돌아올 것이다. 1년, 혹은 2년이 걸릴지라도.'

위드는 던전의 깊숙한 곳에서 조각술을 펼치기 시작했다.

'다시 나타나지 않더라도, 추억을 이곳에 남기겠다. 적어도 한 사람은 그녀를 기억하고 있었다는 사실을……'

조각 검술.

자하브의 조각칼.

조각술 스킬이 중급에 오르면서, 자하브의 조각칼로 바위를 자를 수 있게 되었다. 물론 조각 검술 스킬을 쓸 때에만 가능한 일이다.

조각칼이 춤을 추었다.

벽과 바위들에 새겨지는 두 사람의 모습.

음식을 나누어 먹고 쉬면서 이야기를 나누었던 장소마다 한 쌍의 조각상들이 완성이 된다.

바위를 가져와서 조각상을 만들고, 때때로는 벽에 사람의 형상을 음각으로 새겨 놓았다.

가끔 몬스터들이 나타나서 귀찮게 굴 때도 있었지만 위드는 끈질기게 조각술을 펼쳐 냈다.

마지막은 처음 그녀를 만났던 죽은 전사의 동굴에서였다.

지하수가 흐르는 공터에서 작업은 시작되었다. 누워서 잠든 다인과, 처음 그녀를 발견하는 위드. 두 사람의 조각상들이 함께했던 각 던전마다 완성이 되었다.

라비아스의 무명 석인을 완성하셨습니다
라비아스에 알 수 없는 조각상들이 생겨났다!
그리운 추억의 향기를 물씬 풍기고 있는 조각상들은 위험한 던전에서 휴식과 재충전을 향한 이정표가 되어 줄 것이다.
다른 사람에게 발견되지 않은 이 조각상들은 이름이 알려지지 않은 조각사에 의해서 완성이 되었다.
예술적 가치 : 300.
특수 옵션 : 조각상 근처에서는 정서적인 안정을 통해 생명력과 마나가 25% 상승한다.
　　　　　　이동속도가 10% 상승한다.
　　　　　　조각상 근처에서 몬스터들의 공격력이 5% 줄어든다.
　　　　　　다른 조각품과 중복 적용되지 않음.
지금까지 완성한 걸작의 숫자 : 2

-조각술 스킬의 레벨이 2로 상승했습니다. 조각술이 한층 더 섬세하고 세밀해집니다.

-명성이 20 올랐습니다.

-예술 스탯이 20 상승하셨습니다.

-인내가 20 상승하셨습니다.

-지구력이 10 상승하셨습니다.

빼앗긴 신전의 보물

위드의 망토가 바람에 보기 좋게 흩날렸다.

"후후후."

위드는 라비아스가 내려다보이는 언덕 위에서 한동안 서 있었다.

망토가 펄럭거리는 소리가 너무나도 듣기 좋았다.

지금까지 한 사냥으로 레벨을 175까지 올렸지만, 그보다 더 큰 수확은 아이템들에 있었다.

거지꼴을 하고 다니던 위드가 드디어 제대로 장비를 갖추게 된 것이다.

망자의 회색 망토 : 내구력 20/20. 방어력 12.
죽은 이가 입었던 망토이다. 많은 곳이 훼손되어 있지만 기본적인 역할은 할 것 같다.
제한 : 레벨 150. 힘 150.
옵션 : 먼 거리를 움직일 때 이동력을 증가시켜 준다.

그라함의 강철 벨트 : 내구력 25/25. 방어력 7.
단단하게 허리를 조여 주는 벨트. 10개의 슬롯을 가지고 있어서 단검이나, 포션, 해독약 등을 보관할 수 있다.
제한 : 레벨 110. 힘 200.
옵션 : 포션이나 해독약을 모두 소모했을 경우, 배낭에 여분이 있다면 즉시 재충전된다.

그라함의 가죽 갑옷 : 내구력 30/30. 방어력 25.
기사 그라함이 생전에 입었던 갑옷이다. 가볍고 단단하지만 튼튼하게 제작된 물건이다. 그라함이 죽으면서 망자의 혼이 깃들었다.
제한 : 레벨 130. 힘 300.
옵션 : 화살이나 마법 공격을 20% 확률로 회피.
힘 + 20. 민첩성 + 5.

 부츠나 장갑, 검은 일행들과 함께할 때 구한 바가 있었고, 반지도 빠뜨릴 수 없다.

스켈레톤 나이트 30마리를 잡으면 마나 회복 속도를 10% 늘려 주는 패로트의 링을 주었다.

로열 로드에서 엄지손가락을 제외하고 반지를 낄 수 있는 것은 총 8개!

물론 중복해서 착용하는 것이 가능했다.

단 신성의 속성을 가진 반지나, 어둠의 속성을 가진 반지를 동시에 착용하는 것처럼 상극의 아이템은 안 되지만 말이다.

위드는 엄청난 노가다 근성으로 패로트의 링을 구해서, 8개의 손가락 모두에 차고 있었다.

마나 회복 속도가 무려 80%가 빨라지는 것이었다.

얼마나 많이 스켈레톤 나이트와 싸웠는지를 알게 해 주는 대목이었다.

위드에게 걸리면 인정사정이 없다.

경험치와 아이템!

어느 것 하나라도 많이 준다면 아예 캠프를 차리고 나타나는 대로 잡아 버리는 것이 위드였던 것이다.

멤피스 홀의 근엄한 스켈레톤 나이트들은 보이는 족족 위드 앞에 뼈다귀를 내놓아야 했다.

8개의 손가락 모두에 패로트의 링을 착용한 위드의 공격력은 거의 2배나 늘었다.

마나 회복 속도가 늘어난 만큼 황제무상검법을 발휘할 수 있는 것이었다.

검술 그 자체로만 해도 강한 위드가 스킬을 거의 2배에 가깝게 쓸 수 있었으니 그만큼 강해진 것은 두말할 나위 없는 일.

반지와 장비, 검까지 제대로 맞춰 입은 이제야말로 위드는 관록 있는 모험가로서의 모습이 엿보였다.

휘이잉!

바람이 불면서 망토가 심하게 펄럭거린다.

위드는 두 팔을 넓게 펼친 채로 멋진 모습으로 그 느낌을 만끽하고 있었다.

'마치 바람을 타고 날아오르는 것만 같군. 이 자유로움. 고립.'

하나 세상은 그를 편안하게만 놓아두지 않는다.

―망토의 내구력이 저하되었습니다.

언데드들.

그들이 떨어뜨리는 아이템들은 하나같이 정상적인 상태인 것이 없다. 내구력이 극도로 낮아져서 최대 내구력까지 한참이나 깎아 먹은 아이템들인 것이다.

고로 위드가 멋지게 폼을 잡고는 있지만 실상 보기만큼 좋은 아이템들은 아니라는 뜻이다.

성능은 그럭저럭 쓸 만하다고 해도 곧 부서질 것 같은 위태로움이 있다고 할까.

 내버려 두어도 조금씩 내구력이 약화될 정도로 하급품들이었던 것이다.

 위드는 조용히 망토를 풀어내서 앞에 두었다. 그리고 망토를 사정없이 두들겼다.

 "수리!"

 망토를 넓게 펼쳐서 두들기는 것으로 간단하게 수리가 끝났다.

 다시 위드는 망토를 착용한 채로 바람을 맞는다. 조금 전에는 아무 일도 없었던 것처럼.

 마법의 대륙을 할 당시에도 이런 고독을 즐겼다. 하나의 던전을 완전히 소탕한 이후로 잠깐의 여운이라고 할까.

 자신이 만들어 놓은 작품들을 보면서 다음 목적지를 향해 무거운 발걸음을 옮기는 것이다.

 휘이이잉!

 날카로운 돌풍이 불었다.

 천공의 도시인 라비아스에는 센 바람이 자주 불었다. 자잘한 돌멩이 몇 개가 바람에 날아와서 갑옷에 부딪쳤다.

 -갑옷의 내구력이 저하되었습니다.

 가죽 갑옷.

그라함이라는 네임드 스켈레톤 나이트를 잡아서 구한 귀한 가죽 갑옷이었다.

초보용 레더 아머와는 비할 수도 없는 아이템.

상점에서 돈을 주고 사지 않았기 때문에 더욱더 행복했다.

"수리!"

위드는 지속적으로 수리 스킬을 이용하면서 라비아스로 돌아갔다. 내구력이 많이 떨어진 장비들은 금세라도 부서질 것처럼 위태롭다.

몬스터와 싸울 때에도 겉으로는 당당하였지만 속마음은 언제라도 아이템들이 파손되지 않을지 걱정으로 인해서 전전긍긍하지 않을 수 없다.

다른 사람이라면 헐값에 팔아 버렸거나 아니면 버렸을 아이템들을 재활용 정신으로 끊임없이 이용하고 있는 것이었다.

그야말로 빈곤의 극치라고 할 수 있었다. 하지만 이 생활도 얼마 후면 끝이 난다.

수리 스킬이 중급에 오르게 되면, 줄어든 최대 내구력도 본래대로 수리를 할 수 있게 된다.

그때야말로 멀쩡한 아이템을 착용하고 여유롭게 폼을 잡을 수 있을 것이었다.

― 운명을 믿는가? 나는 자네가 우리 마을에 와서 이렇게 우리들을 구원해 준 것이 단순한 우연으로 여겨지지 않는다네.

― 예?

― 과거 우리 마을에 프레야 신전의 사제님이 와서 말씀하셨지. 사악한 무리가 창궐하고 있다고. 그들은 눈에 보이지 않는 곳, 우리들보다 낮은 곳, 차갑고 어두운 곳에서 세력을 넓혀 가고 있네. 프레야 신의 사제님께서는 진정 용기 있는 자만이 이들을 막을 수 있을 것이라 하였네! 그러면서 내게 그 용기 있는 자를 선택할 수 있는 권한을 주었지.

― …….

― 그때는 그 의미를 알지 못하였으나 이제는 알 것 같네. 지금까지 자네에게 알려 주지 않았던 비밀이 있네만, 우리 집안 대대로 내려온 그 씨앗은 새로운 곳으로 안내하는 길잡이 역할을 할 것이네. 사제님께서는 말씀하셨지. 프레야 신전의 잃어버린 보물을 되찾기 위해서는 먼저 시굴이란 자를 만나야 한다고. 그를 찾게. 그리고 사악한 무리들을 무찌르는 용사가 되어 주게!

―빼앗겨 버린 신전의 보물에 대한 단서를 습득하셨습니다.

위드는 바란 마을 장로 간달바의 단서를 잊지 않고 있었다.

시굴을 만나서 프레야 신전의 잃어버린 보물을 되찾으라!

이것은 연계 퀘스트로 대박의 냄새를 풀풀 풍기고 있다. 대체로 신전에서 주는 의뢰는 보상이 후할뿐더러, 쉽게 맡지도 못하는 것이다.

왕국이나 신전은 명성이 1만이 넘어가야만 들어갈 수 있는 장소였다.

바란 마을에서 입수한 빼앗겨 버린 신전의 보물 퀘스트에 대한 단서. 그것과 관련이 있는 자가 바로 시굴이었다.

'시굴이란 자를 찾아야 해!'

그동안 라비아스는 손바닥처럼 훤하게 꿰고 있었다. 하지만 시굴이란 이름을 가진 조인족을 만나 보진 못했다.

위드는 방법을 바꾸어서 조인족들마다 시굴에 대해서 아는지를 물어보았다. 그래도 조인족들은 대꾸를 하지 않는다.

신전의 잃어버린 보물에 대해서 말을 꺼냈을 때야 마침내 반응을 보이는 조인족들이었다.

"시굴? 그에 대해서라면 잘 알고 있지. 그는 약초꾼이야. 위험한 던전에 들어가는 일도 서슴지 않지. 그는 언데드들을 다룰 줄 아는 용기 있는 자라네."

"몰랐는가? 잡화점에서 파는 약초들이 전부 그가 캐 온 것이라네."

조인족들은 저마다 한마디씩을 했지만, 시굴이 어디에 있

는지는 대답을 하지 못하였다.
 위드는 잡화점으로 향해서 시굴에 대해서 물어보았다.
 "시굴이 지금 어디에 있냐고? 그는 아마 바르칸 지하 묘지에 있을 거네."
 "바르칸의 지하 묘지요?"
 "매일 귀곡성이 울려 퍼져서 잠을 못 자게 하는 곳이지. 우리 조인족 무사들이 놈들을 토벌하기 위해서 갔는데 모두 실패했어. 뚜렷한 형체가 없는 놈들이라서……. 굳이 가는 걸 권하고 싶진 않네만 가겠다면 말리진 않겠네. 묘지의 입구는 도시의 뒤쪽 산에 있다네. 산에서 열다섯 번째로 큰 바위에 근처에 있는 곳이지. 푸른 꽃이 피어 있는 옆을 잘 살펴보게."

 준비를 끝내고, 바르칸의 묘지를 찾아서 라비아스를 벗어난 위드는 힘차게 북쪽 산을 향해서 갔다.
 '길 안내 하나는 끝내 주게 하는군.'
 위드는 터무니없다는 듯이 한숨을 쉬었다.
 조인족들은 하늘을 날 수 있다. 도시를 벗어날 때에는 거의 반드시라고 해도 좋을 정도로 자유로운 하늘에 몸을 띄운 채로다.
 그들의 시력은 놀랍기 그지없어서 하늘에서도 땅바닥을 기어 다니는 벌레들을 볼 수 있었다.

그런 조인족들의 설명이었으니 인간들과는 기준이 다를 수밖에 없다.

산에서 열다섯 번째로 큰 바위라니, 그 우열을 위드가 어떻게 가늠할 수 있겠는가.

조인족들처럼 하늘에서 한 번에 내려다보는 것도 아니고 말이다. 결국 어느 정도 이상 큰 바위마다 주변을 샅샅이 뒤져 보는 수밖에 없었다.

그러나 끈기하면 위드였다.

바르칸의 묘지는 아주 찾기 힘든 장소에 있었다.

푸른 꽃은 풀숲에 가려져서 잘 보이지도 않았고, 큰 바위는 어떤 것을 말하는지 알 수 없었다.

마침내 찾아낸 바르칸의 묘지!

하나의 작은 건물이 있었고, 그 안으로 들어갈 수 있는 철문이 전부였다.

지하로 들어가는 묘지였던 것이다.

허물어져 가는 표지판에는 이렇게 쓰여 있었다.

죽은 자들.
피와 살이 썩어 육신마저 사라진 이들.
이곳은 그들을 위한 무덤이다.

위드는 표지판을 힐끗 본 후에 무표정한 얼굴로 철문을 열

고 안으로 들어갔다.

던전. 바르칸 지하 묘지의 최초 발견자가 되셨습니다
혜택 : 명성 100 증가.
일주일간 경험치, 아이템 드랍률 2배.
첫 번째 사냥에서 해당 몬스터에게 나올 수 있는 것 중에 가장 좋은 물건 아이템이 떨어집니다.

이곳에 오기 전에 조인족들에게 정보를 모았다.

바르칸의 묘지에 대해서 알고 있는 것은 레벨 130대의 망령과 고스트, 스펙터들이 나온다는 정도였다.

'생각보다 약한 곳이군.'

망령들은 일종의 원혼들이라고 할 수 있다.

죽은 자들의 영혼.

고스트의 경우에는 형체를 파악하기 힘든 유령이라고 보면 되리라.

위드는 천천히 묘지의 안을 돌아다녔다. 고스트와 스펙터들이 나타났지만, 그때마다 그들을 무시한 채 지나쳤다.

하얀 영체처럼 보이는 고스트와 스펙터들은 위드를 건드리지 않은 채로 조용히 물러간다.

위드의 전신에서 퍼져 나오는 살기를 느꼈기 때문이다.

투지 스탯의 덕분이다.

> -투지 : 순간적인 괴력을 내기도 하고, 눈빛만으로도 약한 몬스터들을 굴복시킨다. 스탯 포인트 분배가 불가능하며 캐릭터의 행동에 따라서 저절로 상승한다. 오랫동안 쉬지 않고 싸우거나, 아니면 자신보다 강한 적과 자주 싸울수록 빨리 늘어난다.

보통의 다른 전투 캐릭터들의 투지는 거의 20에서 30 정도였다.

권사처럼 적과 가까이 붙어서 싸워야 하거나, 암살자의 경우에는 투지가 조금 더 높은 편이다.

그렇더라도 50을 넘는 이들은 극히 드물었다.

투지 스탯에 대해서는 여러 분석들이 있었지만 거의 불필요한 스탯이라는 의견이 대다수였다.

힘이나 민첩처럼, 상승시켰을 때에 확연히 눈에 띄는 변화가 있는 것도 아니다.

마법사와 같은 지능형 캐릭터들은 아예 스탯 자체가 생성이 되지 않는 경우가 많았는데, 투지 스탯이 없더라도 사냥에는 아무런 지장이 없었던 것이다.

몇 명이 실험 삼아서 투지에 스탯 포인트를 분배해 보았다지만, 그들은 전부 캐릭터를 다시 키워야 했다.

별로 효과가 없었다는 뜻.

투지는 자동으로 성장하는 스탯이지만, 여간해서는 잘 오르지 않았다.

자기보다 강한 적들을 상대로 죽어라 사냥해 봐야 1이 잘 안 오르는 것이다. 게다가 죽거나 전투에서 도주하면 저절로 하락하기도 한다.

그렇기 때문에 투지 스탯이 높은 사람은 얼마 없었다.

그러나 현재 위드의 투지는 193을 넘는다. 35의 스탯 보너스를 합치면 무려 228이나 된다.

매번 사냥 때마다 자신보다 강한 적들을 상대로 죽기 살기로 싸웠기 때문에 투지가 엄청나게 성장을 했다.

비슷한 레벨의 몬스터들은 덤벼들지도 않을 정도다.

위드가 먼저 싸움을 걸면 전투가 벌어지겠지만 싸울 때에도 살기에 압도를 당해서 제 실력을 발휘하지 못했다.

저벅저벅.

몬스터들을 눈빛만으로 물리치면서 위드는 묘지 내부를 돌아다녔다.

바르칸의 묘지는 복잡한 미로처럼 되어 있었다.

위드는 이리저리 돌아다닌 끝에 상처를 입고 쓰러져 있는 조인족을 발견했다.

"이런……."

위드가 다급한 얼굴로 조인족에게 다가갔다. 조인족의 몸은 상처투성이였다. 독이 올라와서 몸이 뜨겁다.

"붕대 감기!"

열심히 상처 부위에 붕대를 감아 주고 약초를 발라 주었다.

당장 죽을 정도로 생명력이 저하되고 있을 때에는 반드시 포션을 먹여야 하지만 일반적인 부상에는 붕대 감기 정도면 충분했다.

부상 치료를 마친 다음에 위드는 해독약을 조인족에게 먹였다.

"끄으응!"

한참 후에야 조인족은 고개를 흔들며 깨어났다.

"이, 이런……. 내가 정신을 잃고 있었군. 부상이 너무 심해서 치료도 하지 못하고 있었네. 깜박하면 죽을 뻔했어. 그런데 자네는 누군가?"

"위드라고 합니다."

"위드? 라비아스에 온 인간인가 보군. 내 이름은 시굴이라고 하네."

시굴!

드디어 위드는 시굴을 찾았다.

"예. 알고 있습니다. 그런데 빼앗긴 신전의 보물은 어디에 있습니까?"

"신전의 보물? 그것을 자네가 어찌 알고 있는가?"

"예. 실은……."

위드는 바란 마을에서의 일을 그에게 들려주었다.

시굴은 매우 힘겨운 얼굴로 그의 이야기를 들었다.

"쿨럭. 훌륭한 일을 한 청년이군. 프레야 여신님의 가호가 그대에게 있기를. 신전의 보물은 바로 여기 바르칸의 묘지에 있다네."

위드는 고개를 끄덕였다.

베르사 대륙의 역사에 대해서 로열 로드의 홈페이지에서 이런 이야기를 들어 본 적이 있었다.

'바르칸이 그를 뜻하는 것이었군.'

바르칸 데모프.

어둠의 주술사이자, 네크로맨서 마법에 정통한 흑마법사였다.

죽지 않는 불사의 연구를 하였고, 수많은 아이들을 납치하여 인체 실험을 자행했다고 한다.

비록 불사의 실험은 실패로 끝이 났지만, 납치한 아이들과 키메라들을 이용해서 대륙을 제패하려는 음모를 꾸몄다.

그들의 군대는 무적인 것만 같았다.

죽은 자들을 전부 언데드로 일으키는 바르칸의 저주받은 흑마술은 싸울수록 숫자가 늘어 간다.

좀비와 스켈레톤.

그 숫자만 수만이 넘고, 듀라한은 무려 3천이 넘었다고 한다. 데스 나이트들은 1천이 넘고 그 외에 알려지지 않은 언데드들의 침공으로 대륙은 풍전등화의 위기에 빠졌다.

전 대륙의 왕국과 교단들이 힘을 합쳐서 간신히 그들을 몰아낼 수 있었다.
 라비아스에 온 이후에 알게 된 일인데, 이 천공의 도시도 그 후에 언데드들을 격리하기 위해 만들어진 것이다.
 "자네는 바르칸의 수하로부터 신전의 보물을 찾는 일을 도와주도록 하겠는가?"

빼앗긴 신전의 보물
사교도와 마족과 계약한 흑마법사들이 살인을 일삼던 혼돈의 시기, 대륙은 탐욕과 광기에 사로잡힌 왕들의 전쟁으로 피에 젖었다.
신성의 힘은 땅에 떨어졌고, 힘을 가진 자가 곧 법이라!
강한 자는 자신의 힘을 내세우기 바쁘고, 검을 거꾸로 쥔 자와 입 가벼운 자들이 득세를 하였다.
죽은 자들은 안식으로 돌아가지 못하며, 살아 있는 자는 고통과 절망에 몸부림을 쳤다.
프레야의 신전의 보물이 탈취당한 것도 그때였다.
난이도 : C
퀘스트 제한 : 거부할 시에 명성 100 하락.
　　　　　　프레야 교단과의 관계가 부정적으로 변함.

 위드는 잠시 침묵 끝에 고개를 끄덕였다.
 "프레야 교단의 보물을 되찾아 오는 일을 하도록 하겠습니다."

-퀘스트를 수락하셨습니다.

"고맙네. 내가 조사한 바에 의하면 데스 나이트가 신성한 잔을 가지고 있을 걸세. 나는 여기서 상처를 치료하면서 기다릴 테니 반드시 보물을 회수해 오도록 하게."

"예."

위드는 시굴을 지나쳐서 지하 묘지 안쪽 깊숙한 곳으로 들어갔다.

데스 나이트라고 해도 이제는 별로 긴장감이 들지 않았다. 벌써 몇 번이나 싸워 봤던 참이다.

그것도 겨우 레벨이 115가 되었을 때부터 말이다.

듀라한이 만만해지자 나타난 데스 나이트들을 피하지 않고 한바탕 싸워 봤던 것이다.

첫 교전에서는 강력한 데스 나이트의 암흑 투기에 패배했다. 그것은 곧 죽음을 뜻한다.

페널티는 현실 시간으로 하루의 접속 불가!

그리고 레벨 다운.

스킬 숙련도의 5% 하락.

레벨이야 다시 올리면 된다지만 떨어진 스킬 숙련도는 치명적이다.

 조각술이나 요리처럼 생산 계열 스킬들은 지독하게도 잘 오르지 않는 것이다.

 다행히 아이템이야 다른 집어 갈 사람이 없어서 다시 찾을 수 있었으나 한 번의 죽음은 많은 것을 일깨워 주었다.

 그렇지만 이런 부분에 있어서는 고집스러운 위드였다.

 데스 나이트를 피하긴 하지만, 어쩔 수 없이 마주쳤을 경우에는 도망치지 않고 싸웠다.

 그 결과가 5번의 죽음이었다.

 5일간의 접속 불가, 레벨 하락, 숙련도 하락!

 그다음부터는 레벨이 더 오르고, 경험이 생겨서 강한 데스 나이트들과 호기롭게 싸울 수 있었다.

 레벨도 중요하지만 자신보다 강한 몬스터와 싸우는 경험이야말로 소중하다고 위드는 생각했다.

 그렇게라도 생각하지 않으면 잃어버린 것들이 아까워서 미칠 지경이었던 것이다.

 아마도 데스 나이트들만 아니었더라면 레벨을 10개는 더 올렸을 것이다.

 경험치 2배가 적용될 때에 죽어서 접속을 못하는 기분은 참혹할 정도다.

 데스 나이트를 최초로 이겼던 것은 레벨 125에서였다.

 일반적으로는 불가능한 일이겠지만, 위드의 스탯은 레벨

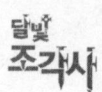

을 초월하고 있었기 때문이다.

수련관에서 상승시킨 24레벨에 해당하는 스탯.

달빛 조각사라는 직업이 준 전 스탯에 +20.

여기에 조각술이 +10의 효과를 주었고, 중급에 오른 요리가 +5의 추가 효과를 주었다.

각 스탯별로 35개씩이라면 이는 레벨 7개를 올려야 얻을 수 있는 스탯 포인트였다.

현재 위드가 가진 스탯이 11개였으니 무려 77개의 레벨을 올린 것과 같은 효과가 있는 것이었다.

물론 예술이나, 통솔력, 행운, 지구력과 같은 스탯들은 전투에 직접적으로 크게 관여를 하는 것은 아니었기에 일반적인 비교는 곤란하다고 할 수 있었다.

그렇다고 해도 엄청난 스탯 포인트가 아닐 수 없다.

위드의 강함은 그걸로 끝이 아니었다.

걸작 조각품을 완성하면서 받은 스탯들과, 요리로 포만감이 유지되는 동안 상승하는 능력치들!

요리가 중급에 오르면서 생명력과 마나, 힘이 비약적으로 상승되게 되었다.

스킬 또한 남부럽지가 않을 정도다.

조각 검술, 황제무상검법!

남들은 눈에 불을 켜고 찾아다닐 만한 스킬들이 마나가 부족해서 마음대로 못 쓸 정도였다.

여기에 일부러 몬스터들에게 맞아 가면서 올린 인내를 합치단면 레벨 115에서 데스 나이트와 한번 싸워 볼 만도 한 것이다.

그렇지만 데스 나이트는 레벨 200이 넘어 2차 승급이 끝난 몬스터라서 첫 교전에서는 무참히 패배를 면치 못했다. 그러나 경험이 누적되면서 데스 나이트들도 어렵지 않게 잡을 수 있게 되었다.

언제나 위드는 자신보다 강한 적들을 상대로 싸우기를 즐겼다.

솔직히 조각사라는 직업은 비전투 계열이다. 비전투 계열이라면 당연히 전투 계열 직업에 비해서 약해야 정상이었다.

그러나 달빛 조각사라는 직업은 가히 사기적이라고 해도 좋을 정도로 장점만 가지고 있다.

손재주에 능력 강화에, 스탯 추가에, 조각 검술에!

직업으로서는 나쁠 것 하나 없는 최고였던 것이다.

던전이나 어두운 밤에는 30%의 능력 강화 효과까지 있었으니 굳이 비슷한 동레벨 몬스터들을 잡으려고 아웅다웅할 필요가 없었다.

히이이잉.

유령들과 스펙터들이 주변에 얼씬거리고 있었다.

몬스터들.

위드가 좋아하는 경험치와 아이템을 드랍해 줄 몬스터들

의 유혹이다. 하지만 그들을 외면한 채로 데스 나이트가 있을 만한 곳을 뒤지고 다녔다.

이것은 평상시의 위드답지 않은 일이다.

어떤 던전도 싹쓸이를 방불케 하는 사냥으로 자신의 존재를 증명하였던 위드였는데 눈앞에 지나가는 몬스터들을 내버려 두는 것이다.

그것도 한 번도 아니고!

지금은 2배의 경험치와 2배의 아이템 드랍률을 보이는 시기였는데도 위드는 망령들과 스펙터들을 그냥 지나쳤다.

'굳이 지금 이놈들을 상대할 필요는 없지.'

위드는 지금 큰 것 하나를 노리고 있었다.

데스 나이트.

대체로 놈들이 떨어뜨리는 아이템 중에서는 쓸 만한 게 많다. 다만 데스 나이트들은 많지 않았고 이제는 놈들을 일부러 만나 보기가 더 어렵게 된 마당이었다.

신전의 보물을 지키고 있는 데스 나이트는 틀림없이 다른 놈들보다 좀 더 강할 것이다.

그놈이 목표다.

위드가 던전의 최초 발견자였다.

첫 사냥에는 무조건 그 몬스터가 드랍할 수 있는 가장 좋은 아이템이 떨어진다.

이제는 그런 여유와 계산까지 하게 된 위드였다.

유령들과 스펙터, 망령들을 후광처럼 달고 다니며 위드는 바르칸 지하 묘지를 움직였다.

그것은 그 자체로 신비로운 모습이었다. 그리고 마침내 지하 묘지 깊숙한 곳에서 데스 나이트와 조우를 했다.

"크큭. 어…리석은 인간. 죽…고 싶어서… 여기까지 왔느냐?"

위드는 무감각하게 데스 나이트를 보았다.

뼈다귀로 이루어진 몸 위에 망토와 검 그리고 투구를 쓰고 있다.

투구는 은은한 광택이 범상치 않은 물건인 것 같았다.

'저 정도라면 대박에 가깝겠군.'

위드는 미소를 지었다.

마침 투구가 없었던 참이다. 아쉬운 판에 잘된 셈이었던 것이다.

프레야 신전의 보물로 보이는 헤레인의 잔은 데스 나이트의 뒤에 곱게 모셔져 있다.

어두운 던전 내에서도 밝은 빛을 발하는 것이 성물은 과연 무언가가 다르다.

"차앗!"

위드는 별다른 말도 없이 데스 나이트에게 달려들었다.

경험치와 드랍률이 2배로 되는 이때에 노닥거릴 시간도 모자란 판이었다.

"조각 검술!"

어느새 전매특허가 되어 버린 기술, 조각 검술!

언데드들에게는 치명적이기 짝이 없는 공격이다.

데스 나이트는 검을 곧추세웠다. 데스 나이트의 검에도 흑암의 기운이 뭉실뭉실 어려 있었다.

콰광!

조각 검술과 데스 나이트의 기운이 맞부딪치며 반탄된 진력이 검을 타고 양쪽 모두에게 울린다.

그 반동력이 돌아오는 순간 위드는 검을 마주 붙인 채로 몸을 띄워 발차기로 해골을 강타했다.

"커억!"

데스 나이트가 비틀거리면서 한 발자국 물러나자, 위드는 빠르게 두 발자국을 좁힌다.

상호간에 더 이상은 말이 필요치 않았다.

상대를 죽이기 위한 처절한 공격만이 이어진다.

겨우 팔 하나를 뻗을 수 있는 정도의 거리에서 둘은 전투를 벌였다.

이것은 위드의 거리였다.

가까울수록 위험도가 늘어나지만, 데스 나이트의 어깨 움직임만을 보고도 반응할 수 있는 위드에게는 오히려 이쪽이 더더욱 안전하다.

레벨이 200이 넘는 데스 나이트의 공격 스킬이 본격적으로 발동되기 시작하면 까다롭기 짝이 없기 때문.

"죽…어라, 인간!"

데스 나이트가 흥이 나서 검술을 펼친다.

그때마다 위드는 슬쩍슬쩍 급소를 피해 치명타를 제외하고는 맞아 주었다.

고통이 찾아온다.

희열!

싸우고 있다는 것이 느껴지는 쾌감!

전투를 할 때는 공기가 달라져 있음을 느낀다.

데스 나이트가 풍기는 명백한 적의와 살의.

정면에서 맞서 싸우면서 감당해 낸다. 적을 바스러뜨린다. 사나운 맹수일수록 사냥감을 노릴 때에는 경박하지 않다. 웅크린 거체가 두렵게 느껴질 정도로 오히려 덤덤하다. 그러나 맹수가 움직일 때에는 단 한순간이다.

―인내 1이 상승하셨습니다.

고통을 감수해 가면서 적의 공격을 맞아 준 대가가 바로 이것이었다.

위드는 거의 대부분의 전투에서 적의 공격을 최대한 맞아 주었다.

그 결과가 엄청난 인내력으로 인한 방어력이다.

자기보다 레벨이 높은 적과 싸울 때에는 스탯이 더 잘 오른다.

레벨을 올리는 것도 중요하지만, 인내나 투지와 같은 스탯의 성장이 중요했다.

그 덕택에 약초와 붕대 값이 만만치 않게 들었지만 이것도 투자였다.

스킬을 올리기 위한 투자!

전투가 끝나고 나서 붕대를 감는 스킬도 무섭게 늘었다.

투자를 아까워하면 평생 부자가 될 수 없다.

레벨이 낮을 때일수록 과감한 투자가 필요한 법이다.

위드는 생명력이 20%가 남았을 때부터 본격적인 공격을 펼쳤다.

지척 거리에서 데스 나이트의 공격을 흘리고, 좌우로 회피하면서 혼을 쏙 빼놓는다. 그리고 맹공을 퍼부으며 데스 나이트를 압도했다.

"커…억!"

신바람을 내며 싸우던 데스 나이트는 엄청난 투기를 발산하는 위드에게 위축이 되었고, 결국 그의 검술에 의해 박살이 나서 허망하게 쓰러졌다.

척.

"이제 데스 나이트도 시시해졌군."

위드는 클레이 소드를 검 집에 넣으며 중얼거렸다.

레벨 125에서부터 승리를 했던 데스 나이트. 이제는 상대하기가 조금은 허전하게 느껴진다.

조금 전에 상대한 데스 나이트는 바르칸의 수하였기 때문인지 꽤나 강한 편이다.

다른 데스 나이트에 비해서 거의 반 배 정도 강했다. 놈이 강하지 않았더라면 생명력이 10% 이하가 남았을 때부터 본격적으로 싸우기 시작했을 터였다.

그럼에도 불구하고 심각한 위기는 느끼지 못한 위드였다.

다수의 사람들은 적과의 거리가 가까우면 위험하다고 생각을 한다.

하지만 눈빛과 살기에 맞서서 직접 싸우는 느낌은 소름이 끼치도록 좋다.

적의 숨결이 느껴져야 한다.

위드는 검을 들고 있었지만, 일반적인 검의 간격보다는 훨씬 가까운 곳에서 싸웠다.

가까운 곳의 전투에 익숙해지면 거리가 멀어졌을 때에는 오히려 훨씬 더 쉬워진다.

데스 나이트가 본격적인 스킬들을 발휘하면서 싸웠더라도 결과적으로 별 차이는 없었을 것이었다.

다만 너무 큰 공격들을 허용하다 보면 방어구들이 깨질 염려가 있고, 인내력도 잘 안 오르기 때문에 붙어서 싸울 뿐

이다.

"수리!"

위드는 장비들을 벗어 망치로 두들겨 수리 스킬을 발휘했다.

너덜너덜해진 갑옷과 장비들이 금세 말끔한 모습으로 바뀌었다. 아직 수리 스킬이 8레벨이어서 외관상 멀쩡해 보일 뿐이다.

각종 내구도는 최하까지 떨어져 있는 상태였다.

다른 이들이 이런 갑옷과 장비들을 입고 싸웠다면 아마 전투가 끝나기도 전에 전부 부서져 버렸으리라!

오래된 고물 자동차를 다루듯이 장비들을 세심하게 다루지 않으면 착용하기도 힘든 상태였다.

수리의 경우에 조각술이나 요리보다 훨씬 스킬 레벨이 빠르게 상승했다.

주 스킬이 아닌 보조 스킬이기 때문이다.

대장장이 스킬과 연관이 된 보조 스킬이었기 때문에 성장이 빠른 편이었다.

하지만 조각술은 어디서든 할 수 있고, 요리는 예술 스탯과 토벌대 등의 노가다를 통해 많이 올렸지만 수리는 부서진 병장기가 있어야만 올릴 수가 있는 것이다.

라비아스에서 혼자 사냥을 하는 위드에게 수리 스킬은 쉽게 정복하기 힘든 대상이었다.

"그럼 어디 떨어진 아이템들을 볼까?"

위드는 죽은 데스 나이트가 남긴 전리품들을 확인했다.

반 호크의 마법 헬름 : 내구력 90/90. 방어력 25.
죽음의 기사가 착용하던 머리 보호구이다. 원만한 반구형으로 머리를 완전히 뒤덮고 있어 뛰어난 방어력을 자랑한다.
반 호크의 힘이 깃들어 있다.
제한 : 레벨 200. 힘 400.
옵션 : 힘 +30. 민첩 -10. 체력 +15. 지력 +10.
　　　암흑 계열 마법에 대한 저항력 +15.
　　　언데드와의 친화도 10 상승.
　　　레벨 50 이하의 언데드들에게 명령을 내릴 수 있음.
　　　부릴 수 있는 언데드의 숫자와 명령의 수준은 통솔력에 따라 달라짐.

칼라모르의 검 : 내구력 65/65. 공격력 35~40.
칼라모르 제국의 기사 반 호크가 쓰던 검이다.
제국력 651년. 영광된 기사 수여식에서 테오도르 황제가 직접 하사하였다.
날카로운 예기와 함께 기품을 간직하고 있다.
제한 : 레벨 200. 힘 300.
　　　기사들만 사용 가능.
옵션 : 힘 +20. 기품 +10. 예의 +10. 충성심 +10.
　　　착용 시 명성 30.

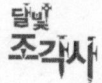

붉은 생명의 목걸이 : 내구력 50/50.
고대 흑마법에 의해 제작된 물건으로 알 수 없는 미지의 힘이 깃들어 있다.
언데드의 군주 바르칸이 그의 부하를 위해 만든 아이템.
제한 : 알려지지 않음.
옵션 : 알려지지 않음.

위드는 크게 숨을 들이마셨다.
"대박이다."
첫 번째 사냥으로 놈이 떨어뜨릴 수 있는 최대의 아이템을 얻었다.
그런데 좋아도 너무 좋았다.
반 호크의 마법 헬름.
아마도 잡은 데스 나이트의 이름이 반 호크였던 것 같다.
뛰어난 방어력에 각종 옵션들이 주렁주렁 달린 기대 이상의 물건이었다.
칼라모르의 검도 지금 쓰고 있는 클레이 소드보다 훨씬 공격력이 뛰어났다.
얼음 속성의 추가 데미지는 없었지만 기사들이 주로 쓰는 명검인 것이다.
그렇다.
문제는 거기에 있었다.

바로 기사들이 착용하는 명검이라는 점!

조각사의 직업을 가지고 있는 위드는 쓸 수 없는 아이템이었다.

물론 장비하려고만 한다면 완전히 방법이 없는 것은 아니다.

제국이나 왕국에 가서 기사 자격을 획득하면 된다. 일정한 관문을 통과하고, 돈을 내고 기사 자격을 얻으면 되는 것이다.

검사들의 2차 전직에 기사가 있는 것을 감안하면, 이쪽은 그저 기사의 자격만을 획득하는 것이었다. 그런 과정을 거치면 이 검을 쓸 수는 있었다.

다만 지금은 어차피 레벨 제한에 걸려서 쓰지도 못할 아이템들이다.

"아이템 감정!"

-실패하셨습니다.

"아이템 감정!"

-실패하셨습니다.

붉은 생명의 목걸이는 아무리 감정을 시도해 봐도 확인이 되지 않았다. 감정 스킬의 경지가 낮기 때문일 것으로 판단이 된다.

"이게 내 운이라면 어쩔 수 없지."

위드는 전리품들을 수거하고, 제단 위에 놓인 신성한 잔을 들었다.

황금으로 만들어진 잔.

그것은 위드의 손에 닿자마자 환하게 빛을 뿜어낸다.

'뜨겁다.'

위드의 손이 불에 덴 듯이 뜨거웠다. 신성력이 강하게 그를 감싸고도는 것을 느낄 수 있었다.

조금 전에 데스 나이트와의 싸움으로 입었던 상처들이 씻은 듯이 나았다.

피로도 말끔히 풀렸다.

―프레야 교단의 보물, 헤레인의 잔을 습득하셨습니다.

헤레인의 잔의 빛이 서서히 잦아들고, 곧 뜨거움 대신에 맑고 청량한 기운이 감돌았다.

위드는 신기한 듯이 잔을 살펴보았다.

"아이템 감정!"

> **헤레인의 잔** : 내구력 무한.
> 프레야 여신이 이 땅에 내린 세 가지 성물 중의 하나.
> 여신의 미덕과 풍요로움의 상징이다.
> 신앙심이 굳건한 자에게 마르지 않는 힘을 주며, 물을 담아 두고 하루가 지나면 성수로 변한다.
> 성수는 죽음을 부정하는 언데드들에게 치명적이며, 대지에 뿌렸을 경우 풍성한 수확을 거둘 수 있게 해 줄 것이다.
> **제한** : 성직 계열의 직업. 혹은 프레야 교단의 인정을 받은 자.
>   신앙 900.
> **옵션** : 신앙 +100. 명성 +300.
>   성수 제조.

과연 프레야 교단의 성물이었다.

무한정 성수를 생성해 내는 물건이라면 값으로 따질 수 없는 보물인 것이다.

성수를 대지에 뿌리면 그해의 수확량이 거의 10배 가까이 늘어난다고 하고, 언데드들에게는 그 어떤 공격보다 치명적이다. 다만 성직 계열의 직업들만 쓸 수 있었기에 위드가 사용하지 못하는 것이 아쉬울 뿐이다.

"좋아. 나쁘지 않군."

위드는 검을 수리하고, 사냥을 위한 준비를 마쳤다.

무심하게 지나쳤던 망령과 고스트들! 그들에게 돌아가기 위함이다.

바르칸의 지하 묘지에 경험치와 드랍률 2배가 되는 시기는 정확히 일주일이다.

이 시기를 놓칠 리가 없는 것이다.

그러나 그때 위드의 귓가에 전해져 오는 음성이 있었다.

-오빠, 어서 일어나 봐!

위드를 오빠라고 부르는 이.

그것은 여동생 혜연이었다. 혜연이 캡슐과 연결된 마이크폰을 통해서 부르고 있는 것이었다.

'휴… 하필이면 이때에…….'

위드는 주위를 돌아보고 로그아웃했다.

프린세스 나이트

"네. 지금부터는 요즘 유저들에게 선풍적인 인기를 끌고 있는 토르 왕국의 유명인에 대한 소식입니다. 오주완 씨. 장비의 방어력을 향상시켜 주는 대장장이가 나타났다고요?"

"예. 그렇습니다. 적과 싸우는 전사라면 누구나 방어구에 대한 미련과 아쉬움을 가지고 있을 것입니다. 일반적으로 방어력이 좋은 아이템을 착용할수록 생존할 확률이 높아질 테니까요. 토르의 대장장이는 각종 강화석과 철괴를 가지고 방어구에 결합시켜서 방어력을 향상시킨다고 합니다."

텔레비전에서는 로열 로드와 관련된 프로그램이 한창 방송 중에 있었다.

베르사 대륙은 수많은 신비와 전설로 가득한 땅이다.

기존에 게임을 하지 않던 사람들까지 엄청난 인구가 게임을 하면서부터 시청률은 급증하였고, 그로 인해서 광고 수익이 어마어마하다고 한다.

'대장장이라.'

이현은 방에 앉아서 로열 로드에 대한 방송 프로그램을 보고 있었다.

여자 진행자와 남자 진행자가 번갈아 가면서 이야기를 하는 것인데 혹시 그가 알지 못하는 새로운 소식이라도 들을 수 있을까 싶어서 관심을 가지고 지켜보는 것이었다.

아마 모르긴 해도 이현과 같은 목적을 가지고 방송을 시청하는 사람들이 굉장히 많을 것이다.

낮과 밤이 따로 없는 베르사 대륙.

하지만 로열 로드와 관련된 프로그램이 방송될 때만큼은 사냥터가 조금은 한가해질 정도이다.

"네. 대단하네요. 방어구를 강화시켜 준다니 저도 한번 의뢰를 해 봐야겠어요. 그런데 값이 무척 비싸겠죠?"

"그렇습니다. 어떤 방어구든 최소한 10골드의 가격을 받고, 옵션이나 성능에 따라서 추가로 최대 100골드까지 가격이 올라간다고 합니다. 정말 놀랍지 않나요?"

신혜민은 울상을 지었다.

"100골드라니, 제가 지금까지 모은 돈을 다 합쳐도 불가능한 금액이에요."

"하하. 하지만 그건 아주 좋은 아이템에 한해서이고 보통은 10골드를 조금 웃도는 금액으로 강화를 해 줄 겁니다."

"그 대장장이 유저 분은 떼 부자가 되는 것도 금방이겠어요."

"그렇지는 않습니다. 방어구를 강화할 때 드는 아이템들의 가격도 만만치 않아서 한 번에 2할 이상의 수익을 거두지는 못한다고 알려져 있으니까요. 토르의 대장장이가 이렇게 이슈가 되는 것도 그의 대장장이 스킬이 중급에 올랐기 때문입니다. 대장장이 기술의 중급에 오른 유저로서는 아마 그가 최초일 것입니다."

"정말 부러운 일이네요. 저번에 로자임 왕국에서 조각사가 한 명 나타났었죠?"

"예. 조각사는 정말로 희귀한 직업입니다. 아름다운 예술 작품을 창조해 내는 조각사는 그 자체로 신비할 수밖에 없는 직업인데요. 그 사람이 만든 조각품들은 꽝장히 아름다웠다고 합니다."

로자임 왕국의 조각사라면 이현의 게임 캐릭터인 위드의 이야기였다.

"소문을 듣고 제가 직접 취재를 위해서 그리고 혜민 씨에게 선물할 조각품을 하나 얻기 위해서 찾아갔었는데 이미 자리를 뜬 상태였지요. 혹시라도 험난한 조각사의 길을 걷다가 캐릭터를 접은 건 아닐지 걱정이 됩니다."

"어머, 아쉬워요. 좋은 선물을 받을 기회를 놓치고 말았네요. 이제 조금씩 제조와 관련된 캐릭터들이 자리를 잡아 나가는 것 같아요."

"그렇습니다. 그러면 그다음 소식으로는 여러분들이 큰 관심을 갖고 계시는 브리튼 연합 내부의 전쟁 소식입니다. 마침내 난공불락으로 여겨지던 오데인 요새가 함락! 발칸 길드에서는 큰 곤경에 빠지게 되었습니다."

방송의 화면이 바뀌었다.

진행자들이 나와서 이야기를 하던 스튜디오가 아니라 로열 로드의 플레이 화면으로 바뀐 것이었다.

카메라는 매우 높은 곳에서 하나의 성채를 비추고 있었다.

웅장하고 거대한 갈색 요새.

도개교와 물이 흐르는 해자에 삐죽이 솟아오른 35개의 첨탑들은 유사시에 궁수와 마법사들을 배치할 수 있었다.

벽돌을 세 겹으로 쌓아서 만든 두꺼운 성벽은 적들의 침입을 허락지 않을 것만 같았다.

"와, 대단하네요. 마치 중세의 성을 보고 있는 것 같아요."

"예. 여기는 발칸 길드가 차지하고 있는 오데인 요새입니다. 어젯밤 이곳에서 치열한 전투가 벌어졌습니다."

많은 유저들의 피를 머금은 오데인 요새는 그 자체로 악명을 드날렸다.

엄청난 세율과 통관세!

오데인 요새의 주변 마을들은 각 물품들에 무려 60%의 세금이 붙었다.

무기 하나를 구입하려고 해도 다른 성과 마을보다 최소한 절반 이상 더 많은 돈을 지불하여야 했던 것이다.

치료용 약제나 포션, 약초들을 비롯한 잡다한 물건들도 전부 60%의 세금을 내야만 구입이 가능했다.

유저들의 불만은 극에 달하였다.

더불어서 오데인 요새를 지나가는 상단들은 통관세로 40%나 되는 막대한 수수료를 지불해야만 한다.

오데인 요새는 브리튼 연합과 아이데른 왕국과의 접경에 위치해서 국가 간 무역로를 독점하고 있었기 때문에 상단을 움직이지 않을 수도 없었다.

세금과 통관세는 고스란히 요새의 주인인 발칸 길드의 것이 되었다.

주변의 시샘을 받게 된 것은 두말할 나위도 없는 일!

"하지만 아직까지 오데인 요새는 함락당한 적이 없었지 않나요?"

"예. 그렇습니다. 하지만 이번의 전투는 그야말로 대단하였습니다. 직접 한번 보시죠."

텔레비전의 화면은 날이 저문 오데인 요새를 비추었다.

달이 뜬 밤.

오데인 요새의 근처 평원에는 사람들이 속속 모여들기 시작한다. 각양각색의 복장을 하고 있는 이들.

그들은 각자 자신들을 나타내는 깃발에 모여서 아침을 기다리고 있었다.

'대체 저게 몇 명이야?'

이현은 기가 차서 말도 나오지 않는다.

로열 로드의 유저들 숫자가 날로 급증하고 있다는 것은 알고 있었지만 해도 해도 너무한 것이다.

오데인 요새의 앞 평원이 새까맣게 사람들로 뒤덮인 것이었다.

남자 진행자 오주완이 이러한 시청자들의 궁금증을 알기라도 하듯이 말을 이었다.

"오데인 요새를 공략하기 위해서 모인 유저들의 숫자는 무려 3만 명이 넘습니다."

"3만 명이라면 지금까지 공성전에 참여한 규모치고는 최고인데요?"

"맞습니다. 그만큼 오데인 요새를 차지하고 싶은 이들의 염원이 컸다는 것이겠지요. 대략 150개의 길드들이 연합하였고 용병으로도 5천 명이 참여한 대전투가 벌어졌습니다. 지금부터 그 화면을 보시죠."

마침내 오데인 요새의 날이 밝았다.

공격진 측에서는 몇 명이 나서서 일장 연설을 한다. 그들은 각자 나름대로의 정당성과 오데인 요새를 함락한 이후의

과실을 이야기했고, 공격진 측에서는 용기백배하여 전투를 시작했다.

3만 명이 넘는 병력이 일시에 오데인 요새를 공격하는 것은 일대 장관이었다.

화살이 엄청나게 날아다니고, 마법이 성벽에 작렬하였다.

투석기들은 바윗덩어리들을 연속으로 뿜어내고, 소환한 골렘들이 성벽을 두들겼다. 하지만 방어 측에서는 성벽의 방어력을 의지한 채 강력하게 저항을 한다.

이번 전쟁을 위해서 발칸 길드에서도 동맹 길드들을 끌어들여서 만만치 않은 준비를 했던 것이었다.

더군다나 오데인 요새에는 이른바 NPC 병사들도 있었으니 쉬이 함락이 되지 않았다.

전투의 결정적인 승기가 판가름 난 것은 죽음을 각오하고 배후로 잠입한 특공 조에 의해서였다.

각 길드의 마스터와 정예들이 정면공격으로 방어 측의 시선을 분산시켜 놓고 하수구를 통해서 내부로 침투를 한 것이었다.

화려한 검광이 치솟고 마법들이 작렬한다.

"여러분들이 보시는 이 전투에는 브리튼 연합 왕국의 상위 100위에 해당하는 랭커들 중에 절반 이상이 참여한 것으로 알려져 있습니다. 결국 오데인 요새도 버티지 못하고 함락이 되었지요."

최후까지 저항하던 발칸 길드원들은 전부 죽임을 당했다. 동맹 길드 소속의 1천여 명은 상황이 불리해지자 항복 의사를 표시하는 것으로 치열했던 전투의 끝을 맺었다.

 공격 측 길드들은 길게 함성을 내지르면서 승리자의 기쁨을 만끽한다.

 "오주완 씨. 그러면 이제부터 오데인 요새에는 평화가 찾아온 걸까요?"

 "그렇지는 않을 것으로 보고 있습니다. 우선 그동안 소유권을 가지고 있었던 발칸 길드에서 그대로 물러서진 않을 것으로 보입니다. 발칸 길드에서는 요새를 되찾기 위해 다시 힘을 모으고 있습니다."

 "전쟁이 벌어지겠군요."

 "예. 하지만 발칸 길드의 공략이 실패로 끝나더라도 장기적으로 오데인 요새가 안정화될 것으로 기대하긴 힘듭니다. 이번에 참여한 연합 길드의 수익 분배가 쉽진 않을 것이거든요. 그리고 오데인 요새의 여러 메리트를 감안할 때에 다른 세력권에서 욕심을 내게 될 것입니다. 그만큼 금전적인 가치가 큰 것이니까요. 실상 발칸 길드에서도 초창기에는 영토를 안정시키고 상업을 발전시키는 데에 많은 투자를 해 왔습니다. 다만 자꾸만 다른 세력들이 오데인 요새를 넘보면서 성벽을 강화하고, 병사들을 모집하면서 많은 세금을 거두게 된 것이었죠."

"악순환이네요."

"예. 양측의 접경으로 무역의 중계점 역할을 하는 오데인 요새는 앞으로도 끊이지 않는 전란에 휘말릴 것으로 예상이 됩니다."

이현은 살짝 미소를 머금었다.

남이 잘되는 것을 못 보는 악인의 미소였다.

'공격 측만 3만 명이라……. 최소한 1만 5천은 죽었겠군. 방어 측에서도 1만 명은 죽었겠고…….'

떨어졌을 숙련도와 레벨을 생각하니 이건 엄청나기만 하다. 그렇게 다른 이들이 지체되어 있을 때 이현은 성장을 하는 것이었다.

따르릉!

그때 전화벨이 울렸다.

이현은 서둘러서 전화를 받았다.

"여보세요."

-준비 다 됐지?

다짜고짜 물어보는 것은 바로 그의 여동생 이혜연이었다.

"그래. 옷도 다 입었고, 세수도 했다."

-머리는?

"물론 감았지."

-이제 곧 시작하니까 늦지 않게 와야 해.

"알았어, 혜연아. 지금 출발한다."

이현은 텔레비전을 끄고 자리에서 일어났다.

"휴우."
이현은 아주 불만이 많았다.
'대체 이게 뭐 하는 짓인지…….'
대인 고등학교.
학교를 자퇴하면서 다시는 돌아오지 않을 것이라고 마음을 먹었지만, 어쩔 수 없이 찾아오고야 만 고등학교였다.

— 오빠, 꼭 와야 해!

만약에 여동생이 아침에 떼를 쓰지 않았더라면 절대 오지 않았을 것이다.
오늘 오지 않으면 당분간 캡슐에 접속할 생각은 엄두도 내지 말라는 협박과 함께 말이다.
'내가 누구 때문에 돈을 벌려고 하는 건데…….'
고등학교 축제.
남들은 부모님과 함께 오는데, 이혜연은 오빠인 이현을 부득불 부른 것이었다.
"휴우. 이게 대체 뭐 하는 건지."

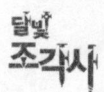

이현은 한숨을 푹푹 쉬었다.

정말로 오고 싶지 않았지만 실망하는 여동생을 생각하니 오지 않을 수도 없었던 것이다.

도살장에 끌려가는 소의 느낌이 아마도 이와 같을 것이다.

학교에 도착한 이현은 대충 축제의 관중석에 앉았다. 동아리별로, 혹은 학급별로 행사장을 열고 물품들을 팔고 있었지만 외면한 채였다.

"저기, 혹시 이현 아니니?"

이현은 자신을 부르는 음성에 고개를 돌렸다.

늘씬하고 예쁜, 보라색 치마를 입은 여대생이 한 명 서 있었다.

"누구신지?"

이현의 말에 그녀는 무척이나 실망스러워하는 얼굴을 했다.

"아, 맞구나. 나야, 정희."

"아아."

이름과 얼굴 정도가 기억에 남아 있었다.

고등학교 때에는 꽤 예쁜 얼굴로 인기도 많았던 것 같다.

'대학교에 가더니 더욱 세련되어지고, 지적인 모습이 여전히 인기는 많게 생겼군. 대학물이 좋긴 좋은가 봐.'

하지만 이현에게는 그것뿐이었다. 별달리 특별한 기억으로 남아 있지는 않았던 것이다.

"윤정희였던가? 오랜만이다. 졸업한 고등학교에는 웬일

이야?"

"응. 여동생이 학교에 다니고 있어서 왔어. 넌?"

"나도."

"여동생이 있었구나. 옆에 앉아도 돼?"

"빈자리니까 알아서 해."

이현은 퉁명스럽게 말하면서 축제를 구경했다.

축제에 빠뜨릴 수 없는 각 동아리 행사들과 연극, 뮤지컬들이 진행이 된다.

마침 뮤지컬이 진행되고 있었다.

백설공주와 일곱 난쟁이를 패러디한 뮤지컬이었다.

사과 장수가 나오더니 한참 쓸데없는 춤과 노래를 부르고 말한다.

"오오. 세상에서 가장 아름다운 여왕 폐하. 여기 맛 좋은 사과가 있나이다. 산지에서 직접 나와 값이 싸고 신선한 사과이옵니다. 5개에 2천 원!"

얼굴이 심술로 가득해 보이는 여왕은 하품을 하고 답했다.

"뭐가 이렇게 비싸!"

"잘 익은 사과라서 그렇습니다, 여왕님!"

"그래? 그러면 이걸로 백설이를 죽일 수 있단 말이지?"

"저는 아직 그런 말은 안 했는데요?"

"죽일 수 있어, 없어!"

"누구든 한 번 맛보면 죽고 못 살 것이옵니다, 여왕 폐하."

아무튼 그래서 여왕은 사과를 샀다. 그리고 백설공주에게 가더니 또다시 쓸데없는 춤을 추고 나서 사과를 건네었다.

"동창회에는 왜 안 나왔어?"

시큰둥하게 뮤지컬을 보고 있는 이현에게 옆 자리의 윤정희가 질문을 건넨 것이었다.

이현은 고개도 돌리지 않은 채로 대꾸했다.

"별로 가고 싶지 않아서."

"그래? 우리들은 널 볼 수 있을 거라고 기대했었는데…….그렇게 학교를 그만두고 나서 연락도 안 되었잖아. 상훈이가 너한테 연락한다고 해서 동창회에 나올 줄 알았지."

"빈말이라도 고맙군."

"아니야. 정말 한번 만나 보고 싶었어. 예전에 네가 나를 구해 준 것 기억나?"

"구해 주었다고? 아아, 그런 일도 있었지."

고등학교 1학년이던 당시에 이현은 새벽에 신문을 돌리고 있었다.

그런데 우연치 않게 한 여자 애가 공원에서 불량배들에게 걸린 걸 보았다.

이현은 그냥 지나치려고 했다. 남의 일이었기 때문에 관심조차 두지 않으려고 했던 것이었다.

그렇지만 여자의 비명 소리에 이현은 돌아갔다.

불량배들을 때려눕히고 여자를 구해 주었다.

그런데 그게 알고 보니, 같은 학교에 다니는 윤정희였다.

같은 반이 아니라서 모르고 있었지만 2학년 때에는 한 반이 되었다.

그사이에 뮤지컬은 갈수록 엽기적으로 흘러간다.

사과 장수가 여왕에게 판매한 사과에 벌레가 들어 있어서, 백설공주가 사과 장수를 잡아 죽도록 패는 것이었다.

그러다가 갑자기 벌레가 들어 있던 사과를 한 조각 먹더니 풀썩 길가에 쓰러졌다. 난쟁이들은 백설공주를 발견하고서는 납치해서 자신들의 오두막으로 데려갔다.

밥과 빨래, 청소들을 시킬 것이라면서 음모를 나누는 난쟁이들!

이윽고 깨어난 백설공주는 아무것도 할 줄을 몰랐다. 공주가 언제 손에 물 한 방울 묻혀 보았겠는가.

설거지를 시키면 그릇을 다 깨어 버리고, 청소를 하라고 하면 가구와 집기들을 박살 낸다.

마침내 왕자가 나타나서 공주를 데려가자 일곱 난쟁이가 기쁨의 눈물을 주룩주룩 흘린다는 재미없는 뮤지컬이었다.

"휴우… 한심하기도 하군."

이현은 괜히 눈만 버렸다고 생각했다. 그런데 옆 자리에 앉은 윤정희는 끊임없이 웃고 있었다.

"깔깔깔. 저것 봐, 현아. 정말 재밌어."

언제 봤다고 애칭으로 부르는 것인지 모를 일이었다.

아무튼 그렇게 시간을 보내고 있자, 여동생이 다가왔다.

이혜연은 교복 대신에 청바지와 흰 티셔츠를 입은 차림이었다.

파지직!

순간 이현은, 여동생과 윤정희 사이에 불꽃이 튀는 걸 느꼈다.

"그쪽 아줌마는 누구신데 저희 오빠 옆에 앉아 있는 거죠?"

혜연의 선제공격.

앙칼지고 표독스러움이 이루 말할 수 없었다.

살기가 이글거린다고 할까.

이 순간 이현은 데스 나이트들보다도 여동생이 더 무섭게 느껴졌다. 그런데, 바로 옆에는 듀라한이 앉아 있었다.

"아줌마라니, 어린애가 말버릇이 고약하구나."

"그쪽과 별로 나이 차이도 안 날 거 같은데요!"

"난 네 오빠의 동창이야. 말조심하는 게 좋지 않겠니?"

그러면서 윤정희가 은근슬쩍 이현의 어깨에 손을 올린다.

"흥!"

이혜연은 그녀를 무시한 채로 이현에게 다가왔다.

"오빠, 여기서 뭐 하고 있어?"

"뭘 하나니. 축제 구경하고 있지."

"아이참, 빨리 이리 와 봐!"

이혜연은 막무가내로 이현을 끌어 일으켰다.

"왜?"

"나 오빠랑 같이하고 싶은 거 있어."

"그게 뭔데?"

"일단 와 보라니깐."

이현은 어쩔 수 없이 자리에서 일어났다. 이현이 일어서자 이혜연은 윤정희를 향해 승리자의 미소를 지어 주는 것도 잊지 않는다.

여동생은 이현을 학교 운동장으로 데려갔다.

중간에 마주친 학교 선생님들과는 서로 어색한 표정을 지을 수밖에 없었다.

그들에게 이현은 그다지 다시 만나고 싶지 않은 치부였을 테니 말이다.

운동장에는 각종 시설물들이 설치되어 있었다.

듣기로는 KMC미디어라는 곳에서 만들어 준 것이라고 한다. 학생들이 함정을 피해서 미션을 완수하는 과정을 리얼리티 방송으로 틀어 주겠다는 것이었다.

방송 카메라가 여러 개 돌아가고 있었고, 학생들은 시설물 위에서 구르고 뛰고 난리도 아니다.

여동생은 이현을 데리고 가장 간단한 시설물들 앞에 섰다.

사람들이 한쪽 다리를 묶고, 진행요원의 신호에 따라서 결승점을 향해 열심히 달리고 있었다.

"여긴 왜?"

"오빠 나랑 같이 달리기하자. 다리 묶고 장애물 넘어 달리기 대회. 나 이거 꼭 해 보고 싶었거든."
"내가 그런 걸 왜 해. 너 혼자 해라."
"오빠랑 같이 안 하면 안 된다니까! 벌써 내 친구들한테는 오빠랑 한다고 얘기 다 해 놨어. 그러니까 꼭 해야 해."

이현은 질겁하며 물러섰지만, 여동생의 고집을 이길 수는 없다.

'설마 이거 텔레비전에 나오지는 않겠지.'

이현이 주변에 돌아가는 카메라들을 껄끄러운 시선으로 바라보았다. 여기저기 찍고는 있었지만 이것들이 전부 방송되진 않으리라.

대실패에 망신을 당하는 경우만 잘 편집해서 나갈 것이다.

어차피 KMC미디어에서 학교 축제 방송을 하는 것은, 밤에 연예인들이 찾아오면 그때부터 본격적으로 시작이 된다.

연예인들이 난관을 겪으며 시설물들을 넘는 것이 시청률 상승의 일등 공신인 것이다.

학생들이나 일반인들은 그 들러리에 불과했다.

꼬여 있는 이현이 보기에는 어쩌면 연예인들의 안전을 점검하는 베타테스트 역할 정도가 될지도 모른다고 생각했다.

미니스커트를 입고 날씬한 각선미를 드러낸 여성 도우미들이 참가 신청을 받고 있었다.

"휴우. 참가하겠습니다."

"참가비는 1만 원입니다."

부들부들.

이현의 주머니에서 돈을 꺼내는 손이 떨렸다.

참가비가 1만 원이나 되다니 아무리 축제라고 해도 너무했다. 이것은 아예 작정하고 바가지를 씌우려는 음모가 틀림이 없다.

'오늘 저녁에는 시금치에 간장으로 밥을 먹어야겠구나.'

물론 할머니나 여동생은 다른 맛있는 반찬을 차려 줄 것이다. 밥으로 돈을 아끼는 것은 어디까지나 자신이어야 했다.

그래도 기왕이면 여동생이 축제에서 배부르게 먹고 집으로 왔으면 하는 소박한 바람을 가져 본다.

"자, 준비하시고… 시작!"

2명씩 12조가 한꺼번에 출발하는 형식이었다.

땅하는 총소리와 함께 이현과 이혜연은 달리기 시작했다. 한쪽 다리씩을 묶은 상태에서 달리는 것이라 엇박자를 내며 다른 사람들에 비해 늦춰졌다.

삼분의 일 지점을 돌면서 최하위권에 뒤처지게 된 것이다.

"오빠, 잘 좀 해 봐!"

"열심히 하고 있어."

"잘 좀 해 보래두!"

"그래그래."

억지로 참여하는 것이었으니 이현은 건성건성 하고 있었

다. 이현은 자신들을 앞서가는 조들을 보며 퉁명스럽게 말한다.

"대체 이런 게 뭐 좋다고 하냐. 1등 해 봐야 땀만 흘리는 거지."

"몰랐어? 1등 하면 백화점 상품권 줘."

"어, 얼마짜리?"

"10만 원짜리."

이현의 움직임이 달라졌다.

일단 여동생 혜연을 바짝 끌어안은 다음에 본격적으로 달리기 시작한 것이었다.

파박!

파바박!

파바바바바바바바박!

엄청난 속도로 질주를 하는 이현이었다.

완벽한 동기부여!

본래 2인 3각 달리기는 두 사람의 호흡이 중요했다. 이현과 혜연은 눈부신 속도로 장애물들을 피해가며 경쟁자들을 추월해서 1위를 차지했다.

"1등 축하드립니다."

주최 측에서부터 10만 원의 백화점 상품권을 받았다.

10만 원의 백화점 상품권이면 인터넷 사이트에서 판다고 해도 몇만 원을 벌 수 있었다.

아쉬운 건 한 팀당 한 번의 참여밖에 안 되어서 다시 같은 방법으로 돈을 벌 수 없다는 것이다.

이현은 서둘러 다른 곳을 둘러보았다. 조금 전과는 다르게 생기로 가득한 눈이다.

"우리 저것도 해 볼까?"

중앙에 설치된 시설물들.

이른바 공주 세트라고 불리는 것이었다.

첫 번째는 장애물인 왔다 갔다 하는 미끄러운 외나무다리 건너기, 두 번째는 날아오는 물 풍선 50개 터트리기, 세 번째는 줄을 잡고 벽을 넘는 것으로 이루어진 세트였다.

세 가지 관문을 넘어서 철창 안에서 기다리고 있는 공주를 구하면 된다. 물론 공주는 참가자 중의 한 사람이 맡는다.

자신의 공주를 구하는 게임.

이현의 경우에는 혜연을 구해야 했다.

"저거 힘들 텐데, 괜찮겠어? 물에 빠져서 감기라도 걸리기 전에 그냥 포기하자, 오빠야."

혜연의 눈빛에 걱정스러움이 담긴다.

높은 구조물들이 조금 위험해 보이기도 했거니와 외나무다리에서 떨어지면 찬물을 뒤집어쓰는 것이다.

사람들이 가장 많이 몰려 있었고, 응원전도 치열하다.

방송 카메라도 공주 세트에 제일 많이 몰려 있었다.

"괜찮아. 오빠만 믿어."

이것은 기록으로 상품을 받는 이벤트였다.

제일 빠른 사람이 현금 300만 원과 함께 200만 원의 백화점 상품권을 받게 된다.

이 행사에서는 방송사와 학교 측에서 상당한 지출도 한 것이기에 상품이 큰 편이었다.

이현은 참가비 2만 원을 내고 등록을 했다.

그로부터 한참을 앉아서 기다려야 했다. 참가자들이 대거 몰려 있었기 때문이다.

대다수는 공주를 구하지 못하고 탈락했고, 5%도 안 되는 참가자들만이 공주를 구할 수 있었다.

그나마도 나중에 기록에 따라서 상금이 주어지니 확률로 치자면 굉장히 낮다고 볼 수 있었다.

1시간을 넘게 기다린 후에야 이현의 차례가 왔다.

이현의 차례는 축제의 막바지에, 더 이상의 게임 참가 신청도 종료된 상황이었다.

"오빠, 조심해. 안 다치게······."

"그래. 걱정 말고 조금만 기다리고 있어. 금방 구해 주러 갈게."

혜연이 철창 안으로 들어간다. 그녀의 주변에는 어느새 몰려든 친구들로 난리였다.

"저 사람이 만날 네가 노래를 부르던 오빠야?"

"응. 잘생겼지?"

"그냥 평범한데……."

친구들은 실망감을 감추지 않는다.

지금까지 혜연이 치장했던 친오빠의 모습과는 상당한 괴리가 있었던 것이다.

"네 오빠의 어디가 그렇게 좋아서 너와 사귀자는 남자들이 다 눈에 안 차는 건지 모르겠다."

"그래. 세상은 넓고 네 오빠보다 잘난 사람들은 많다니까."

"너희들은 모를 수밖에 없을 거야."

그때 이현은 막 시작 지점에 서 있었다.

연예인 진행자들이 다가와서 마이크를 대고 묻는다.

한 명은 남자였고, 한 명은 여자였다.

남자는 얼굴이 잘생겼지만 어딘가 곱게 자란 느낌이 났고, 여자 진행자는 아름다웠다. 연예인이니 당연하리라.

남자 진행자가 물었다.

"왜 이 게임에 나오셨습니까?"

"제게는 하나뿐인, 소중한 여동생을 구하기 위해서 나왔습니다."

이현은 짤막하게 대답했다.

도전자가 철창을 열어 주지 않으면, 혜연이 있는 철창이 물 위로 이동한다. 그리고 철창의 바닥이 확 열리는데, 당연히 물속에 풍덩 빠지고 마는 것이었다.

이번에는 여자 진행자가 말을 건넨다.

"네. 여동생을 구하기 위해서 나오셨군요. 지금 들려온 소식으로는 지금까지 참가자 분들 중에 가장 예쁜 여고생이 여동생이라고 합니다. 학교 최고의 미녀라고 하는데요. 과연 그 미녀가 물에 빠지게 될지 아니면 무사히 영웅의 구출을 받을지 기대해 보겠습니다. 제 생각인데 관중들은 물에 빠지는 걸 더 좋아할 것 같네요. 그럼 마지막으로 게임에 임하는 각오 한마디만 더 해 주시죠."

"최선을 다하겠습니다."

이현은 다른 말은 필요하지 않다고 생각했다.

최선을 다한다. 그리고 반드시 쟁취한다.

여동생을 구해 내고, 300만 원의 상금과 200만 원의 백화점 상품권을!

그 각오는 엄청난 것이었다.

타앙!

총소리와 함께 압축된 증기가 솟구친다.

이현은 그와 동시에 거의 동물적인 본능으로 앞으로 달려 나간다. 형식적으로 만들어진 몇 개의 장애물들을 거침없이 뛰어넘어 이윽고 첫 번째 관문에 도달했다.

외나무다리.

그 주변에는 물이 있었고, 다리의 위에는 스티로폼으로 된 나무통들이 왔다 갔다 하면서 전진을 방해하는 역할을 한다.

주변에는 여고생들이 물대포를 쏘기도 한다.

남자 진행자가 속사포와 같은 멘트를 날린다.

"자, 도전자가 첫 번째 관문에 도착하였습니다. 아마 첫 번째 관문에 도착한 도전자 중에서는 지금까지 가장 빠른 사람이 아닐까 싶은데요. 이렇게 서두르다가 물에 떨어지기라도 하면 큰일이죠! 물에 떨어지면 그 즉시 탈락이 되거든요. 신중한 판단이 필요한 때입니다."

"우와아!"

진행자의 말과 관중들의 함성 소리는 거의 들리지도 않았다. 들렸다고 해도 개의치 않았으리라.

'이것은 기록 게임이다. 늦어져서는 안 돼.'

이현의 눈빛이 날카롭게 빛났다.

그리고 가볍게 외나무다리 위로 뛰어올라서 달리기 시작한다. 두 다리는 완전한 균형을 잡고 있었다.

섬세하고 탄력 있는 근육으로 이루어진 허리는 몸을 흔들리지 않게 하는 역할을 맡았다.

평지 위를 달리듯이 그렇게 조금도 어색함이 없다.

몸은 지극히 가볍고 발바닥은 스치듯이 앞으로 전진을 하는데, 중국 무술의 한 동작을 보는 것만 같다.

슈우웅!

정해진 패턴으로 좌우를 왕복하는 스티로폼 소나무들.

이현은 그저 앞으로 나갈 뿐이었다. 마치 소나무들이 알아서 길을 비켜 주듯이 움직인다.

"쏴!"

여고생들이 일제히 물대포를 쏘았지만 대다수는 이미 지나가고 난 뒤의 공간에 뿌려질 뿐이었다.

이현은 삽시간에 외나무다리를 통과해서 다음 관문에 도착했다.

"대, 대단합니다. 1차 관문을 이렇게 빠른 시간에 통과한 사람은 처음입니다. 놀라울 정도의 속도인데요. 무슨 묘기를 본 것과 같습니다. 한예진 씨는 어떻게 보고 계십니까? 아, 너무 몰입해서 보고 계시는군요."

한예진은 요즘 한창 떠오르는 최고의 신예였다. 그녀의 몸값은 비싼 편이라 CF나 영화에서만 만나 볼 수 있었다.

그런데 그녀는 대인 고등학교 출신이기도 했다.

그 인연으로 축제 이벤트의 진행을 맡고 있는 것이다.

한예진은 멍한 눈으로 이현을 바라보고만 있었다.

파바방!

물 풍선이 기계에 의해서 포탄처럼 날아든다.

이현이 있는 곳은 조금 높은 탑 같은 곳이었다. 그곳에서 스치며 지나가는 물 풍선들을 터트려야 했다.

총 개수는 50개!

150개의 물 풍선이 쏘아지는데 최소한 삼분의 일은 터트려야 통과하는 관문이었다.

1차 관문에서 절반이 그리고 2차 관문에서 또다시 절반이

탈락했다.

특히 날아오는 물 풍선에 얻어맞고 굴러 떨어져서 바닥에 있는 스펀지에 떨어지거나, 혹은 온갖 추한 모습들이 많이 나오는 관문이다.

연속으로 쇄도하는 풍선들을 터트리기 위해 무리한 움직임을 보이다 보니 허둥대는 꼴을 보이기 일쑤인 것이다.

시청률을 확실하게 책임져 주는 장소이기도 했다.

펑! 펑!

그런데 물 풍선들이 이현의 주변에서 터져 나가기 시작한다. 공중에서 터진 물 풍선들로 인해 물보라가 일어난다.

이현의 손과 발이 번개처럼 움직이면서 물 풍선들을 파괴, 말 그대로 부숴 버리는 것이었다.

허공에서 날아오는 물 풍선을 터트려 본 사람은 알겠지만, 생각 외로 쉽지 않은 일이었다.

부피는 커도 이상한 회전을 하며 날아오기 때문에 주의를 기울이지 않으면 맞히기 힘든 일이다.

물 풍선들은 기계에 의해서 쏘아졌지만 모두 다른 궤적을 그리고 있었다. 조금 높은 곳으로 날아오는 것도 있고, 낮은 곳으로, 혹은 약간 먼 곳을 지나는 물 풍선도 있다.

물 풍선을 터트리는 데에 성공하더라도 작렬하는 물 폭탄에 의해서 시야가 막히면 그때부터 허둥지둥 패착을 드러내기 일쑤였다.

그런 물 풍선들이 연속적으로 마구 쏘아져 온다면 손발이 꼬여서 더욱 힘들게 된다.

이현은 무질서 속에서 질서를 찾아내고 스스로 흐름을 찾아냈다.

앞으로 손을 뻗으면 체중이 앞으로 실린다.

그 무게의 추를, 몸을 부드럽게 회전하며 날리는 발길질로 찾는다. 손과 발은 물처럼 부드럽게 흐른다.

어떠한 상황에서도 균형을 잃는 일이란 없었고, 당황하는 일은 더더욱 없었다.

파파방!

이현이 허공에 몸을 띄운 채로 공중에서 발차기를 했다. 바닥에 떨어지기까지 3번의 발차기가, 3개의 물 풍선들을 정확히 터트렸다.

하나의 춤사위 같았다.

자유자재로 몸을 움직이면서 물 풍선들을 하나도 빠뜨리지 않고 격파를 해 나간다.

손으로도 터트리기 만만치 않은 물 풍선들을 발을 이용해서 찬 3번의 발차기는 신기 그 자체였다.

진행자와 관중들은 경악을 금치 못하고 있었다.

"세, 세상에……."

"이런 말도 안 되는 일이……."

"저 사람 누구야?"

카메라맨들은 열심히 화면에 담기에 바쁘고, 한예진을 비롯한 진행자들은 해설을 하는 것도 잊은 채로 멍하니 입을 벌린 채 구경만 하고 있었다.
 그사이에 50개의 물 풍선을 최단 기간에 격파한 이현은 다음 장소로 이동했다.
 그곳은 벽들로 이루어진 장소였다.
 암벽처럼 되어 있는 곳을 밧줄을 잡고 오르고 반대쪽으로 내려오면 되는 것이다. 높이가 3미터 정도 되는 벽이었다. 안전을 위하여 좌우가 막혀 있고, 정면으로 밧줄이 하나 늘어져 있다.
 '이 정도면…….'
 이현은 속도를 줄이지 않은 채 그대로 벽을 향해 달려갔다.
 "아아악!"
 압축된 스티로폼으로 실제 벽은 아니라지만 무모해 보이는 돌진에 사람들은 비명을 지른다.
 그만큼 이현의 달리는 속도는 빨랐고, 조금도 밧줄을 잡을 생각 따위는 없어 보였다.
 벽에 도달한 이현은 그대로 몸을 날렸다. 그리고 안전을 위해 설치된 좌우의 벽을 연속으로 걷어차면서 공중으로 도약했다.
 벽의 제일 높은 곳을, 몸을 회전시키면서 뛰어넘어 버린 이현은 땅바닥에 착지하자마자 그대로 머뭇거림이 없이 이

어서 달렸다.

게임의 끝인 철창에 갇혀 있는 여동생 혜연이 보인다.

"약속대로 구하러 왔어. 조금 늦었지?"

이현은 그곳에 도착해서 철창의 문을 열었다.

학교 축제는 성황리에 끝이 났다.

후반부에 찾아온 연예인들로 인해서 공주 세트가 열기를 띠고 학생들과 시민들은 이를 관람하면서 즐거워하는 눈치였다.

이현도 축제에 온 것을 기쁘게 생각했다.

300만 원의 현금과 200만 원의 백화점 상품권!

생각지도 않던 500만 원가량의 수입을 거두어서 여동생 혜연과 함께 집으로 향하는 발걸음은 가볍기 그지없었다.

'상품권을 전부 현금으로 바꾸면, 혜연이 대학 등록금에 많이 보탤 수 있겠구나. 그래도 상금으로 받은 거니 할머니와 여동생 옷 한 벌씩 사 줄까? 백화점에서 사면 너무 비싸니 시장에 가서…….'

열심히 이현이 머리를 굴리고 있을 때였다.

혜연이 그의 옷자락을 잡았다.

"오빠."

"응?"

"나 다리 아파."

"그래?"

학교 축제인데 즐기지도 못하고 하루 종일 이현만 따라다녔으니 지치기도 했으리라.

이현은 상금을 벌기 위해서 여동생을 끌고 다녔던 것이 못내 미안했다.

"그럼 우리 택시 타고 갈까?"

아까운 택시비!

집까지는 다섯 정거장 정도 되니 기본요금 이상으로 나올 것이 틀림없었다. 이현은 학교를 다닐 적에 버스도 한 번 타 본 적이 없었다.

그렇지만 오늘은 정말로 기분이 좋아서 택시를 한 번쯤 타도 괜찮을 것 같았다.

물론 가슴이 심하게 떨려 오기는 한다. 택시를 타 본 것은 평생 두 번인데, 그때마다 요금을 낼 땐 지독하게도 아까웠던 것이다.

혜연은 택시를 타자는 말에 고개를 저었다.

"아니야. 집이 얼마나 멀지도 않은데 뭘."

"그럼 조금 앉아서 쉬었다 갈래? 음료수 사 줄게. 커피는 아직 어리니까 마시면 안 되고……."

혜연이 혀를 쏙 내밀었다.

"무슨. 이제 다 큰 어른이네요."

"내 눈에는 아직 어린애야."

"칫. 그보다 오빠 아직 저녁도 안 먹었잖아. 빨리 집에 가자."

"그건… 아니야. 축제 구경하면서 이것저것 많이 사 먹었어."

"거짓말. 오빠가 그런 거 사 먹을 사람이 아닌데 뭘."

혜연만큼 이현을 잘 알고 있는 사람도 없다.

이현의 짠돌이 기질에 축제라면서 바가지요금을 씌우는 음식을 사 먹었을 리가 만무했다.

"그러면 어떻게 할까? 업어 줄까?"

그저 농담처럼 한 말인데, 혜연은 상큼하게 웃었다.

"오빠가 내 마음을 잘 알고 있었네!"

"그게… 정말? 사람들이 볼 텐데."

"괜찮아. 얼른 업어 줘. 다리 아파."

그때부터 혜연은 본격적으로 응석을 부리기 시작했다. 칭얼대는 여동생을 이현은 어쩔 수 없다는 듯이 업어 주었다.

'정말 오랜만이구나. 혜연이를 업은 것은…….'

부모님들이 돌아가셨을 때, 혜연은 초등학교 2학년에 다니고 있었다.

학교를 가지 않겠다고 울며 떼쓰는 여동생을 이현은 업고 등교했다.

한 1년 정도를 그랬던 것 같다.

부모님의 사후에 빚 청산을 하느라 살고 있던 집도 내주고, 이리저리 이사를 다녀야 했다.
 그 이후로는 꼬박꼬박 학교를 잘 다녔기에 다시 업어 줄 일이 없었지만 이제는 아련한 추억이 되었다.
 주변에 다른 사람들이 킥킥대며 쳐다보는 탓에 혜연이 목을 끌어안으며 몸을 밀착시켰다.
 "나 무겁지?"
 "아니, 밥 좀 많이 먹어야겠다."
 혜연의 몸매는 훤칠한 키에 비해 상당히 날씬한 편이었다. 이런저런 수련들로 몸이 완전히 근육질로 탈바꿈한 이현에게는 가볍기만 하다.
 혜연이 궁금하다는 듯이 묻는다.
 "내가 돼지가 되어도 오빠가 나 업어 줄까?"
 "그럼. 하마가 되어도 업어 줄 거다."
 "만날 나는 오빠한테 신세만 지고 어떻게 하지."
 "신세는 무슨… 얼른 커서 시집이나 가라."
 "돈 많고 명 짧은 사람한테 가서 오빠가 지금까지 해 준 것 다 갚아 줄게. 할머니도."
 "농담이라도 그런 소리는 하지 마라. 널 행복하게 해 줄 사람을 찾아. 할머니는 내가 모시고 살 테니까 가족 생각은 하지 말고 하고 싶은 일은 뭐든 하면서 그렇게 살아."

 축제 실황!

대인 고등학교 편.

평상시의 10배가 웃도는 엄청난 시청률을 기록하게 되었다.

악명 높은 공주 세트를 최단 시간에 돌파한 자!

외나무다리 건너기는 아무런 장애가 되지도 못하였고, 풍선 터트리기에서는 묘기를 보여 주었다.

육체를 완전히 다스리는 자들만이 보여 줄 수 있는 무술!

발차기로 날아오는 풍선들을 연속적인 신기에 시청자들은 열광하였다.

최종 관문인 줄을 잡고 벽을 넘는 것도 아주 간단하게 몸의 탄성과 유연함으로 해결해 버린 것이었다.

이현이 방송 프로그램에 출연했던 분량은 불과 1~2분 남짓이었지만 그 반향은 상상을 초월했다.

각종 인터넷 사이트들에 동영상들이 뜨고, 풍선을 터트리는 부분은 해외 사이트에까지 광범위하게 퍼질 정도가 됐다.

마침내 별명까지 붙었으니, 그것은 바로 프린세스 나이트였다.

이른바 공주의 기사!

산더미 같은 잡템

바르칸의 지하 묘지에서 사냥을 마친 위드는 헤레인의 잔을 가지고 시굴에게 향했다.
부상을 입고 쓰러져 있던 시굴은 팔팔해져서 주변의 약초를 캐고 있던 와중이었다.
"아, 이제 왔는가? 내 의뢰는? 프레야 교단의 보물은 다시 찾아왔겠지?"
시굴은 속사포처럼 말을 쏟아 내었다.
"예, 여기 있습니다."
위드는 헤레인의 잔을 꺼내서 시굴에게 내밀었다.
"오오. 이 신성한 물건이 다시 프레야 교단으로 돌아갈 수 있겠군. 장하네. 솔직히 자네의 능력으로 보아서 무리라고 생각하고 기대도 안 했지만 정말로 대단한 일을 해냈어!"

―빼앗긴 신전의 보물 완료.

혼돈의 시기가 다시 도래한다는 신탁이 프레야 교단으로 내려졌다.
교단에서는 재능 있는 인재들을 모아 힘을 기르고, 잃어버린 성물들을 회수하기 위해 성기사들과 사제들을 풀었다.
시굴은 교단의 부탁을 받고 헤레인의 잔을 회수하려고 했지만 임무를 달성하지 못한 상태였다.

―명성이 200 올랐습니다.
―레벨이 오르셨습니다.
―레벨이 오르셨습니다.

과연 신전과 관련된 퀘스트였기 때문에 보상의 수준이 남달랐다.
명성 200에 레벨 2개!
그런데 시굴은 헤레인의 잔을 받지 않았다.
"이런 말까지 해서 미안하지만, 헤레인의 잔을 자네가 프레야 교단에 가져다줄 수 있겠는가?"
"제가요?"

"그렇네. 내가 가져다줄 수도 있겠지만 안 좋은 예감이 들고 있군. 아무래도 어둠의 세력들이 창궐하려는 조짐이 보이고 있어."

"조짐이라면……."

"이것은 확실하지 않은 소문에 불과하지만 최후의 전쟁에서 바르칸은 불사의 연구를 하고 있었다는군. 죽음에서 다시 돌아와서 자신들의 세력을 결성하고 있다는 이야기가 있어. 아직 그 위치도, 그 규모도 판명이 되지 않았지만 심각한 일이 아닐 수 없네. 만약의 상황에 대비해서 나는 우리 조인족들과 함께 준비를 해야 될 것 같으니 자네가 헤레인의 잔을 프레야 교단에 가져다주게. 부탁하네."

띠링!

헤레인의 잔 운송 의뢰
시굴은 쉽게 몸을 빼기 힘든 처지에 놓이고 말았다. 바르칸이 불사의 존재가 되어서 살아 돌아왔을 때를 대비해야 하기 때문이다.
시굴이 현재 가장 믿고 맡길 만한 사람은 당신뿐이다.
프레야 교단은 소므렌 자유도시에 있다.
난이도 : C
보상 : 알 수 없음.
퀘스트 제한 : 3개월 내에 임무를 완수하여야 함.

'연계 퀘스트다.'

바르칸의 부활.

그리고 헤레인의 잔을 프레야 교단으로 가져가는 일.

"이 일은 대륙의 평화를 위해서 매우 중대한 것 같습니다. 저로서는 거부할 이유가 없군요. 제가 할 수 있는 한 최대한 빠른 시일에 신전의 보물을 원래의 장소로 되돌려 놓겠습니다."

-퀘스트를 수락하셨습니다.

"고맙네."

시굴은 무척이나 기뻐했다. 날개를 파닥파닥거리면서 말이다. 시굴이 아무리 위엄 있는 모습을 취하더라도, 귀여운 외모의 조인족임은 변하지 않는다.

사실 위드는 그의 얼굴과 똘망똘망한 눈을 볼 때마다 웃음이 터져 나오는 것을 참기 위해 시선을 다른 곳으로 돌려야 했다.

아무튼 시굴의 기분이 좋아 보이자, 위드의 눈이 날카롭게 빛났다.

'기회다.'

위드 특유의 신공!

빌붙기!

어떤 상황에서도 잊을 수 없는 위드의 본능이라고 할 수

있다.

"시굴 님, 그런데 약초를 라비아스에서 가장 잘 캐신다고 들었습니다."

"응? 아, 내가 좀 그런 편이지. 나보다 잘생기고 멋진 약초꾼은 조인족 가운데에 없을 거야."

칭찬은 고래도 춤추게 한다는데, 과연 조인족도 어깨를 으쓱하며 기뻐한다.

"그런데 약초는 어떻게 구분을 하는 것이지요?"

"허어. 자네, 약초학을 배우고 싶나?"

"예. 시굴 님의 가르침이라면 뭐든 배우고 싶습니다. 자고로 선인의 가르침에는 다 깊은 의미가 담겨 있어서 잘 따르고 익혀야 하지 않겠습니까?"

"그 마음가짐이 마음에 드는군. 약초란 말일세! 약효에 따라 구분을 하는 것도 필요하지만, 잘 캐내는 것은 그 이상으로 중요해. 뿌리가 다치지 않게 먼 곳의 흙부터 살살……."

―스킬 : 약초학을 익히셨습니다.

바르칸의 지하 묘지에서 사냥을 마친 위드는 헤레인의 잔을 돌려주기 위해 프레야 교단으로 가기로 마음을 먹었다.

발록의 폐허와 가에트 숭배소, 세크메일 유적지의 사냥터는 아직 점령하지 못한 상태였지만, 실상 혼자서는 도저히 무리인 곳들이다.

그 사냥터들에서는 제일 약한 몬스터들이 데스 나이트이고, 발록을 비롯한 서큐버스나 블러드 레이디, 블러드 로드들이 나오는데 레벨 400이 넘는 몬스터들이다.

아무리 위드라고 해도 감당할 만한 상태가 아니었다.

인간의 기척을 본능적으로 느끼는 몬스터들이다 보니 데스 나이트들처럼 어눌해서 숨어서 다닐 수도 없는 것이다.

어차피 슬슬 라비아스를 떠날 생각도 하고 있던 참이었다.

위드는 잡화점으로 들어갔다.

"어서 오게. 인간이군!"

벌써 얼굴까지 익어 버린 조인족이었는데, 그는 특유의 건망증으로 전혀 모르는 사람처럼 대한다.

"가벼움의 깃털 200개 그리고 천상의 열매 1천 개를 주십시오."

상점 주인은 깜짝 놀랐다.

"호오. 그 정도의 양이라면 가격이 꽤 비쌀 텐데, 괜찮겠는가?"

라비아스는 사람들이 찾아오지 않기 때문에 물가가 너무 비쌌다.

상점에 파는 무기들은 가격 대비 효율이 형편없는 것들이

고 그나마도 위드가 쓸 정도로 좋은 물건은 팔지도 않는다.

잡화점에서 파는 간단한 아이템들도 세라보그 성의 서너 배나 되는 것이다.

그럼에도 잡화점에서는 다른 도시에서는 팔지 않는 아이템들을 판매했다.

가벼움의 깃털이나 천상의 열매도 그런 종류였다.

가벼움의 깃털 : 내구력 1. 사용 횟수 1.
몸을 깃털처럼 가볍게 만들어 높은 곳에서도 충격 없이 땅에 떨어지게 해 준다.
가격 : 50실버.

천상의 열매 : 수확일로부터 6개월간 보관 가능.
라비아스에서만 딸 수 있는 달콤한 과실.
음식을 만들 때 넣으면 지력과 행운을 크게 올려 준다.
가격 : 15실버.

"음… 이것들의 가격은 250골드인데, 특별히 235골드만 받지. 물건을 구매해 주어서 고맙네."

명성의 위력!

각 던전들을 발견하고, 지도를 완성하면서 위드의 명성은

1,200이 넘는다. 그러자 상점 주인도 그를 대하는 태도가 조금은 달라졌다.

"그 외에 필요로 하는 것은 없나?"

"조인족 족의 알을 구할 수 있을까요?"

"우리들의 알? 그것은 왜 필요로 하는가?"

조인족들은 생산된 알들을 별도의 장소에서 보관하고 부화시켰다. 왜냐면 그들이 생산하는 알의 개수가 엄청나기 때문이었다.

심지어는 매일 하나씩 알을 낳는 조인족들도 있었으니 도저히 그 숫자를 전부 감당하지 못하였다.

일단 알에서 깨어난 조인족들은 보통의 새들과 별다를 바가 없지만, 10세가 되면 그때부터 서서히 특유의 형상을 갖춘다.

그리고 30세가 넘으면 말을 하고, 지성이 확립되어서 도시에서 살아간다.

"저는 조인족들처럼 자연을 사랑하고, 고상한 종족을 보지 못하였습니다. 기회가 닿는다면 부족하나마 제가 그들의 아버지가 되고 싶습니다."

"그런가. 그런 목적이라면 알을 내주지 않을 수 없지. 몇 개나 필요한가?"

"10판. 아니 300개 정도. 가능하겠습니까?"

"내주지! 다만 자네의 마음을 모르는 건 아니지만 개당

100실버씩은 받아야겠네."

"조금 깎아 주시면 안 될까요?"

"음… 그러면 개당 95실버로 해 주지."

위드는 그렇게 조인족들의 알을 300개 구할 수 있었다.

조인족의 알!

위드는 알을 보기만 해도 배가 부르는 기분이었다.

당연한 이야기지만 자선사업을 하기 위해서, 조인족들을 융성하게 위하여 알을 구입한 건 아니었다.

딱 한 번, 미르칸 탑에서 잡템으로 조인족의 알을 구했던 적이 있었다.

'이걸 가져다주면 보상을 해 줄까?'

하지만 조인족들은 딱히 부모와 자식 간의 정 같은 게 없다. 누구에게 가져다주고 보상을 받을 수가 없는 것이다.

위드는 결국 그 조인족의 알을 구워서 홀랑 먹어 버렸다.

입 안에서 살살 녹는 그 맛이란!

생명력과 마나를 동시에 500이나 올려 주고, 요리 숙련도도 2%씩이나 향상시켜 주었던 것이다.

위드의 발걸음을 마지막으로 잡는 곳이 있다.

초급 수련관.

해결하지 못한 용무가 남아 있는 것이다.
수련관을 놔두고 떠나자니 발길이 떨어지지 않았다.
'이번에는 기필코 성공하고 말겠다.'
위드는 초급 수련관의 문을 박차고 들어갔다.
"어서 오게!"
싸움닭처럼 생긴 조인족이 위드를 반갑게 맞이하였다.
두꺼운 상체에 튼튼한 다리!
조인족치고는 매우 독특하게 생겼다.
수련관의 교관이기도 했다. 그가 엄숙하게 말했다.
"제법 많이 눈매가 강해졌군. 이번에도 말해 두지만 실패할 경우 죽을 수도 있다네. 그래도 도전을 하겠나?"
"예."
결국 위드는 이끌림을 참지 못하고 도전을 하기로 했다.
조인족은 그를 관문으로 데리고 갔다.
어두운 통로. 손과 발도 제대로 보이지 않을 정도의 암흑이다. 여기서는 오로지 자신의 실력만으로 살아남아야 했다.
"실패한다면 이번에는 구해 주지 않겠네. 그러면 자네는 죽겠지. 유언이라도 남기고 싶다면 들어줄 테니 말해 보시게."
"유언이라면 나와서 말하겠습니다."
"제법 패기가 있군. 그럼 들어가 보게."
위드는 어두운 통로로 발걸음을 옮겼다. 검은 이미 빼어든 상태였다.

몇 발자국 걷지도 않았을 때였다.

피이잉!

무언가 공격 무기가 날아오는 소리가 들린다.

위드는 그에 따라 몸을 젖히며 반격을 가했다.

타앙!

쇠붙이에 부딪치는 소리, 손목의 반동.

다음으로 알려 주는 것은 기류의 흐름이다.

위드는 눈도 보이지 않는 가운데 맞서 싸우기 시작했다.

'강철의 바바리안 100인. 그들이 나를 공격하고 있겠지.'

불똥이 튈 때마다 적들의 형체가 어렴풋하게 보인다.

어둠은 몸을 움츠러들게 만들고, 쉬쉬쉭하는 공기의 마찰음은 불안감을 자극한다.

위드의 레벨이 높아졌지만, 그에 맞춰서 강철 바바리안들의 수준도 향상되었다.

단점을 보완하고 장점을 최대한 살리는 그들의 합격술은 틀림없이 위협적이었다.

쉬지 않고 이어지는 공격들은 위드를 곤란하게 만드는 것이다.

피한다. 피하지 못한다.

받아친다. 공격을 흘린다.

선택을 하고 나면, 그다음 선택들이 곧바로 이어져야만 했다.

적은 멈추어 있지 않기 때문이다.

손과 발이 움직인다.

공포심과, 적에 대한 의식이 사라지자 지금까지 단련시켜 온 육체가 알아서 반응을 한다.

적의 공격을 넘기고, 피하고, 혹은 더 강하게 받아친다.

바바리안의 공격을 받아 내면서도 한 줌의 여유를 찾기 시작한 것이었다.

풍선을 터트렸을 때가 떠오른다.

분명 그 당시와는 위협의 정도가 다르다. 강철 바바리안들이 움직이는 속도는 그야말로 찰나였다.

멀리서부터 날아오는 풍선과 비할 바가 아닌 것이다.

'질서다. 이들의 움직임에는 질서가 있다.'

일정한 질서에 따라서 움직이는 강철 바바리안들이다.

'물이다. 나는 물이 되어야 한다.'

위드는 강철 바바리안의 공격에 맞추어서 자신만의 흐름, 자신만의 질서를 완성해 냈다.

바바리안들이 만들어 내는 흐름에, 위드는 움직이지 않는 철벽이 되었다.

그리고 다시 한 번 변화했다.

거칠기 그지없는 폭풍이 되었다.

싸울수록 심장에서 무언가가 터져 나오는 것 같았다. 그 파괴적인 힘으로 하나씩 부숴 버리기 시작한 것이다.

콰드득! 우지끈!

이제 강철 바바리안들이 두렵지 않았다. 더 이상 위드에게 위협적이지 않았다.

강철 바바리안들 100기는 불과 30분도 되지 않아서 하나씩 파괴되었다.

"허억."

마지막 강철 바바리안을 파괴한 위드는 녹초가 되어 자리에 주저앉았다.

피로도가 극심해서 몸을 움직이기가 힘들 정도였다. 숨이 턱턱 막혀서 호흡마저 곤란할 지경이다.

스태미나가 최하까지 떨어지고 배가 고프다.

어두운 통로에 불이 켜지고 싸움닭을 닮은 교관이 나타났다.

교관은 박살이 나서 잔해가 되어 흩어진 강철 바바리안들을 보며 놀라움을 숨기지 않았다.

"대단하군. 두 번째 도전에 성공한 사람은 자네가 최초일세."

교관은 날개를 내밀어서 위드를 일으켜 주었다. 듬직한 깃털을 잡고 위드는 자리에 설 수 있었다.

"제가 초급 수련관을 통과한 겁니까?"

"틀림없이!"

"실례가 아니라면 제가 몇 번째로 초급 수련관을 통과한 것인지도 알 수 있을까요?"

"여기서는 최초네. 그리고 대륙 전체로 따지자면 400번째 정도 될 테지."

기초 수련관을 통과한 사람이 약 3,800명 정도였다.

1달간 지독하게 허수아비를 때리면서 스탯을 올린 이들이다. 그들의 독기도 이만저만이 아닐 테지만 초급 수련관에서는 그 숫자가 대폭 줄어든 것이다.

우선은 아직 초급 수련관을 발견하지 못한 이들이 많은 것도 이유가 될 테지만, 그보다는 전투의 어려움 때문일 가능성이 컸다.

단조롭게 허수아비를 때리기만 하는 기초 수련에 비해서, 초급 수련은 집단 전투를 이해해야 한다.

이것은 아무나 할 수가 없는 일인 것이다.

숱하게 도전을 해도, 수십 번 죽고 나면 더 이상 도전할 엄두가 나지 않는 곳이 초급 수련관이다.

그만큼 특별한 보상이 기다리고 있기도 했다.

"자네에게는 투사의 기질이 있어. 혹시 지금의 형편없는 직업을 그만두고, 무예인의 길을 걸을 생각이 있나? 어떤 무기라도 다룰 수 있고, 맨주먹과 발차기도 강하지. 전투를 위한 스페셜리스트라고 보면 되네."

띠링!

－숨겨진 직업 '무예인'으로 전직이 가능합니다. 전직하시게 되면 공개된 직업이 가지고 있지 않은 특수 기술들을 사용하실 수 있습니다.
모든 종류의 무기술이 통합된, 웨폰 마스터리를 올릴 수 있습니다. 공격력이 크게 강화되고 체력이 상승합니다. 지금 전직하시겠습니까?
만약 전직하시게 되면 지금의 '전설의 달빛 조각사' 직업은 자동으로 사라지게 됩니다.

'초급 수련관을 나오면 무예인으로 전직이 가능한 것이었군.'

확실히 전투를 이해해야만 초급 수련관을 통과할 수 있을 것이다.

검사나 궁사나 어떤 직업도, 웨폰 마스터리를 통해서 한꺼번에 상승시킬 수 있다.

그건 어떤 무기도 다룰 수 있다는 장점이 된다.

원거리에서는 활을, 말을 탄 이를 상대할 때는 창을, 때때로 파괴력이 필요할 때는 도끼를!

이렇게 무기를 바꿔 가면서 싸울 수 있는 건 큰 장점인 것이다.

공격력이나 체력의 상승들도 공개된 직업인 검사 등에 비해서는 훨씬 좋을 것이다.

무예인이라는 직업.

초급 수련관을 통과한 자들에게 주어지는 하나의 혜택이다.

대부분의 사람들은 여기서 무예인을 선택할 것이다.

'하지만…….'

위드는 이제 그다지 고민을 하지 않았다.

달빛 조각사라는 직업은 확실히 의도하지 않은 상태에서 얻게 되었다. 많은 미련과 아쉬움을 갖기도 했지만 그것은 지나간 일.

지금은 나름대로 조각사라는 직업에 매력도 느낄 수 있었고, 숨어 있는 장점들도 찾아낸 상태였다.

무예인이라는 직업이 얼마나 강할지는 몰라도 그다지 아쉬울 것이 없는 상태인 것이다.

"저는 현재의 직업을 유지하겠습니다."

―전직을 거부하셨습니다.

그러자 교관은 아쉬운 얼굴로 이야기했다.

"초급 수련관을 통과한 자네에게는 전투 중에 보인 모습으로 인한 보상이 있을 걸세."

―힘 500이 상승하셨습니다.

교관은 이어서 말했다.

"그리고 자네는 하나의 기술을 익힐 수 있네. 어떤 행동을 표현해 주면 그것이 기술이 될 것이라네. 뭐든 해 보게."

위드는 곰곰이 생각에 잠겼다.
'내게 필요한 기술이 뭐가 있지?'
검술.
이것은 딱히 필요하지 않다.
지금 소유한 검술들도 제대로 써먹지 못하고 있는 판국이었다.
보법.
장거리의 전투. 적과의 간격을 줄일 때, 그것도 상대의 마법을 피하는 용도가 아니고서는 잘 쓰지도 않았다.
스킬을 사용하지 않더라도 본능적으로 움직이는 발재간만으로도 싸움에는 충분했던 것이다.
물론 경지가 높은 적을 만나면 보법이 필요하겠지만, 그때에도 이미 익힌 보법으로 충분히 싸울 수 있다.
마법.
익힐 수 없다. 지력이 300을 넘게 되면 직업과 관련 없이 마법을 배울 수는 있다.
그러나 지금으로써는 까마득하기만 했다.
신성 마법.
이것은 말할 필요도 없는 것이다.
위드는 한참 동안 고민하다가 결국은 하고 싶은 행동을 하기로 했다.
'뭘 하든 알맞은 기술이 생긴다고 했지.'

그렇다면 일부러 만들려고 해서 만들 수 있는 스킬도 아닌 것이다.

마음 편히 무엇이든 하면 된다. 그러나 멍석을 깔아 주니 의외로 할 게 없었다.

교관이 지켜보는 가운데에 위드는 가만히 서 있었다.

이대로라면 석상화 스킬이 생성될지도 모르는 상황!

위드는 불현듯 라비아스를 떠난다는 데에 생각이 미친다.

짧은 시간 함께했던 다인.

그녀는 이 세상에, 어쩌면 더 이상 숨을 쉬고 있지 않을 수도 있다.

그녀와의 추억.

함께했던 사냥터들.

모든 것을 접어 두고 떠나는 것이다.

다시 만날 수 기약도 할 수 없는 상황.

작별 인사도 나누지 못했던 것이 못내 가슴이 남는다.

스켈레톤 나이트와, 스켈레톤 메이지, 병사, 듀라한, 데스 나이트와 망령들까지.

"아……."

위드의 입이 작게 벌어지면서 무언가 소리를 내었다.

그리고 그 소리는 점점 커지더니 동굴 전체를 뒤덮을 정도로 쩌렁쩌렁하게 변한다.

"으아아아아아아아!"

익숙한 기억들.

조인족들과의 이별.

다인과의 추억.

쌓여 있던 모든 감정들을 고함을 통해 시원하게 뿜어져 나온다.

폐부까지 씻어 낼 듯한 위드의 함성!

띠리링!

> -스킬 : 사자후(포효성)를 익히셨습니다.
> 무인의 의지가 담긴 음성이 창천을 뒤흔든다.
> 효과 : 전군 사기 200% 상승.
>   군대의 혼란 상태 해제.
>   일시적인 통솔력 상승.

> -스탯 카리스마가 생성되었습니다.

리자드맨들을 퇴치한 이후로 바란 마을은 발전을 거듭하였다.

풍요와 미의 상징이라고 할 수 있는 프레야 여신상!

여신상의 축복 때문인지 몬스터들은 다시 마을로 쳐들어오지 않았고, 인근 도시의 귀족들과 상인들이 방문하면서 관광의 명소가 된 것이었다.
"오, 이것이야말로 프레야 여신님의 재림이다."
귀족들은 돌아가서 다들 한마디씩 떠들었다.
프레야 여신상의 설명에는 이런 글귀가 있다.

  조각술의 경지는 낮아도 최고의 아름다움으로 완성된 프레야의 여신상은 많은 이들의 주목을 받게 되리라.

그저 지나가는 말인 줄로만 알았는데 실제로 사람들이 대거 방문을 하면서 바란 마을이 발전을 하기 시작한 것이었다.
그때까지만 해도 바란 마을의 개발은 본격적으로 이루어지진 않은 상태였다.
귀족들과 왕족들, 상인들이 뿌리고 간 돈이 많다고 해도 아직 일반인들이 잘 찾지 않는 변두리의 동네였던 것이다.
진정한 발전은 유저들의 증가로 인해서 조금씩 이루어지고 있었다.
로자임 왕국의 수도 인근에서 사냥을 하던 유저들은 숫자가 늘어나면서 자연스럽게 본격적인 남부 진출을 이루게 되었다.
사냥터와 새로운 모험을 위하여 이동을 한 것이다.
바란 마을 주변에는 사람들이 찾지 않는 던전들이 많았다.
그리고 한 번이라도 프레야 여신상을 본 이들은 전부 바란

마을을 근거지로 하기로 했다.

프레야 여신상의 특수 효과 덕분이었다.

하루 동안 생명력과 마나의 15% 회복 속도 증가!

이것은 그야말로 엄청난 옵션이라고 하지 않을 수가 없는 것이다.

"이런 엄청난 조각상이 있었네?"

"대체 이런 건 누가 만든 거야?"

사람들은 조각상에 대해 감탄하면서도 궁금증을 가졌다.

토벌대에 속해 있었던 신비의 조각사가 만들었다는 풍문!

그것만으로도 위드는 유명 인사가 된 것이나 다름이 없었다. 그리고 프레야 여신상은 그들이 본 어떤 여인보다도 아름다웠다.

이슬처럼 맑고 싱그러운 미소!

여신상의 매력에 매료되어 버린 사람들은 매일 한 번씩 여신상을 보지 않고서는 견디지 못하게 되었다.

바란 마을의 인구는 크게 증가하였고, 인근 던전들이 발굴되면서 이제 유저들로 들끓는 장소가 된 것이었다. 여신상 주변의 광장에서는 흥정하는 사람들로 아우성이었다.

"자, 여기 세라보그 성에서 판매하는 무기들을 가져왔습니다! 상점가에 운송비만 조금 붙여서 저렴하게 넘겨 드립니다."

"잡템들 구입합니다. 상점에서 구매하는 것보다 10% 더

쳐 드립니다."

한쪽에서는 상인들이 있었고, 모험가들로 보이는 이들도 사람을 구하고 있었다.

"샐러맨더와 늑대 인간 잡으러 가실 레벨 100 이상의 공격수 구합니다. 로그나 어쌔신도 환영이요!"

"차르판 계곡에서 사냥하실 파티 찾습니다. 아니면 그곳까지 안내해 주실 분이라도요. 저는 레벨 120대의 레인저입니다."

"바란 마을에는 처음 왔는데, 파티에 끼워 주실 분! 제 직업은 바드인데 전투 내내 아름다운 노래 들려 드려요."

광장은 소란스러워서 이전의 폐허로 변했던 바란 마을을 떠올릴 수 없게 된 상태였다.

그런데 갑자기 광장에 정적이 찾아왔다.

일순간 찾아온 고요함!

그것의 발단은 한 명의 상인에 의해서였다.

마판.

그는 레벨 70대의 상인이었다.

아직은 풋내기 상인이라고 할 수 있지만, 그의 주력 업종은 장거리 운송이다.

세라보그 성이나, 근처 대도시에서 구입한 물건들을 유저들이 넘쳐흐르는 바란 마을에 와서 판매하는 것이다.

바란 마을에는 넘쳐 난 유저들로 인해서 각종 물건들이 귀

한 상태였다.

그래서 모여든 중개무역상 중의 하나인 것이다.

향후 로자임 왕국의 상권을 장악하겠다는 부푼 꿈을 안고 돈을 벌기 위해 애쓰는 마판!

조금씩 자본금을 키워 가는 것이야말로 상인들만이 택할 수 있는 재미였다.

마판이 쪼그려 앉아서 수레 가득 실어 온 물건을 팔고, 막 허리를 펴기 위해 하늘을 올려다본 순간이었다.

무언가가 하늘에서 떨어지고 있었다.

"어… 어, 저거……."

그 형체는 사람이었다.

"하늘, 하늘에서 사람이 떨어진다!"

마판이 열심히 하늘을 손가락질하면서 외쳐 댔던 것이다.

"무슨 헛소리야."

사람들은 허무맹랑한 소리로 여겼지만, 몇 명은 마판을 따라서 하늘을 쳐다보았다.

그랬더니 정말로 사람이 떨어지고 있었다.

그것도 무려 9개나 되는 배낭을 여기저기 짊어지고, 들고 있는 사람이다.

그 부피!

아찔해질 정도의 속도!

"우아아아악!"

"피해!"
순식간에 광장은 난장판이 되었다.

피이이잉!
위드는 귓가를 스쳐 지나가는 바람 소리에 귀가 멍했다.
가공할 속도였다.
이 상태로 땅에 추락을 한다면 큰 바위라고 하더라도 잘게 부서지고 말리라.
인간의 육체라면 말할 것도 없다.
그런 상황에서도 실눈을 뜨고 지상을 보았다.
손톱보다 작게 보이던 바란 마을이 조금씩 커지고 있었다.
'조금 더 오른쪽으로…….'
위드는 허공에서 수영을 하듯이 몸을 뒤집어 가면서 방향을 조정했다.
목적지는 바란 마을.
단번에 도착할 셈인 것이다.
"우와아악!"
"피해! 어서!"
마을에 사람들이 아우성을 치는 모습이 그의 눈에 똑똑히 보인다.

좌판을 깔고 영업을 하던 사람이 불에 덴 듯이 펄쩍 뛰어일어나 숨는 모습도.

'바란 마을에 사람이 이렇게나 많았나?'

라비아스에서 혼자 사냥을 하던 위드는 바란 마을의 발전상을 모르고 있었다.

페일 등이 떠날 때만 해도 바란 마을은 아직 별 볼일 없는 시골 마을에 지나지 않았던 것이다.

위드는 바란 마을의 상공 약 50미터 정도에서 가벼움의 깃털을 사용했다.

그러자 활강하던 그의 몸이 바람의 저항을 받아서 빠르게 속도가 줄어들었다.

지면에 착지를 할 때에는 유유히, 사뿐히 먼지가 약간 일어날 정도였다.

그렇지만 가벼움의 깃털의 효과는 공중에서만 발휘가 되었다. 지상에 떨어지고 난 이후에 위드의 발이 거의 10센티미터나 땅에 깊이 파고들었다.

9개나 되는 배낭 때문이었다.

"……."

"저 사람 대체 누구야?"

"마법사인가?"

주변에 유저들이 웅성거리며 위드를 손가락질하고 있었다.

하늘에서 뚝 떨어진 위드!

1차적으로 의심을 해 볼 수 있는 것은 마법사가 플라이 마법으로 나타났다고 볼 수 있었다.

다만 플라이 마법은 아무나 쓸 수 있는 건 아니었다. 5서클의 보조 마법으로 레벨이 300을 넘어야 했다.

레벨 300.

로열 로드의 최고 수준의 게이머라고밖에 볼 수 없는 것이다. 그리고 어떤 마법사가 그렇게 하늘에서 추락하듯이 나타난단 말인가.

밑에서 보기에도 짜릿해 보일 정도의 속도로 떨어진 위드였기에 더더욱 관심을 받을 수밖에 없었다.

스윽.

위드는 마을의 중앙에서 주위를 훑어보았다.

순간 100여 명이 넘는 유저들이 그를 보고 있었다.

위드의 눈길이 아직 채 접지 못한 바닥의 좌판으로 향했다. 그리고 정확하게 마판을 보았다.

마판은 프레야 여신상의 뒤에 숨어서 고개만 내민 채로 위드를 훔쳐보고 있었다.

"이봐요, 당신."

위드의 부름에 마판은 화들짝 놀라서 대답한다.

"예? 예!"

위드는 부드럽게 말했다.

"상인으로 보이는데 혹시 잡템도 구입하십니까?"

"예. 물론입니다!"

마판은 서둘러 고개를 끄덕였다. 그러면서 여신상의 뒤에 숨어 있다가 바로 뛰쳐나왔다.

혹시라도 위드의 생각이 바뀌기 전에 말이다.

마판의 주력 사업은 물품 거래였다.

대도시의 물건을 상인만이 갖는 물품 거래 스킬을 이용해 저렴하게 구입을 하고, 사람들에게 구입한 잡템을 상점에 비싸게 팔아먹는 것이다.

상점에서 살 때는 조금 싸게, 잡템을 상점에 팔 때는 비싸게 팔 수 있는 상인들은 이를 통해서 경험치를 모아 레벨을 올릴 수 있었다.

위드가 느긋하게 말한다.

"얼마의 가격에 구매해 주실 겁니까?"

"제가 상점에 판매할 때 받는 추가 금액이 감정가의 2할입니다. 본래 가격의 120%의 판매를 하는 것이죠. 그러니 15%까지 더 쳐 드릴 수 있습니다. 물건의 양이 많으면 18%까지 해 드리겠습니다. 저도 2%의 마진밖에 안 남기고 파는 겁니다."

위드는 주위를 둘러봤다.

다른 상인들이 더 좋은 가격을 제시하고 나서지는 않을까 했던 것인데 마판 이상으로 부르는 사람은 한 명도 없었다.

그 정도라면 아주 양심적인 가격이었다.

상인들의 거래 스킬은 얼마나 자주 파느냐에 따라서 달라진다. 2할의 마진을 남길 수 있는 마판은 꽤나 열심히 스킬을 올린 편에 속했다.

위드는 거래를 하기로 결정했다.

"따로 모으시는 물품이 있으면 그걸 빼서 드리지요."

마판의 입이 크게 벌어진다.

'이 사람, 대박이구나!'

잡템이 얼마나 많으면 따로 모으는 물건들을 빼서 준다고 할까.

상인들이 물품들을 판매할 때에는 가급적 비슷한 종류씩 묶어서 파는 게 이득이었다.

"뭐든 주십시오. 지금 가진 물건들을 다 팔아서 마침 잡템들을 구입하려고 하던 참이었습니다."

"그런가요?"

위드는 하나의 배낭을 거꾸로 뒤집어서 툴툴 털었다. 그러자 쏟아져 나오는 잡템들!

듀라한의 다리나, 스켈레톤의 뼛조각, 숯, 나무줄기, 뼛가루, 녹슨 단창과 본 클럽 등의 무기들.

망령들에게서 획득한 찢어진 스웨이드 바지나, 금속 실, 튜닉 원단들도 있었다.

쏟아 낸 아이템들은 그야말로 산더미였다.

"이, 이럴 수가!"

마판의 눈이 더 이상 커지지 않을 정도가 되었다.
'이 정도의 무게를 짊어지고 다니다니……. 어떤 사냥터를 다녀왔기에!'
상식적으로 이해가 불가능할 정도의 막대한 양이었다.
잡템은 사냥을 하면 모을 수 있는 아이템이지만 이러한 분량은 상상을 초월하는 것이다.
라비아스를 발견한 사람들이 거의 없다는 것을 이용해서, 그가 발견한 던전의 비밀 장소에 잡템들을 잔뜩 쌓아 놓고 모아 왔던 것이다.
라비아스의 상점에 판매한다면 아무래도 좋은 가격을 받지 못한다. 잡템들은 비싸게 팔 수 있는 상인들에게 넘겨주는 것이 조금이라도 더 이득을 볼 수 있는 것이었다.
이득!
돈!
이런 부분에서만큼은 절대적으로 양보를 하지 않는 위드였다.
위드는 1쿠퍼짜리 잡템도 버리지 않았다.
수개월간 사냥터를 전전하며 모아 온 잡템들!
옹골차게 한 마음, 한 뜻으로 모아 온 잡템들인 것이다.
"이, 이렇게 많은 잡템을……."
마판의 눈가가 파르르 떨렸다.
살아생전 한 사람에게 이만한 분량을 볼 것이라고는 상상도 못 했던 것.

"얼마나 사 가시겠습니까?"

위드의 물음에 마판은 생각해 볼 것도 없다는 듯이 단호하게 대답했다.

"돈이 되는 한 전부 구입하겠습니다."

마판의 전 재산은 159골드였다.

유저들에게 물품을 사서, 상점에 팔 때마다 돈을 벌 수밖에 없는 상인이었지만 경쟁이 치열하여서 값을 조금씩 올려 주다 보니 많은 이득은 힘들었다.

"그럼 가져가시죠."

위드의 허락이 떨어지자, 마판은 잡템들을 가격에 따라 분류하며 계산을 시작했다.

그의 회계 스킬들이 자신이 가져가는 각 잡템들의 가격을 표시하고, 이 화면은 위드에게도 보이고 있었다.

1골드… 2골드……. 빠르게 올라가는 가격들.

아슬아슬하게 157골드에 잡템들의 계산이 끝났다.

마법 배낭!

10배의 부피를 담을 수 있고, 무게를 삼분의 일로 줄여 주는 마법 배낭에서 나온 산더미 같은 물품들이 전부 동이 난 것이었다.

"그, 그럼……."

마판은 잡템을 집어넣은 배낭을 짊어지고 휘청거리면서

상점으로 향했다.

'대체 얼마나 무거웠으면…….'

'이해가 간다. 이해가 가.'

사람들은 측은한 시선으로 마판을 보았다.

반면 상인들은 부러움 가득한 눈으로 마판을 본다.

저 많은 잡템들을 팔면 틀림없이 레벨을 올릴 수 있을 것 같았기 때문이다.

바란 마을에는 무기점이나 대장간들은 아직 들어서지 않았지만 잡화점은 존재했다.

"자주 거래를 해 주어서 고맙군. 양이 많아서 특별히 169골드 쳐주겠네. 팔겠는가?"

"고맙습니다, 어르신!"

마판은 잡화점 주인과의 흥정을 통해서 169골드라는 괜찮은 가격을 받고 물건을 팔 수 있었다.

레벨도 2개나 오르고, 거래 스킬 숙련도도 상당히 늘었다. 잡템을 팔 때에 한 가지 품목만을 판다면 조금 더 돈을 받을 수 있다. 하지만 여러 잡다한 물품들을 한꺼번에 팔면 거래 스킬의 숙련도가 더욱 늘어난다.

회계와 물품 거래 스킬이 5였던 마판은 이번 거래를 통해서 꿈처럼 바라던 6으로 올릴 수 있었다.

기쁨을 만끽하던 마판은 잡화점을 뛰쳐나왔다.

"이럴 게 아니지! 감사의 인사도 드리지 못했어."

잡템을 대량으로 팔아 준 덕분에 레벨과 숙련도가 올랐으니 마판은 보답의 말이라도 하기 위해 마을 중앙 공터로 뛰어나왔다.
　위드는 그 자리에 그대로 있었다.
　"고맙습니다! 제 이름은 마판이라고 합니다. 나중에 언제라도 다시 찾아 주시면……."
　그때 위드는 다시 하나의 배낭을 열어서 거꾸로 뒤집었다.
　그러자 또다시 쏟아져 나오는 가공할 잡템들!
　"저, 저, 저……."
　마판의 눈길은 잡템에서 떨어질 줄을 몰랐다.
　그의 생각은 위드가 9개의 배낭을 가지고 있었고, 그중의 하나를 열었음에 미쳤다.
　'호, 혹시……. 설마!'
　마판의 생각 그대로였다.
　9개의 배낭에는 각종 아이템들로 가득했던 것이다.

　잡템 판매 대사건!
　위드는 서 있는 자리에서 8개의 배낭에 들어 있는 잡템들을 전부 처분했다.
　6개의 배낭에는 정말 소소한 잡템들로 가득했고, 2개의 배낭에는 무기와 방어구들이 있었다.

그것을 전부 판 돈을 합치니 무려 1천 골드가 넘는다.

잡템으로 1천 골드를 넘게 번 것이다.

그리고 나머지 하나의 배낭에는 나중에 레벨이 200에 오르면 쓰기 위해 아껴 둔 데스 나이트의 장비와 광석들로 가득 차 있다.

철광석 145개와 동광석 109개!

수리가 중급에 오르면 대장장이 기술을 익힐 수 있었는데, 그때를 위해서 모아 두는 아이템이다.

"대체 어디서 그런 사냥을 한 것인지 좀 알려 주세요!"

"하늘에서 나타나셨는데 어떻게 한 것입니까? 마법사인 저도 마나의 흐름을 느끼지 못하였는데요!"

"저기 돈 좀 주시면 안 될까요?"

위드에게 몰려드는 유저들.

한순간에 바란 마을의 유명인이 되어 버리고 말았다. 그렇지만 곧이어 병사들이 모여들었다.

바란 마을을 지키는 병사들이 위드에게 달려온 것이다.

"대장님 아니십니까!"

"너희들……."

리트바르 마굴에서부터 인연을 이어 왔던 병사들이었다.

호스람, 데일, 베커.

"오오. 드디어 오셨군요!"

마을 사람들과 간달바도 나와서 위드의 주변을 둘러쌌다.
그 광경에 사람들의 의구심은 더욱 증폭이 된다.
말 그대로 하늘에서 뚝 떨어진 사람이 마을 NPC들의 인기를 한 몸에 받고 있었던 것이다.

위드는 간달바와 병사들과 함께 반가운 해후를 나누었다.
발전된 바란 마을.
폐허가 되었던 이전의 기억을 가지고 있던 위드에게는 아주 새로운 기분이었다.
로자임 왕국의 유저들이 폭증한 데에 1차적인 원인이 있었지만, 프레야의 여신상 덕도 간과할 수는 없는 일이다.
'내 조각상이 이런 효과를 발휘하다니…….'
여신상의 소매 밑에는 오로지 위드만이 알 수 있는 낙서가 쓰여 있으리라.
그 낙서를 볼 때마다 가슴이 조마조마하다. 만일 이것을 서윤이 발견하기라도 한다면 칼부림이 일어나기에 충분한 상황!

―생명력과 마나의 회복 속도가 15% 증가합니다. 이 효과는 하루 동안 지속됩니다.

여신상의 효과가 위드에게 영향을 주었다.
조각상은 유저들뿐만이 아니라 NPC들에게도 마찬가지의 효과를 주고 있다.
NPC병사들의 몬스터 토벌과 레벨 업에도 지대한 공로를 세우고 있는 셈이다.
걸작 조각상이 이 정도의 효과를 내고 있다니 대작이나 명작 조각상이 세워진 도시는 어떠할지 궁금하기 짝이 없다.
좋은 조각상이 있는 도시!
조각품이 도시의 전력을 강화시킬 수도 있는 것이다.
'조각술. 뜻밖에 대단한 것일지도…….'
위드가 조각상을 보면서 잠시 상념에 잠겨 있을 때였다.
잡템들을 구매했던 상인 마판이 나타났다.
"저기… 혹시 실례가 아니라면 행선지를 물어봐도 되겠습니까?"
마판은 위드의 덕분에 대박을 쳤다.
14개의 레벨을 올리고, 거래 스킬을 3개나 상승시켰다.
상인으로서는 가히 환상적이라고 할 수 있을 정도였다.
위드는 고개를 갸웃하면서도 선선히 대답을 해 주었다.
"나는 바르크 산맥을 넘을 것입니다."
"바르크 산맥요?"
"예. 가려고 하는 곳은 소므렌 자유도시이지요."
목적지는 여신 프레야의 교단이다.

프레야 교단에 가져다줄 물건이 있는 위드.

교단이 있는 소므렌 자유 도시로 가는 방법은 두 가지가 있었다.

첫 번째로 흔히들 선택하는 방법은 세라보그 성으로 돌아가서, 브렌트 왕국을 지난다.

힐코스 황무지를 넘어 남서쪽으로 쭉 가는 경로는 너무나도 돌아가는 길이다.

가는 데에만 3개월 정도가 걸릴뿐더러, 대로를 이용하는 것이라 지루하기 짝이 없는 것이다.

위드는 바르크 산맥을 넘어 단숨에 소므렌 자유도시로 향하려고 마음을 먹고 있었다.

몬스터들이 많은 악명 높은 바르크 산맥이었지만, 최악의 경우에 위드는 비밀 무기도 하나 가지고 있었으니 그다지 부담은 없었다.

"역시 그렇군요."

마판은 미소를 지었다.

"기왕이면 저도 같이 데려가 주시면 안 되겠습니까? 아, 오해는 하지 마십시오! 얻으신 잡템들로 보아서 레벨이 상당히 차이가 나는 걸 알고 있는데, 신세를 지려고 하는 건 아닙니다. 상인의 무력이 약한 건 저도 잘 알고 있거든요."

마판은 미리부터 오해하지 말라며 설명했다.

상인의 무력은 비전투 계열 직업 중에서 상당히 약한 축에

든다. 그렇지만 상인보다 약한 것이 일반적으로 알려진 조각사였는데, 위드가 조각사인 줄은 모르고 있는 것이다.

어떤 조각사가 데스 나이트나 듀라한을 때려잡겠는가.

그것도 데스 나이트를 잡는 것이 지루해졌다고 더 강한 몬스터를 찾아 떠나는 조각사는 누구도 상상도 못 하리라.

"함께 파티를 해 봐야 저에게 경험치도 얼마 안 올 겁니다. 전투에 소모되는 약초 값과 붕대 값도 제가 대겠습니다."

위드의 지출 중에 가장 큰 부분을 차지하는 게 약초와 붕대 값이다. 그 점을 상인인 마판이 책임을 져 주겠다고 한다.

하나 주는 것이 있으면 받는 것도 있는 법!

"그것으로 그쪽이 얻을 이득이 무엇이죠?"

"잡템들입니다. 사냥을 해서 나오는 잡템들을 제가 현장에서 즉시 구매를 해 드리겠습니다. 전투를 하면서 잡템들을 배낭에 넣고 다니면 무거워서 제대로 싸우지 못할 겁니다. 그러니 현장에서 바로 저에게 파시는 거죠."

마판의 목적은 잡템이었다.

고레벨, 그것도 전투를 잘하는 사람을 따라다니면 큰 이득이 된다. 잡템 하나라고 해도, 50레벨 대의 몬스터에게 나온 것 10개를 모으는 것보다, 200레벨의 몬스터 하나의 잡템이 훨씬 가치가 큰 것이다.

마을에서 기다리는 쪽보다 적극적으로 따라나서면서 잡템을 모을 작정이었다.

덤으로 중간 중간 들르는 마을마다 물건을 사서 교역을 할 수 있으니 나쁜 장사가 아니다.
 위드는 잠시 생각해 봤다.
 어느 쪽으로 봐도 손해 볼 제안이 아니다.
 잡템들을 그득그득 쌓아 놓고 싸우는 것은 라비아스에서나 쓸 수 있는 방법이다.
 대륙에서 그런 수단을 또 쓴다면 다른 사람이 다 들고 가 버려도 할 말이 없는 것이다.
 "좋습니다! 함께 움직이도록 하죠."

TO BE CONTINUED

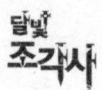